글공부 열흘이면 평생이 즐겁다

No. 1

글공부
열흘이면
평생이
즐겁다

김건 지음

매일경제신문사

책머리에

엉터리 모국어가 오염시킨 인터넷

이름만 대면 알 만한 재벌 기업 K회장은 간부나 임원을 뽑을 때 백지한 장과 볼펜을 내밀곤 합니다. 그 자리에서 응시자에게 문제를 냅니다. 예를 들어 [경영관리의 핵심]에 대해 짤막하게 의견을 써 보라고 주문합니다.

왜 그럴까요? 문장력, 논리력, 순발력 등을 확인하고 싶은 겁니다. 이처럼 우리 사회에서는 개인의 전공 실력과 학력 검증 이전에 글짓기 실력을 요구합니다. 논리적인 글쓰기와 모국어 완성도가 확인되어야 능력을 발휘하는 데 지장이 없고, 명쾌하게 압축 정리하는 글짓기 속도가 업무의 능률을 향상시킬 수 있다고 믿기 때문입니다.

언젠가 필자는 인터넷 카페에 [엉터리 모국어가 인터넷을 오염시킨다]란 제목의 글을 올린 적이 있습니다. 그 글을 소개하며 이야기를 시작하고자 합니다.

* * *

분명히 말합시다. 독서는 사실상 창작의 일부입니다. 주옥같은 글들을 자주 심도 있게 읽어 본 사람만이 훌륭한 소설을 쓸 수 있다는 뜻입니다. 유명 작가들의 역작을 두루 섭렵하며 정독해 봐야 비로소 모방할 줄 알게 되고, 결국 그 진지한 글쓰기 모방은 창작 욕구를 억누를 수 없는 경지로 발전됩니다. 따라서 모방 욕구는 창작의 출발점이라고 말해도 무방할 것입니다.

그러한 관점에서 요즘의 인터넷 소설 작가들은 정말 뼈아프게 반성해야 합니다. ▲ 아름답고 짜임새 있는 글을 읽는 데 소홀했던 청소년들, ▲ 완벽한 문장을 만들기 위해 부단히 노력한 적이 없는 학생들, ▲ 유명 문인들의 명문을 진지하게 곱씹어 보지 못한 자칭 작가들, ▲ 국어를 모르거나 국어를 무시해도 좋다고 착각하는 아마추어 작가들, ▲ 우리말의 깊은 뜻을 미처 모르고 나이를 먹은 어른들, ▲ 받아쓰기도 제대로 못 하는 모국어 문맹(文盲)들이 경쟁하듯 소설을 쓰겠다고 덤비는 세상이 됐으니 말입니다. 마치 걸음마도 배우지 않고 마라톤에 도전하는 격입니다.

몇 년 전 모 방송국에서 인터넷 소설을 연재하는 방식으로 현상 공모한 적이 있습니다. 그 당시 호기심을 이기지 못하고 필자가 직접 검색했는데 한마디로 참담하더군요.

모국어에 대한 애정과 치열한 고뇌 없이 모국어를 마구 훼손하는 응모작들이 우후죽순처럼 넘쳐납니다. ▲ 개연성도 없는 스토리 전개, ▲ 철자법이 틀린 글자, ▲ 오자, 탈자 범벅의 글, ▲ 한글맞춤법의 기초도 모르고 쓰인 엉터리 문장, ▲ 차마 교정을 볼 수 없는 국적 불명의 글, ▲ 한국어에 겨우 눈을 뜨기 시작한 외국인이 쓴 것 같은 소설들을 내세워 가며 저마다 인기를 누립니다. 참으로 끔찍합니다.

인터넷 소설이란 장르는 재치와 재미만 있으면 되는 것이고 문학·예술·국어에 대한 기초 지식, 문장 수련 과정 등과 아예 관련이 없다는 식입니다. 초중고 시절에 국어 훈련의 기회를 갖지 못한 것처럼 글을 쓸 때마다 갈팡질팡합니다.

어휘 구사 능력이 부족하다 보니 ▲ 같은 단어, ▲ 같은 수식어, ▲ 같은 문장을 단조롭게 반복합니다. 도무지 자신이 없으니까 띄어 써야 할 데는 붙이고 붙여 써야 할 데는 띄어 씁니다. 문장력이 없다 보니 말없음표로 얼버무리거나 대화와 이모티콘으로 슬쩍 대체합니다.

너무도 확실하게 잘못 쓰인 글자임에도 아예 모르고 넘어갈 뿐만 아니라 며칠이 지나도 고칠 생각을 않습니다. 퇴고가 무엇인지 모르기 때문일 것입니다. 심지어 한 문장이 끝난 지점에서 마침표를 찍지 않거나 마침표를 찍고도 떼어 쓰지 않는 작가들이 적지 않습니다.

모국어와 문학에 대한 위기의식 때문에 저는 인터넷 소설들을 기웃거리다 말고 때때로 전율합니다. 이래서는 안 됩니다.

첫 페이지의 서너 줄만 읽고도 황당해지거나 메스꺼움을 느낀 나머지 창작실의 창문을 서둘러 닫아 버리기를 수백 번, 수천 번. 이 정도에 이르면 아무리 흥미로운 소재를 들고 나오더라도 독자들은 고통스러워집니다.

이와 같은 경박한 재치의 난무가 지속될 때, 결국 의식 있는 독자들은 인터넷 소설을 외면하고 말 것입니다. 실제로 인터넷 소설에 부지런히 접근하던 제 친구들도 이제 인터넷 소설들을 외면하다 못해 마음껏 조롱까지 합니다.

인터넷 소설은 무법천지가 인정되는 진흙탕 장르인가요? 최소한의 예의와 규칙도 없는 무질서의 전시장인가요? 인터넷에 글을 올릴 때에는 외계인이어도 괜찮고 문법과 문장 작법을 전혀 몰라도 용인된다는 뜻인가요?

▲ 쉼표의 거침없는 남발, ▲ 말없음표의 남발, ▲ 느낌표(!)와 물음표(?)의 남발, ▲ 외계어의 남발, ▲ 이모티콘의 무분별한 사용, ▲ 무책임한 한글 파괴 현상, ▲ 모든 문장을 따로따로 끊어 가며 문단의 개념을 무시하는 배짱, ▲ 비유법에 맞지 않는 어색한 표현, ▲ 어법에 맞지 않는 문장, ▲ 도저히 뜻을 헤아릴 수 없는 문장, ▲ 여운을 던질 기회도 없이 말없음표로 대충대충 얼버무리는 문장, ▲ 시재(時在)를 혼란시키는 현재진행형과 과거형 문장의 부조화, ▲ 대화로 모든 상황을 묘사하고 해설하려는 억지 등이 진정한 독자들을 실망시킵니다.

국어 공부를 전혀 하지 않은 듯한, 국어 시간에 졸기만 하다가 졸업한 것처럼 보이는 국외자(아웃사이더)들이 굿판을 벌이고 있습니다. 들여

다볼수록 속이 거북해집니다. 서사는 있되 묘사가 없고, 재치는 있으되 철학이 없습니다. 정통적인 글쓰기에 벗어난 언어의 유희가 지나칩니다.

명문대 입시와 명문 대기업 취직 시험에서 논술 실력, 어휘 구사 능력, 문장력, 행정력, 한자 해독 능력 등이 부족하면 낙방하기 십상입니다. 하지만 인터넷 소설 분야에선 ▲ 한글맞춤법 공부 ▲ 예술적인 기초 소양 습득, ▲ 언어 훈련, ▲ 국어 학습, ▲ 소설 습작의 경험 등이 부족하다는 사실을 조금도 부끄러워할 이유가 없습니다. 그저 용기와 배짱으로 키보드를 두드려 대면 그만이기 때문입니다.

숲이 살아야 인간이 삽니다. 언어의 숲이 살아야 나라와 민족이 삽니다. 모두 엇비슷하게 가벼움만 난무하는 인터넷 공간을 만들어 간다면 문학의 숲도 죽고 언어의 숲도 죽습니다. 언어의 숲이 황폐화될 때 민족도 없어집니다. 모국어를 잃어버리면 나라도 겨레도 사라진다는 진리를 왜 모르는가요?

우리는 모국어의 훼손과 소멸이 곧 민족의 정체성 상실로 이어진다는 사실을 세계 역사에서 배워 왔습니다. 심지어 언어를 우습게 취급하다가 국가와 민족이 없어진 사례도 적지 않습니다. 사정이 그렇다면 우리말을 지키는 건 우리의 의무가 돼야 합니다.

김 건

* 인용부호 [ ] 대신 ' '이나 " "을 쓰는 것이 원칙입니다. 하지만 워낙 많은 글과 단어 등을 인용해야 하기 때문에 보기 쉽게 [ ]나 라인[-]을 사용했습니다. 독자들의 양해를 구합니다.

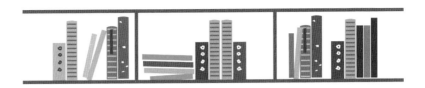

- 차례

책머리에 - 엉터리 모국어가 오염시킨 인터넷

두 삽 - 글공부 열흘이면 평생이 즐겁다

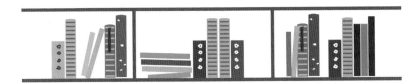

첫 삽 - 제발 실수하지 말라

첫 삽 - 제발 실수하지 말라

새롭게 표준어가 된 39 항목

국립국어원은 새 표준어로 인정할 수 있는 항목을 선별하여 2010년 2월 국어심의회에 상정했다. 이 회의의 결정에 따라 어문규범분과 전문소위원회가 구성돼 각각의 항목에 대해 총 3회에 걸친 심층적인 논의가 이루어졌다.

이러한 과정을 거쳐 새 표준어 대상으로 선정된 총 39 항목이 국어심의회 전체 회의에서 최종적으로 확정됐다.

2011년 8월 31일, 국립국어원은 국민들이 실생활에서 많이 사용하고 있으나 그동안 표준어로 인정되지 않았던 '짜장면, 먹거리' 등 39개를 표준어로 인정한다고 밝혔다.

이 같이 변경된 표준어는 인터넷으로 제공되는 '표준국어대사전'에 반영된다. 이번 개정으로 그동안 규범과 실제 언어 사용의 차이로 인해 생겼던 언어생활의 불편이 상당히 해소될 것으로 기대된다.

이번에 새로 표준어로 인정한 항목은 크게 세 부류다. 우선 현재 표준어로 규정된 말 이외에 같은 뜻으로 많이 쓰이는 말이 있어 이를 복수 표준어로 인정한 경우다.

그동안 '간지럽히다'는 비표준어로서 '간질이다'로 써야 했으나 앞으로는 '간지럽히다'도 '간질이다'와 뜻이 같은 표준어로 인정된다. 이렇게 복수 표준어로 인정된 말은 '간지럽히다', '토란대', '복숭아뼈' 등 모두 11 항목이다.

현재 표준어로 규정된 말과는 뜻이나 어감 차이가 있어 이를 인정하여 별도의 표준어로 인정했다. 그동안 '눈꼬리'는 '눈초리'로 써야 했다. 그러나 '눈꼬리'와 '눈초리'는 쓰임이 다르기 때문에 '눈꼬리'를 별도의 표준어로 인정했다. 이렇게 별도의 표준어로 인정된 말은 '눈꼬리', '나래', '내음' 등 모두 25 항목이다.

표준어로 인정된 표기와 다른 표기 형태도 많이 쓰여서 두 가지 표기를 모두 표준어로 인정했다. 그동안 '자장면', '태껸', '품세'만을 표준어로 인정해 왔다. 이와 달리 널리 쓰이고 있던 '짜장면', '택견', '품새'도 이번에 인정했다. 이들도 두 표기 형태를 모두 복수 표준어로 인정했다.

이번에 추가된 새 표준어(괄호 안은 현재 표준어)이다.

◇ 현재 표준어와 같은 뜻으로 복수 표준어로 인정 : 간지럽히다(간질이다) 남사스럽다(남우세스럽다) 등물(목물) 맨날(만날) 묫자리(묏자리) 복숭아뼈(복사뼈) 세간살이(세간) 쌉싸름하다(쌉싸래하다) 토란대(고운대) 허접쓰레기(허섭스레기) 흙담(토담)

◇ 현재 표준어와 별도의 표준어로 추가 인정 : ~길래(~기에) 개발

새발(괴발개발) 나래(날개) 내음(냄새) 눈꼬리(눈초리) 떨구다(떨어뜨리다) 뜨락(뜰) 먹거리(먹을거리) 메꾸다(메우다) 손주(손자) 어리숙하다(어수룩하다) 연신(연방) 횡하니(휭허케) 걸리적거리다(거치적거리다) 끄적거리다(끼적거리다) 두리뭉실하다(두루뭉술하다) 맨숭맨숭/맹숭맹숭(맨송맨송) 바둥바둥(바동바동) 새초롬하다(새치름하다) 아웅다웅(아옹다옹) 야멸차다(야멸치다) 오손도손(오순도순) 찌뿌둥하다(찌뿌듯하다) 추근거리다(치근거리다)

존댓말의 참혹한 좌절

대형 백화점에서 값을 치르기 전에 묻습니다.

- 모두 얼마죠?
- 고객님, 팔만 원 되시겠습니다.

아리따운 여성이 미소를 흘리며 아주 공손하게 대답합니다. 나름대로 손님을 극진히 모신다는 생각에 그렇게 대꾸했는지 모르겠으나 참 어처구니없습니다. 순우리말 [손님]을 두고 [고객님]으로 부르는 것이 못마땅해서 그러는 게 아닙니다. 존댓말을 함부로 과도하게 사용하는 것이 가장 예의 바르다고 착각하는 사람들이 너무 많기 때문이지요. 여기저기서 그토록 터무니없는 존대어를 듣기가 정말 민망합니다.

- 물건 값을 물어보면 [만 원 되십니다.]라고 대꾸합니다.
- 상품권을 내밀면 [십만 원짜리 상품권 되시겠습니다.]라고 응수합니다.

- 주문한 음식을 들고 나타나서 [육개장 되시겠습니다.]라고 확인 시킵니다.
- 회비를 물어보면 [일인당 만 원 되시겠습니다.]라고 대답합니다.
- 공연 시각을 물어보면 [고객님, 오늘 오후 두시가 되시겠습니다.] 라고 대답합니다.

사람이 아닌 돈, 상품권, 음식, 회비, 시각과 시간, 물건, 짐승 등에 거의 예외 없이 존칭을 붙이고 있으니 희극에 함께 출연한 느낌이 들 지경입니다.

- [되시겠습니다]를 [되겠습니다]나 [입니다]로 써야 올바릅니다.

정말이지 존댓말의 참혹한 좌절을 맛보는 느낌입니다. 그뿐인 줄 아세요?

- 고객님, 아버지께서 들어오셔서 헛기침을 날리시고 호령하신 뒤 나가셨습니다.
- 고객님은 얼굴도 동안이시고, 피부도 예술이시고, 성격도 좋으시고, 실력도 출중하셔서 좋으시겠습니다.
- 너무 멋지시고 실력 있으신 고객님께서는 저희들의 우상이십니다.
- 고객님, 가입하시면 이런 혜택을 받으셔서 앞날이 편안해지시고 걱정이 없어지십니다.
- 고객님께서 구매하시면 10만 원을 내시게 되십니다.

문장 마지막이나 서두에 존대어를 한 번만 사용하면 될 텐데, 마디마다 경어를 붙여야 공손하게 보일 거라는 착각에서 비롯된 말투가 흘러넘칩니다. 당장 고쳐야 합니다. 직원들의 교육을 담당하는 사람은 알아야 합니다. 이렇게 말해야 올바릅니다.

- 손님, 아버지께서 들어오더니 헛기침을 날리고 호령한 뒤 나가셨

첫 삽

습니다.

  - 사장님은 얼굴도 동안이고, 피부도 예술이고, 성격도 좋고, 실력도 출중하여 좋으시겠습니다.

  - 너무 멋지고 실력 있는 손님은 저희들의 우상입니다.

  - 사모님, 가입하시면 이런 혜택을 받아서 앞날이 편안해지고 걱정이 없어집니다.

  - 손님, 10만 원을 내시면 됩니다.

* * *

  - 손님

  [손]은 딴 곳에서 자신의 집이나 가게로 찾아온 사람을 뜻하는 말입니다. [손]에 [님]을 붙여 높인 말이 [손님]입니다.

  - 고객

  고객(顧客)이란 경제에서 창출된 재화와 용역을 구매하는 사람이나 조직을 일컫습니다. 상점에서 물건을 사러 오는 손님을 말하는 것이 보통이지요. [고객]은 약간 상업(商業, Business)적인 냄새가 나는 말입니다. 최근 들어 [고객]에 [님]을 붙인 [고객님]이라는 말을 부름말(호칭)로 자주 듣게 됩니다.

  손님은 집이나 가게에 직접 방문한 사람을 뜻합니다. 전화 통화에서 [손님]은 쓰기 어색하기 때문에 매뉴얼을 갖추고 체계적으로 운용되는 곳이 대체로 [고객님]을 쓰는 편입니다. 개인끼리의 상거래보다 개인과 조직 사이의 상거래가 많아지고 있기 때문이지요. 하지만 고객님보다 손님, 선생님, 사장님, 사모님, 회원님 등이 듣기에 자연스럽더군요.

[이빨]과 [치아]

- 애들아, 이빨 닦았어?

교양미 넘치는 엄마가 자식들에게 물어 봅니다. 듣는 효자들도 고개를 끄덕입니다. 하지만 알고 보면 엄마는 참 무식합니다. 왜냐고요? 자식들을 짐승 취급하는 격이기 때문입니다. 이렇게 말해야 올바르답니다.

- 애들아, 이 닦았어?
- 애들아, 치아 닦았어?
- 애들아, 양치질했니?

생니를 뽑아 병역 면제 판정을 받은 의혹으로 경찰의 내사를 받던 가수 MC몽이 화제의 도마 위에 오른 적이 있었지요. 그때 기사 제목이 '[이빨] 없는 MC몽 군 면제… 사랑니 없는 나도?'였답니다. 얼마나 [이빨] 상태가 안 좋으면 군 면제 판정까지 받았느냐는 게 화제의 핵심이었습니다.

그렇다면 MC몽은 사람이 아니라 짐승이란 말인가요? 제발 착각하지 말아야 합니다. [이빨]은 짐승에게 쓰이고 [치아]는 사람에게만 쓰입니다. [이빨]은 [이]를 낮잡아 이르는 말입니다. 사람에게는 [이]라고 쓰는 것이 올바릅니다.

듣는 사람이 [이빨]이란 말이 [이를 낮잡아 이르는 말]이란 사실을 잘 알고 있다면, 듣는 순간 불쾌감을 느낄 수도 있을 것입니다.

[머리가 아프면 병원에 가라]고 해야지 [대가리가 아프면 안과에 가라]고 하면 안 되겠죠? [입에 상처가 났어]라고 말해야지 [아가리에 상처가 났어]라고 말하면 곤란하겠죠?

굳이 한자어 [치아(齒牙)]를 사용할 것 없이 순우리말로 [이]라고 하면 됩니다.

6·25사변(○) 6·25동란(○) 6·25전쟁(×)

전쟁(戰爭)은 국가(國家) 간의 싸움이고 동란(動亂)은 내전(內戰)입니다. 사변(事變)이란 국가적인 사태와 변고를 말합니다.

백과사전에서 사변(事變)을 검색합니다.

- 사람의 힘으로는 피할 수 없는 천재(天災)나 그 밖의 큰 변고.

- 전쟁까지는 이르지 않았으나 병력(兵力)을 동원하지 않을 수 없는 국가적 사태나 난리.

- 선전포고 없이 이루어진 국가 간의 무력 충돌.

백과사전에서 전쟁(戰爭)을 검색합니다.

- 국가 또는 교전 단체 사이에 서로 무력을 써서 하는 싸움.

6·25사변과 6·25동란은 [선전포고 없이 이루어진 무력 충돌]을 의미합니다. 그래서 6·25전쟁보다 6·25동란이나 6·25사변이란 말을 쓰는 게 바람직합니다. 사변이란 말에는 [북한군이 선전포고 없이 기습적으로 공격을 해서 발생했다는 뜻이 포함되어 있습니다.

국어사전에서 동란(動亂)을 검색합니다.

- 폭동, 반란, 전쟁 따위가 일어나 사회가 질서를 잃고 소란해지는 일.

* * *

[난(亂)]과 [전쟁]은 엄연히 다른 의미입니다. 불의의 도적떼들이

소란을 일으킨 것이 [난]이라면, 의지가 서로 대립하는 두 국가(집단)가 시비(是非)를 가리기 힘든 사안에 대해 무력으로 결판을 내리고 하는 것이 [전쟁]입니다.

첫 삽

[사변]이란 오랑캐, 즉 불의의 침략자들이 변란을 일으킨 것입니다. 국제정치학에서는 [6·25사변]이란 용어 대신 [한국전쟁]이라는 용어가 일반적입니다. 제삼자의 시각에서는 그렇게 볼 수도 있습니다. 하지만 대한민국에서도 그렇게 봐야 하는지 되물어야 합니다.

언어와 문장을 다듬는 노력, 그 진통

어떤 문학 창작 카페에서 시 한 편을 읽고 올린 글입니다. 그 시를 소개하고 싶어도 복사 금지로 되어 있더군요. 물론 수준 이하의 작품(?)이라서 일부러 올리고 싶은 생각은 없지만 말이죠.

- 나르시고 계시는 : 존댓말의 중복입니다. [나르고 계시는]으로 써야 합니다.

예컨대 [할아버지께서 들어오셔서 헛기침을 날리시고 호령하신 뒤 나가셨다]가 얼마나 문제인지 아시나요?

[할아버지가 들어오더니 헛기침을 날리고 호령한 뒤 나가셨다]의 경우처럼 마지막에 존댓말을 써도 족합니다.

- 가장자리 쪽에다 : 중복의 전형입니다. [가장자리에]로 족합니다.

- 왔다 갔다 거린다 : [왔다 갔다 한다]

- 꺄르르 : 의성어 [까르르]

- 멈춰 서 있는 : 언어의 중복. [멈춰 있는] [멈춘]으로 족합니다.

- 쌓여진 : 피동형의 반복. [쌓인]으로 족합니다.

예컨대 [하여 주게 된다] [쌓여진다]라고 쓰는 사례와 유사합니다. 그저 [한다] [쌓인다]로 쓰면 됩니다.

- 보여진다.(×) 보인다.(○)

시어(詩語), 아니 언어(言語)를 다듬는 노력과 더불어 문법, 한글 맞춤법, 띄어쓰기, 심상(心象)에 대한 치열한 연마(研磨)와 정제(精製)가 필요합니다.

아무나 할 수 있지만 아무나 할 수 없는 것이 바로 논리적 글쓰기이자 문학(文學)이 아닐까요? 그만큼 즐겁게 진통을 거쳐야 좋은 글과 어울리는 표현이 가능하고 올바른 문장을 구사할 수 있습니다.

상처투성이의 우리말이 안쓰럽습니다. 훈련되지 않은 언어가 사이버 공간을 오염시킵니다. 정통적인 글쓰기에서 벗어난 소설은 모국어가 완성된 작가에게나 가능한 실험입니다. 언어 구사력을 기르는 훈련 과정도 없이 자기 정체성을 잃어버린 사람이 어떻게 모국어로 소설을 쓸 수 있을까요?

스스로 작가이길 원한다면 모국어에 대한 문제의식을 갖고 진지하게 모국어를 공부하고 훈련하면서 고통스러운 습작 과정을 거친 끝에 키보드를 두드려야 합니다. 모국어 문법을 지키려는 자기 정제 과정 없이 뛰어들지 말아야 합니다. 오직 반짝 아이디어만 믿고 막되게 덤비는 소설 쓰기가 사이버 공간과 언어생활을 오염시키는 일이 없어져야 합니다.

진정 모국어로 글을 쓰고 싶다면 컴퓨터 옆에 적어도 ▲ 국어사전, ▲ 한글맞춤법사전, ▲ 띄어쓰기사전, ▲ 외래어사전 등을 준비해 두어야 하지 않을까요? 그게 곤란하다면 집중적인 모국어 학습, 정독과 다독, 모방 습작의 과정을 먼저 거친 뒤에 모니터를 열어야 합니다.

인터넷 소설 분야도 이제 치열한 자기반성 위에서 한 단계 도약하는 기틀을 마련해야 합니다. 인터넷의 사회적 영향력이 클 수밖에 없다면 지금부터라도 정직한 글쓰기와 새로운 창작의 길, 모국어의 발전적인 실험을 시도는 노력이 있어야 합니다. 이와 같은 반성과 노력은 언론 매체의 몫이자 의무가 돼야 합니다.

알아야 면장을 한다? : 面長(×) 面墙(○)

남녀노소 구분 없이 자주 써먹는 속담 중에서 그 본래의 의미(유래)를 모르고 사용하는 경우가 의외로 많습니다. 그 대표적 사례 중 하나가 [알아야 면장을 한다]란 말입니다.

대부분의 사람들은 [면장]의 한자어를 면장(面長)으로 오해하여 [남의 윗자리에 서려면 알아야 한다는 뜻으로 착각합니다. 예전에 유식한 계층으로 인정받던 이장(里長)이나 면장(面長)으로 오해합니다. 하지만 절대 아닙니다.

[알아야 면장을 한다]란 속담에서 [면장]이란 말은 [뭘 좀 알아야지 담장(牆)에서 얼굴(面)을 면(免)한다는 [면면장(免面牆)], 곧 [면장(免牆)]에서 비롯되었습니다.

중국 고전 [논어(論語)]에 그 유래를 두고 있는 말이 [면장(免牆)]입니다. 공자가 아들 리(鯉)에게 말했습니다.

- 너는 주남(南), 소남(南)의 시를 공부했느냐? 이것을 읽지 않으

면 [마치 담장을 마주 대하고 서 있는 것과 같아서 더 나아가지 못한다.](陽貨.10)

주남과 소남은 [시경(詩經)]의 편명(篇名)입니다. 공자가 그렇게 일갈한 것은 [수신(修身)과 제가(齊家)로 이를 공부하라]는 뜻입니다.

결국 [면장(面墙)하면 견식(見識)이 없음을 일컫는 것이고, [면장(免墻)하면 그런 데서 벗어나는 것입니다. 墙과 牆은 동일한 글자입니다.

참고로 면장(面墻)이란 단어가 사용된 [명심보감] 근학 편(勤學篇)의 내용을 살펴봅시다.

徽宗皇帝曰 學者 如禾如稻 不學者 如蒿如草 如禾如稻兮(휘종황제왈 학자 여화여도 불학자 여호여초 여화여도혜)

國之精糧 世之大寶 如蒿如草兮(국지정량 세지대보 여호여초혜)

耕者憎嫌 鋤者煩惱(경자증험 조자번뇌)

他日面墻 悔之已老(타일면장 회지이로)

[개새끼]란 욕설은 개와 관련이 없다

포유동물(哺乳動物)이란 대뇌가 발달하여 동물 가운데 가장 수준이 높은 무리입니다. 암컷은 젖을 먹여 새끼를 기릅니다. 온갖 환경에 적응하고 진화하여 척추동물 중에서 가장 번영하고 있습니다. 현재 포유동물엔 4,500여 종이 있습니다.

포유동물이란 ▲새끼를 낳는 동물 ▲온도가 항상 일정한 항온동물 ▲젖을 먹이는 동물 ▲허파로 호흡하는 동물 ▲털로 덮여 있는 동물입니다. 인간도 물론 포유류에 속합니다. 포유류(哺乳類)란 젖먹이 온혈동물(溫血動物)을 칭하는 말입니다. 간단하게 말해 온혈동물 중에서 날개가 달린 조류를 제외하고는 전부 포유류라고 생각하면 됩니다.

온혈동물이란 조류(鳥類)나 포유류(哺乳類)처럼 바깥 온도에 관계없이 체온을 항상 일정하고 따뜻하게 유지하는 동물입니다. 더운피동물, 등온(等溫)동물, 상온(常溫)동물, 정온(定溫)동물, 항온(恒溫)동물이라고도 말합니다.

물 밖에서 사는 포유동물은 엄청 많습니다. 호랑이, 사자, 표범, 양이, 개, 코끼리, 너구리, 하마 등이 이에 해당합니다. 물 안에서 사는 포유동물로 고래를 들 수 있습니다. 물개, 바다표범, 수달, 해달 등도 포유동물입니다. 좀 특이한 포유류가 있는데 바로 오리너구리입니다. 이 동물은 알을 낳은 뒤 젖으로 새끼를 먹여 키웁니다. 그래서 일단 포유류에 넣고 있습니다.

바다에서 사는 상어는 그냥 어류입니다. 허파가 아닌 아가미로 호흡을 하기 때문이지요. 온혈동물이 아니라는 점과 젖먹이로 새끼를 키우지 않는다는 특징을 들 수 있습니다.

포유동물 중 가장 오래된 가축이 개입니다. 인간이 가장 많이 키우는 애완동물도 [개]입니다. 개는 인간과 가장 가까운 동물로서 오랜 세월 동안 인류의 사랑을 받아 왔습니다. 하지만 개라는 포유동물은 아주 천대를 받는 편입니다. [개새끼]란 욕설을 포함하여 개살구, 개판, 개떡 등 [개]가 접두사로 쓰인 낱말은 대부분 부정적인 의미를 지닙니다.

인간의 사랑을 가장 많이 받아 온 [개]가 부정적인 의미로 쓰이는 까닭은 무엇일까요? 그 해답은 국어사전에 나와 있습니다. 국어사전을 펼치고 [개]에 관한 풀이를 보세요.

- 개 : [접사]

1. [일부 명사 앞에 붙어] '야생 상태의' 또는 '질이 떨어지는' 뜻을 더하는 접두사.

2. [일부 명사 앞에 붙어] '헛된', '쓸데없는' 뜻을 더하는 접두사.

3. [부정적 뜻을 가지는 일부 명사 앞에 붙어] '정도가 심한' 뜻을 더하는 접두사.

국어사전의 풀이에서 보는 것처럼 [개]는 부정적인 뜻을 지니고 있는 접두사입니다. 예를 들면 [개떡]은 [질이 떨어지는 떡]이고 [개살구]는 [야생 상태의 질이 떨어지는 살구]입니다.

[개]란 낱말은 부정적인 뜻을 지닌 파생어를 만드는 접사(接辭)입니다. 접사란 단독으로 쓰이지 않고 항상 다른 어근(語根)이나 단어에 붙어 새로운 단어를 구성하는 부분입니다. 접사엔 접두사(接頭辭)와 접미사(接尾辭)가 있습니다.

접두사란 어떤 단어의 앞에 붙어 새로운 단어가 되게 하는 말입니다. '맨손'의 '맨-', '들볶다'의 '들-', '시퍼렇다'의 '시-' 따위가 있습니다. 접미사란 파생어를 만드는 접사로, 어근이나 단어의 뒤에 붙어 새로운 단어가 되게 하는 말입니다. '선생님'의 '-님', '모가지'의 '-아지', '지우개'의 '-개', '먹히다'의 '-히' 따위가 있습니다.

따라서 [개]란 낱말이 접두사로 쓰인 말은 부정적인 뜻을 지닙니다. 알고 보면 접두사로 쓰인 [개]와 포유류의 동물인 [개]는 관련이 없는 별개의 낱말입니다. 심한 욕설 중 하나인 [개새끼]의 경우도 [개의 새끼]란 뜻이 아니라, [하는 짓이 얄밉거나 더럽고 됨됨이가 좋지 않은 남자를 비속(卑俗)하게 이르는 말입니다.

다시 강조합니다. [개새끼]의 [개]는 접두사 [개]이지 포유류 동물인 [개]가 아닙니다. 다만 소리는 같으면서 뜻이 다른 동음이의어(同音異議語)이다 보니 언어를 사용하는 사람들이 [개의 새끼]로 오인하여 [소 새끼] [말 새끼] 등의 욕설도 만들어 낸 것입니다. 결론적으로 말해 [개새끼]와 [개의 새끼]는 엄연히 다릅니다.

첫 삽

연도(○) 년도(×) 연보(○) 년보(×)

모 대학교 국어국문학과 출신이라고 내세우는 시인(詩人)의 블로그에 갔더니 [년보(年譜)] [년혁(年革)]이라고 썼더군요. [연보]나 [연혁]으로 써야 올바른데 말입니다. 참 안쓰럽더군요. 명색이 시인이 아니고 국문과 출신이 아니고 그저 평범한 사람이라면 얼마든지 이해할 수도 있지만 말입니다.

연혁(沿革) : 변천하여 온 과정. '내력', '발자취'로 순화. ≒인혁(因革).

과거 년도(×) / 과거 연도(○)

[년도]는 '해를 뜻하는 말 뒤에 쓰여 일정한 기간 단위로서의 그 해'를 뜻하는 의존 명사입니다. '1999년, 1970년 졸업식, 2000년 예산안'으로 씁니다.

반면에 [연도]는 '사무나 회계 결산 따위의 처리를 위하여 편의상 구분한 일 년 동안의 기간'을 뜻하는 명사로 '회계 연도, 졸업 연도'처럼 쓰입니다.

하지만 '설립연도, 회계연도, 가입 연월일'과 같이 두 개의 낱말이

합처진 경우에는 각각 '설립'과 '연도', '회계'와 '연도', '가입'과 '연월
일'이 이어져 이루어진 말로 말의 첫머리이므로, 두음 법칙을 적용하
여 '설립연도, 회계연도, 가입 연월일'로 적어야 올바릅니다.

두음법칙은 한글맞춤법 제10항에 규정되어 있습니다.

제10항 한자음 [녀, 뇨, 뉴, 니]가 단어 첫머리에 올 적에는 두음법
칙에 따라 [여, 요, 유. 이]로 적는다.

이렇게 명시하고 예문 중 연세(年歲 ○), 년세(×)가 있습니다. 다만
두음법칙의 예외로 엽전 또는 무게의 단위인 '냥(兩)'과 몇 년(年)의
'년'을 인정했을 뿐입니다. 즉, '3년 전'처럼 쓰이는 경우 외에는 단어
의 첫머리에 쓰일 때는 모두 '연'으로 써야 한다는 것입니다.

* 김수로가 가야를 세운 연도는 서기 41년이다.

- 년도(年度)[의존명사] 〈해를 뜻하는 말 뒤에 쓰이어〉 일정한 기
간 단위로서의 그 해.

1980년도 졸업생 / 1990년도 예산안 / 2005년도 실적.

해를 나타내는 숫자 뒤에는 '년도'로 써야 합니다.

- 연도(年度)[명사] 사무 또는 회계의 결산 따위의 편의에 따라 구
분한 1년의 기간.

회계 연도 / 생산 연도 / 1차 연도 / 각 연도별로.

1년의 기간을 나타낼 때는 '연도'를 써야 합니다.

[결제(決濟)]와 [결재(決裁)]를 혼동하지 말자

오래 전 어떤 대기업에 근무할 때입니다. 명문 4년제 대학교를 갓

졸업한 신입사원이 제게 구매 계획서를 올리면서 이렇게 썼습니다.

- 아래와 같이 계획서를 작성했으니 [결제]하여 주시기 바랍니다.

저는 그 기안지를 읽다 말고 그 신입사원에게 물었습니다.

"내가 자네에게 갚을 빚이라도 있는 모양이지?"

"뭔 말씀인지 잘 모르겠습니다."

"자네, 결제(決濟)가 뭔 뜻인지 알고 썼나?"

첫 삽

결재(決裁)와 결제(決濟)를 구별하지 못하는 4년제 대학 졸업자 앞에서 저는 강의를 할 수밖에 없었습니다. 강의가 끝나자 이렇게 말했답니다.

"내 강의 내용을 요약 정리하여 신입사원들에게 회람(回覽)하게. 모든 사람이 차례로 돌려 보란 말이네."

* * *

사전적 정의부터 살펴봅시다.

- 결제[決濟]

증권(證券) 또는 대금(代金)을 주고받아 매매(賣買) 당사자 간의 거래(去來) 관계를 끝맺음.

- 결재[決裁]

결정(決定)할 권한이 있는 자가 부하 직원이 제출한 안건(案件)을 허가(許可)하거나 승인(承認)함. 재결(裁決).

[결재(決裁)]란 윗사람의 재가(裁可)를 받는 일이고, [결제(決濟)]란 자금(資金)을 주고받아 채권(債權)과 채무(債務) 관계를 종결하는 일입니다.

업무 서류나 금전적인 관계는 [결재(決裁)] 또는 [결제(決濟)]란 절차를 통해 마무리됩니다. 그러나 [결재(決裁)]와 [결제(決濟)]가 철자와 발음이 비슷하다 보니 혼동하는 사람이 제법 많습니다.

어떤 창의적 발상과 계획 수립도 중요하지만, 그것을 공식적으로 인정받는 절차가 필요합니다. 업무에 대하여 책임 있는 윗사람이 아랫사람의 안건(案件)을 승인하는 것이지요. 이것을 [결재(決裁)]라고 합니다.

- 회장님의 결재(決裁)가 있어야만 사업을 추진할 수 있다.
- 법인 신설 사업계획에 대한 결재(決裁)가 났다.

[결재(決裁)]는 보고(報告)와 허락(許諾)의 절차(節次)를 거친다는 점에서 [재가(裁可)]로 쓰면 [결제(決濟)]와 혼동을 일으킬 우려가 없습니다.

[결제(決濟)]란 일을 처리하면서 증권(證券) 또는 대금(代金)을 주고받아 매매(賣買) 당사자 사이의 거래(去來)관계를 종결하는 것을 말합니다.

- 지급 기일이 되어 돌아온 약속어음을 결제(決濟)해야 한다.
- 오늘 안에 물품 대금을 결제(決濟)해야 한다.
- 카드대금을 결제(決濟)하지 못했다.

[결제(決濟)]는 주로 돈과 관계된 거래(去來)를 마무리하는 데 사용하는 용어입니다. 서류(書類)에 도장을 찍거나 사인을 하는 것은 [결재(決裁)], 돈(자금)을 갚는 것은 [결제(決濟)]라고 생각하면 혼동이 없어집니다.

세종대왕을 모욕하는 서울시청

[서울특별시청]의 보도 자료 제목이 [한글날에 세종대왕이 되보세요.]랍니다. [돼∨보세요.] [되어∨보세요.]를 [되보세요.]로 쓰는 서울특별시청의 한글 수준에 감동(?)합니다. [돼]와 [되]를 구분하지 못하는 서울시에서 한글날 행사를 한다니 더 기가 막힙니다.

[되]와 [돼]를 구분하여 쓰지 못하는 사람들이 의외로 많습니다. [이렇게∨되다]를 [이렇게∨돼다]로 쓰고, [이렇게∨됐다]를 [이렇게∨됬다]를 쓰고, [안∨돼!]를 [안되!]로 쓰는 사람도 적지 않습니다. 본디 [되]나 [돼]는 하나같이 [되다]에서 비롯되었습니다. [되다]는 [어떤 것에 도달하거나 이루어진다]는 의미입니다. [되]는 그 기본 줄기이고 [돼]는 [되어]의 준말입니다. 이와 같은 원칙을 염두에 두면 쉽게 이해할 수 있게 [됩]니다. [되]나 [돼]가 혼동[될] 경우 [되어]로 풀어서 썼을 때 정말 타당한가 생각하면 해답이 나오게 [됩]니다.

[돼]와 [되]의 구분은 [해]와 [하]의 구분 원리와 같습니다. [돼] → [해] [되] → [하]로 바꿔서 생각해 보면 [됩]니다. [안∨돼!] [안∨되!] → [안∨해!] [안∨하!]. [안∨하!]가 말이 안 [되니] [안∨되!]는 틀린 어법이고 [안∨돼!]가 맞는 말이 [됩]니다. [안돼나요?] [안∨되나요?] → [안∨해나요?] [안∨하나요?]. [될∨수밖에] [∨수밖에] → [할∨수밖에] [핼∨수밖에]. 따라서 [안∨돼!] [안∨되나요?] [될∨수밖에] 등이 맞는 말이 [됩]니다. 헷갈릴 때마다 [해] [하]로 바꿔 보세요.

- [되]와 [돼]의 차이점을 알아봅시다.

1. [되]는 [되다]라는 동사의 어간(語幹)이고 단독으로 쓸 수 없기 때문에 항상 어미(語尾)와 결합하여 쓰입니다. 사례 1 : 되 +어, 되 +어

첫 삽

도, 되 +어서, 되 +었 +다, 되 +는, 되 +면, 되 +지. 사례 2 : 인간이 되어라. 인간이 되는 방법은? 인간이 되지 말라![되]는 항상 사례 1처럼 어미와 결합하여 쓰여야 합니다. [되]는 단독으로 쓰일 수 없습니다.

2. [돼]는 [되어]의 준말로 [되]와 [-어]가 결합한 형태입니다. [돼]는 문장에 따라 단독으로 쓰일 수 있습니다. 사례 3 : 인간이∨되!(×) 사례 4 : 인간이∨돼!(○) 사례 5 : 인간이∨   다.(×) 사례 6 : 인간이∨됐다. (○)[돼]는 [되어]의 준말로 [되]와 [돼]가 헷갈릴 때는 [되어]로 풀어서 말이 [되]는지 확인하면 [됩]니다.

3. [되]는 [하]로 [돼]는 [해]로 바꾸어 말이 [되]는지 살펴보면 알 수 있습니다.사례 7 : 안∨돼나요? → 안∨해나요?(×) 사례 8 : 안∨되나요? → 안∨하나요?(○) 사례 9 : 안∨되 → 안∨하(×) 사례 10 : 안∨돼 → 안∨해(○)

4. [돼]는 대부분 과거를 나타낼 때 쓰이고 [되]는 현재와 미래를 나타낼 때 쓰이는 경우가 많습니다. 사례 11 : 돼지가 됐다. - 과거사례 12 : 나는 돼지가 될 수 있을까? - 미래[되]와 [돼]를 구분하지 못하면 입학시험, 입사시험, 자격시험, 논술시험, 백일장 응시, 드라마 극본 응모, 신춘문예 응모, 각종 현상 공모 때마다 줄줄이 낙방하게([기]로 쓰면 안 됨) 마련입니다.

좋아할∨수∨있다, 좋아할수록, 좋아할∨수밖에

[할∨수∨있다]의 [수]는 이른바 불완전명사이니 완전 독립해 써야 합니다. [할수록]은 모두 붙이고 [할∨수밖에]는 [수밖에]만 독립해 씁

니다. 이것이 바로 우리 모국어 사용에 대한 약속입니다.

한글맞춤법 공부를 하기 전에 언어 개념과 언어 약속부터 익혀야 합니다. 문서 작성을 못 하면 어느 직장을 마련하든 오래 버티지 못합니다. 결국은 단순노동에 의존하는 직종을 선택할 수밖에 없답니다. 자녀들의 장래를 위해서라도 언어 훈련과 문서 작성 요령, 행정력, 기획 능력을 길러야 합니다.

첫 삽

[해야겠다.]를 [해야∨겠다.]를 쓰지 마세요. [겠다.]는 [하겠다.]와 달리 독립적으로 쓸 수 없습니다. [할지∨모르겠다.]를 [할∨지∨모르겠다.]라고 쓰지 마십시오. [해야∨하겠다.]의 경우에만 띄어 씁니다.

* * *

▲ 종결형(겠)에 의한 미래 시재
- 선어말 어미 [겠]으로 표시됨.
[예] 내일도 비가 오겠다.

- [겠]은 단순한 시제 이외의 태도와 관련된 추측, 의지, 가능성과 같은 양태적 의미도 나타냄.
[예] 내일은 비가 오겠다(추측). 제가 먼저 가겠습니다(의지). 나도 그 정도의 문제는 풀겠다(가능성).

- [겠]은 현재 사건이나 과거 사건을 추측하는∨데에도 쓰임.
[예] 지금은 부산에도 눈이 오겠다(현재의 일을 추측). 진해에는 벌써 벚꽃이 만발했겠다(과거의 일을 추측).

* 단순한 추측을 나타낸 표현은 시재(時在)적 의미가 별로 없음.

- [겠]은 양태(樣態)적 의미가 없이 단순하게 미래 시재를 나타낼 때도 있음.
[예] 내일이면 그도 수무 살이 되겠다.

- 행동의 주체자의 의지를 나타내는 미래 시재는 다음과 같은 제한이 따르기도 함. 평서문에서는 1인칭에만 씀.

[예] 그 일은 내가 하겠다.

- 의문문에는 2인칭에만 씀.

[예] 네가 먼저 가겠는가?

* * *

[지란 말은 [때, 동안] 등 시간(일정 기간)을 나타내는 경우가 아니면 붙여야 합니다. 예컨대 [그녀가 떠난 지 5년 됐으니 어떻게 해야 할지 모르겠다.]로 씁니다. 의존명사(꼴이름씨) [지는 어미의 뒤에 쓰여 어떤 일이 있었던 때로부터 지금까지의 동안을 나타내는 말이기 때문입니다.

* 관련 규범 : 의존 명사는 앞말과 띄어 쓴다.(한글맞춤법 5장 2절 42항)

[노력하면∨돼지]로 쓰면 안 됩니다. [그러면 안∨되]로 써도 곤란합니다. [그녀가 나를 증오하면 되지 내가 그녀를 증오하면 안∨돼]로 써야 합니다. [돼와 [되]를 구분하는 요령은 약간 어려운 듯해도 익혀 두면 혼란이 없습니다.

접미사(끝가지) [하다.] 앞에 명사(이름씨)가 오면 당연히 붙여 써야 합니다. [사랑∨하다.] [노력∨하다.]로 쓰면 곤란합니다. [배려하다.] [공부하다.] [취직하다.] 등의 경우처럼 붙여야 합니다. [취직을 ∨하다]로 쓰면 몰라도.

국어사전이나 [한글맞춤법]을 옆에 두면 언어 훈련, 한글맞춤법 익히기, 문서 작성 요령 습득하기 등에 유익합니다.

정 자신이 없으면 [문서 작성] 화면을 열어 키보드를 두드리고 [한글맞춤법]을 검색하면서 글을 써 보세요. 물론 이런 방법으로도 80점 이상을 얻기 어렵지만 그런 대로 도움이 됩니다. 여러 가지 특별한 사례와 관용어 등이 인정되는 경우가 적지 않기 때문입니다.

이런 분도 있을 수 있습니다. [늙은 나이에 뭔 모국어 공부야?]라고 말할지도 모릅니다. 하지만 아닙니다. 모국어 훈련과 문서 작성 기법 터득은 내 자식과 후손들을 국내 명문대나 외국 명문대에 입학시키고 유명 대기업에 합격시키는 지름길로 연결되기 때문입니다.

모국어 수련과 진지한 글쓰기

필자가 [인터넷 소설이 모국어를 오염시킨다]란 제목의 글을 인터넷 카페에 올렸더니 한 사람이 반론 비슷한 글을 썼더군요. 다음은 그 내용을 요약한 것입니다.

* * *

독자의 답장

저도 인터넷 소설을 좋아하지는 않습니다. 하지만 인터넷 소설이 진지한 독자를 상대로 쓰이던가요? 같은 수준에서 노는 것 아닙니까? 그런 부류의 쉽게 즐길 수 있는 글들을 원하는 독자들도 있지 않습니까? 스스로 의식 있는 독자라면 인터넷 소설을 외면하면 되는 거죠.

인터넷 소설에는 인터넷 소설 나름의 매력과 장점이 있습니다. 바로 프리댄서님이 말씀하신 용기와 배짱인 것이죠.

글쓰기는 어렵습니다. 너무나 힘듭니다. 고통의 연속입니다. 좋은 작가의 좋은 글을 읽으면서 끊임없이 절망합니다. 아무리 읽고 고쳐 봐도 어색한 제 문장을 슬그머니 옆으로 치웁니다. 부끄러운 겁니 다. 그렇게 하나하나 썩어 버리죠.

인터넷의 장점은 익명이라는 것이죠. 뭐, 개 같은 글을 써놔도 언 제든지 달아날 수 있다는 겁니다. 재미만을 위한 소설, 문법적으로 전혀 맞지 않는 소설, 순 대화체 소설……. 온갖 오염물질 같은 글들 이 넘쳐납니다. 용기와 배짱만 가지고 덤빈 모국어를 망치는 글들이 말입니다.

뭐 어떻습니까? 그 용기와 배짱만 있다면 절대 우리 한국어의 본 질이 훼손되지는 않을 것이라고 생각합니다.

언어의 본질은 의사소통입니다. 모국어의 필요성은 민족의 정체 성 확립과 한민족 간의 유대감을 형성하는 것입니다.

순수문학은 일반인이 접근하기에는 어려운 면이 있습니다. 보통 공부로는 안 되는 것이죠. 모국어를 가지고 예술을 하는 것이니까 요. 모국어에 대한 완벽한 정확성과 정통성을 지녀야 합니다.

하지만 일반인들이(소위 아웃사이더 작가들이) 소설을 쓰면서 느 껴야 할 것은 창작의 즐거움입니다. 모국어에 애정을 느끼는 것입니 다. 일반인들이 얕은 공부와 진흙탕 같은 글을 쓰면서 가지게 되는 것은 우리말에 대한 애착입니다. 그 사람들이 영어로 글을 쓰는 건 아니죠. 일반인들에게 예술을 강요할 수는 없습니다.

인터넷소설의 의미는 소설에 좀 더 쉽게 다가갈 수 있게 하는 것입니 다. 일반인들에게 어려운 예술만이 판치면 누가 쉽게 우리글에 다가설 수 있겠습니까? 소수만이 읽고 토론하는, 소위 언어 귀족이 생길 뿐이 지요. 소수와 다수 간의 소통이 되지 않으면 오히려 그쪽이 우리 언어에 위협이 되지 않을까요? 소수만을 위한 언어가 아니니까요.

웃고 즐기면서, 읽으면서, 써 보면서 우리말에 대한 애착과 접근성을 가지다 보면 평소엔 쉬이 접근하지 못했던 순수문학에도 발을 들여놓게 되겠지요. 오염물질이 아니라 최후에 교양 없는 다수의 국민과 교양 있는 한국어를 융합시켜 줄 촉매가 될 거라고 생각합니다.

사족(蛇足)

쓸데없이 어려운 글은 쓰레기라고 생각합니다. 그 꼴에 뭘 좀 안다고 깝죽대는 머리에 똥만 든 인간들이 쓴 글은 역겹습니다. 앞에서도 말했지만 언어는 일단 의사소통이 되지 않으면 무용지물입니다.

가장 쉬운 언어로, 가장 우매한 독자들에게까지 자신의 생각을 전달할 수 있어야 진정한 글쟁이입니다. 단언할 수 있습니다.

제가 글을 잘 쓰는 편이 아니기 때문에 그야말로 개념 없이 주절거렸습니다. 다시 읽어 보니까 저조차도 뭔 소린지 모르겠네요.

이해해 주십시오. 저는 진지하면서도 가벼운 독자입니다. 열심히 글쓰기를 연습하고 우리말 문법 공부를 하지만 요 모양 요 꼴인 녀석입니다.

감히 아웃사이더 주제에 프로 앞에서 짖어대다니! 하지만 상대가 아무리 신이라도 제 생각은 말해야 한다는 생각 때문에 떠들어 봅니다.

* * *

필자의 답장

모국어를 제대로 알고 글을 제대로 쓸 줄 아는 분, 글쓰기의 절망을 경험한 분이 쓰신 글이어서 대체로 인정하는 입장입니다. 하지만 인터넷 소설 나름대로의 매력과 장점을 아는 젊은이로서 그 용기와 배짱을 정직하고 아름다운 글(정확히 말씀 드려 문장)을 가다듬는 데 정력을 좀 투자해 달라는 주문으로 받아들였으면 합니다.

언어란 일단 의사소통이 되지 않으면 무용지물이라고 말씀하셨는데, 약간의 반론의 여지가 생깁니다. 물론 그 말씀은 매우 지당합니다. 하지만 의사소통 문제의 초점은 다른 데 있다고 봅니다. 의사소통을 가로막는 현상은 모국어 수련 포기에서 비롯된 것이지, 아름다운 모국어를 가꾼 선배들의 잘못 때문만은 아닙니다. 배울 때 많이 읽고 치열하게 노력하지 않고 의사소통을 핑계 삼아 자극적인 언어의 유희의 인터넷 카페에만 몰려들면 곤란합니다.

뭐 어떻습니까? 그 용기와 배짱만 있다면 절대 우리 한국어의 본질이 훼손되지는 않을 것이라고 주장하셨지요? 정말 그럴까요? 자기 언어에 대한 기초 정보 습득(훈련) 과정을 무시하고 마구 훼손시킨 사람들이 언젠가는 본질을 찾아 쉽게 접근할 수 있을까요?

가벼운 에피소드 하나 소개하지요. 지난달 선배가 추천한 대학 졸업 예정자를 인턴사원으로 쓴 적이 있습니다. 누가 시키지 않았는데도 제안서를 만들겠다고 나섰답니다. 그 용기 넘치던 젊은이, 단 한 장의 제안서를 작성하는 데 무려 여덟 시간이 걸리더군요. 머리에 저장했던 아이디어였다니까 30분이면 충분히 작성할 만한 내용이었습니다. 하지만 그렇게 만들어진 제안서를 쉽게 이해할 수 없는 사람은 아무도 없었습니다. 말로 설명하라니까 5분 안에 끝내더군요. 그리고는 몸으로 때우는 일을 하겠다고 나선 겁니다. 고급 인력이라고 자처하던 사람이 이른바 노가다를 자원한 겁니다.

이 세상에 언어 귀족은 많지 않습니다. 대중에게 접근하려는 작가들이 많을 뿐입니다. 실상을 알고 보면 참 쉽게 글을 쓰는 작가들이 너무 많습니다. 그럼에도 젊은 독자들이 외면합니다. 아니 그 책을 읽어 보고도 그 글쓰기를 참작하지 않으려 합니다. 지극히 당연한 학습 과정, 자기 수련 과정을 포기하고 자기들끼리 자기들만의 언어로 자기들 방식대로 몰려다니려 합니다.

첫 삽

싫어도 그대로 두고 보자, 언젠가는 자기 정체성과 본질을 찾을 수 있겠지……. 그런 방관은 싫습니다. 초등학생의 정직한 글쓰기가 사랑스럽고, 단 몇 줄을 다듬지 못해 하루 종일 식은땀을 흘리는 대학생이 불쌍합니다. 우리 모두의 책임이죠. 중학교 때 1학기 정도만이라도 맞춤법 교육과 문장 연습의 기회를 만들어야 모국어 기초 훈련의 문제가 해결됩니다.

일반인들에게 예술을 강요할 수는 없다고 말씀하셨지요? 제가 언제 예술을 강요했던가요? 함부로 춤추듯 덤비지 말고 스스로 돌아보자는 의미로, 춤추는 요령은 약간 터득한 뒤 맘대로 춤추자는 뜻으로 말한 것뿐입니다. 놀 때 놀더라도 약간의 공부는 해야 합니다. 이미 늦었으니 되돌아올 때까지 기다려 보자는 관점은 싫습니다.

임의 지적대로 모국어에 대한 완벽한 정확성과 정통성을 지녀야 한다고 주장할 생각은 없습니다. 인터넷 소설에 차원 높은 예술성을 기대하자는 것도 아닙니다. 단지 최소한의 기본이라도 갖추고 나서 용기와 배짱을 부려야 한다는 입장입니다.

[웃고 즐기면서, 읽으면서, 써 보면서 우리말에 대한 애착과 접근성을 가지다 보면 평소엔 쉬이 접근하지 못했던 순수문학에도 발을 들여놓게 되겠지요.]라고 말씀하셨습니다. 지극히 합당한 의견입니다. 단지 우리말에 대한 애착과 접근성이 발견되지 않는 경우가 대부분이기 때문에 안타깝다는 것뿐이죠. 임의 주장대로 교양 없는 다

수의 국민과 교양 있는 한국어를 융합시켜 줄 촉매가 되려면 젊은 시절에 그만한 노력과 정성을 기울여야 가능해집니다.

참 대단한 논리를 갖춘 분임을 인정합니다. 하지만 짖어댄다는 표현은 지나쳤습니다. 지극히 가학적이고 자학적이어서 가슴이 덜컥 내려앉았답니다.

인터넷 소설 장르가 가지는 독특함이나 톡톡 튀는 발상들에 대해서는 배울 점이 많다고 생각합니다. 하지만 어린 작가들과 어린 독자들이 단지 긴 문장과 상세한 묘사가 지루하여 이모티콘으로 범벅된 글을 선호한다는 것은 제 입장에서는 왠지 씁쓸하네요.

이명박 대통령님의 수준급 국어 실력

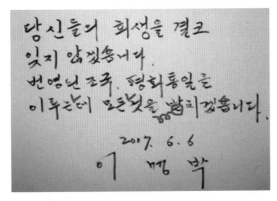

* 방명록 사진

이명박 대통령님께서는 대선 후보 시절 국립현충원에 참배한 뒤 현충원 방명록에 서명하면서 한글맞춤법에 대한 무지를 적나라하게 드러내셨습니다. 그 당시 이명박 대통령 후보님께서는 이렇게 쓰셨답니다.

- 당신들의 희생을 결코 잊지 않겠읍니다. 번영된 조국, 평화통일을 이루는데 모든것을 받치겠읍니다.

띄어쓰기를 제외하고도 [잊지∨않겠습니다.]와 [받치겠습니다.]는 초등학생도 저지르지 않을 잘못입니다. [잊지∨않겠습니다.] [이루는∨데 모든∨것을∨바치겠습니다.] [모든∨것]이 올바른 표기입니다.

* * *

1. 바치다 : [웃어른이나 신에게 드리다], [몸과 마음을 고스란히 쏟다], [세금 등을 내다]처럼 쓰입니다.

(예) 제물을 바치다. 평생을 바치다.

2. 받히다 : [세게 밀어 부딪히다]라는 뜻의 [받다]에 피동접미사 [히]가 더해진 말로 떠받음을 당하다는 뜻입니다. (예) 차에 받히다. 쇠뿔에 받히다.

[피동접미사]란 말 그대로 당하는 걸 말합니다. [잡다]에 [히]를 붙여 [잡히다]가 되는 것처럼 말이죠.

3. 받치다 : 두 가지 뜻으로 쓰일 수 있습니다.

- 자동사로 쓰일 경우 [먹은 것이 소화되지 않고 위로 치밀다], [기운이나 심리작용이 강하게 치밀다]처럼 쓰입니다.

(예) 속이 받치다. 설움이 받치다.

- 타동사로 쓰일 경우 [무엇이 넘어지거나 쓰러지지 않게 밑을 괴다], [무엇을 펴들다]처럼 쓰입니다.

(예) 우산을 받치다.

* 타동사로 쓰일 경우의 [치]는 [힘줌말]이라고 말 그대로 그 말을 좀 더 강한 의미로 쓰이도록 하는데 예를 들면 [밀(치)다]가 있죠.

4. 밭치다 : 건더기와 액체가 섞인 것을 체 같은 데에 부어서 국물

만 받아낸다는 뜻입니다.

(예) 체에 밭치다.

* * *

소설가 이외수 선생은 자신의 홈페이지에 [이외수가 화난 이유]라는 글을 올려 이명박 대통령님의 한글 무지를 널리 알렸습니다.

이명박 대통령님은 국어와 국사를 영어로 가르치자고 제안하신 바 있습니다. 이외수 선생의 지적처럼 한글도 제대로 쓸 줄 모르시는 분이 국어와 국사를 영어로 가르치자고 주장하신 것입니다.

이외수 선생의 말씀처럼 영어가 그렇게 좋으면 미국으로 이민이나 가시라고 권유라도 해야 할까 봅니다. 앞으로 대통령과 국회의원, 장관을 뽑을 때 모국어 실력을 테스트하는 시험을 먼저 치러야 할까 봅니다.

미국 대통령이 영어 철자를 잘못 썼다가 세계적인 웃음거리가 된 적이 있다는 사실을 모르는가요.

교정(矯正) 교정(校正) 교정(校訂)

나름대로 원고 교정(敎正)을 잘 본다는 사람도 헷갈리기 쉬운 말이 [교정]입니다. 이번 기회에 확실하게 알아 둡시다.

* 교정(矯正)
- 틀어지거나 굽은 것을 바로잡음.
[예] 말더듬이 교정
* 교정(校正)

- 글자의 잘못된 것을 대조하여 바로잡음.
- 교정쇄와 원고를 대조하여 오자, 오식 등을 바로잡아 고침.
* 교정(校訂)
- 출판물의 잘못된 글자, 글귀를 바르게 고침.

첫 삽

* * *

[교정]을 국어사전에서 찾아봅시다.

교: 정 [校正, 교정하다, 교정되다]

교: 정(校正)[명사][하다 형 타동사][되다 형 자동사] 교정지와 원고를 대조하여 틀린 글자나 빠진 글자 따위를 바로잡는 일. 간교(刊校). 교준(校準). 준(準).

교: 정(校訂)[명사][하다 형 타동사][되다 형 자동사] 책의 잘못된 글자나 어구(語句) 따위를 고치는 일.

교: 정(敎正)[명사][하다 형 타동사] 가르쳐서 바로잡음.

교: 정(矯正)[명사][하다 형 타동사][되다 형 자동사] 좋지 않은 버릇이나 결점 따위를 바로잡아 고침. 교직(矯直). (예) 성격을 교정하다. / 치열(齒列)을 교정하다.

위에서 보듯이 대개 [바로잡다]의 의미를 가지고 있습니다.

* * *

[교정]을 영어사전에서 찾아봅시다.

correct

1. 〔잘못〕을 고치다, 바로잡다.

…을 교정하다 ; 첨삭(添削)하다.

2. …의 잘못을 지적하다.

3. 〔남〕을 (…의 일로) 타이르다.

4. 혼내주다, 벌주다.

5. 〔악영향 따위〕를 억제하다.

[옳은, 정확한, 맞는]이라는 adjective(형용사)라고 쓰일 수 있고
[고치다, 옳게 만들다]라는 verb(동사)라는 뜻으로 쓰일 수 있다.

* correct가 형용사로 쓰이면 옳은, 올바른, 정확한, 예의바른 등 이런 뜻으로 쓰이지만 타동사(목적어를 수반하는 동사)로 쓰이면 (잘못을) 정정하다, 고치다, 교정하다, 타이르다 등으로 뜻이 달라진다.

(형용사 예) -〉 a correct view 올바른 견해 (타동사 예) -〉 correct a child for disobedience 말 안 듣는다고 아이를 타이르다.

* correct의 명사는 correction이며 그 뜻은 정정, 수정, 교정(矯正), 징계, 처벌 등이다.

a house of correct 소년원, under correction 틀린 데가 있으면 고쳐주기로 하고 이거와 혼동되는 단어가 collect와 collection입니다. 사전을 한 번 찾아보시기 바랍니다.

* * *

네이버 영어사전을 검색해 봅시다.

correct [krekt] L [똑바르게 하다]의 뜻에서 a. (more ~, ~er ; most ~, ~est)

1. (사실과 일치하여) 옳은, 틀림없는, 정확한

a ~ judg(e)ment[view] 올바른 판단[견해]

correct 규준에 맞아 틀림없는, 또는 일반적으로 인정된 관습에 맞는

a correct answer 정답

correct behavior 예의 바른 행동

accurate 주의노력을 한 결과로서 정확한

an accurate account of the events 사건의 정확한 기술

exact 사실·진리·규준에 완전히 합치된

an exact quotation 정확한 인용

precise 세세한 점에 이르기까지 정확한

His translation is very precise. 그의 번역은 아주 정확하다

2. 의당한, 온당[적당]한 ; 예의 바른 ; 품행이 방정한

the ~ thing 〈속어〉 합당한 일

vt.

1 〈잘못을〉 정정하다, 고치다, 바로잡다 ; ~의 잘못을 지적하다 ; 첨삭하다 ; 교정(校正)하다

2 교정(矯正)하다 ; 타이르다, 징계하다

《~ +목 +전 +명》 ~ a child with the rod 아이를 매로 벌주다

~ a child for disobedience 말 안 듣는다고 아이를 타이르다

3 중화하다(neutralize) ; 〈병을〉 고치다(cure)

4 [수학·물리·광학] 〈계산·관측·기계 등을〉 수정[보정(補正)]하다

vi.

1 고치다, 정정하다

2 [증권] 〈주가가〉 (시세의 급등 또는 급락 후에 일시적으로) 반전하다, 회복되다

stand ~ed 정정을 승인하다, 잘못을 인정하다

* * *

* 교정(校庭)

- 학교의 마당(운동장).

* 교정(較正)
- 계기의 정밀도 등을 표준기와 비교하여 맞추는 일.
* 교정(敎政)
- 교회를 다스리는 일, 교회 정치.
* 교정(矯情)
- 자연스러운 마음의 감정을 억눌러 그렇지 않은 체함.
* 교정(交情)
- 사귄 정, 교분.

글을 쓸 때 부사 [및] 남발 주의!

[및]을 함부로 쓰면 문장의 품격이 떨어집니다. 물론 읽기에도 불편하고 보기에도 안 좋습니다. 공무원 사회에서 공문을 쓰거나 법조인과 정치인들이 법률 조항에 남발하면서 생긴 악습입니다. 특히 신문사 기자들이 남용하면서 이 악습이 굳어졌습니다.

유명한 문장가와 문인들, 특히 작가와 소설가들은 [및]을 절대 쓰지 않습니다. 일부 학자들 사이에서는 [일본식(日本式)] [왜식(倭式)]이라고 주장하기도 합니다. 어느 신부님도 그렇게 강론하시더군요.

띄어 쓰거나, 쉼표 등을 찍거나, 과(와)를 쓰면 더 아름다워집니다. 하지만 한글의 특성은 띄어쓰기랍니다. 쉼표를 남발하는 것 역시 문제입니다.

- 및
[부사(어찌씨)]

'그리고', '그 밖에', '또'의 뜻으로, 문장에서 같은 종류의 성분을 연결할 때 쓰는 말.

수정 전 : 표현 및 언론의 자유
수정 후 : 표현 · 언론의 자유
수정 후 : 표현의 자유와 언론 자유
수정 후 : 표현의 자유, 언론 자유

수정 전 : 올바른 자원 절약 정신을 학교, 가정 및 지역 사회에
수정 후 : 올바른 자원 절약 정신을 학교, 가정과 지역 사회에
수정 후 : 올바른 자원 절약 정신을 학교, 가정, 지역 사회에
수정 후 : 올바른 자원 절약 정신을 학교 · 가정 · 지역 사회에

수정 전 : 학교의 교원 및 사무직원
수정 후 : 학교의 교원과 사무직원
수정 후 : 학교의 교원, 사무직원

수정 전 : 납세자 및 납세액의 상황 및 내역을 기록하던 장부
수정 후 : 납세자, 납세액의 상황과 내역을 기록하던 장부

수정 전 : 자산 및 부채의 증감과 수익 및 비용의 발생
수정 후 : 자산과 부채의 증감, 수익과 비용의 발생
수정 후 : 자산 부채의 증감, 수익 비용의 발생

수정 전 : 채권압류 및 추심명령
수정 후 : 채권압류와 추심명령
수정 후 : 채권압류, 추심명령

수정 전 : 무단전재 및 재배포 금지
수정 후 : 무단전재, 재배포 금지
수정 후 : 무단전재와 재배포 금지
수정 후 : 무단전재 · 재배포 금지

수정 전 : 제조 및 응용에 관한 연구
수정 후 : 제조와 응용에 관한 연구
수정 후 : 제조, 응용에 관한 연구

표준 낱말과 비표준 낱말

첫 삽

표준 낱말	비표준 낱말
아귀	아구
개비	개피
빨강이	빨갱이
노랑이	노랭이
육계장	육개장
찌게	찌개
금세	금새
풍비박산	풍지박산, 풍지박살
혈혈단신	홀홀단신
안절부절못하다	안절부절하다
서슴지 않다	서슴치 않다
부서지다	부숴지다
목메게	목메이게
설렘, 설레다	설레임, 설레이다
가엾어	가여워
띄어야	띄워야
돕자	도우자
주워라	주어라
낯선	낯설은
울려고	우려고
가팔라	가파라
치러야	치뤄야
잠가	잠궈
들러서(방문)	들려서
추스르는	추슬르는
괜스레	괜시리
엔간한	웬간한
냄비	남비
상추	상치
미루나무	미류나무
빌려(차용)	빌어

경신(새 기록 수립) 갱신(기간 연장)

요즘 텔레비전을 보면 유명 방송인이나 해설자가 경신과 갱신을 잘못 쓰고 있어 시청자들을 혼란시킵니다. 육상 경기를 중계할 때 해설자가 [기록을 갱신했다]고 잘못 말합니다. [기록을 경신했다.]고 말해야 올바릅니다.

심지어 어떤 이는 방송의 영향으로 자기 아들이 경신과 갱신을 혼동하여 명문대학 입시에 낙방했다고 원망하더군요. 하지만 알고 보니 그의 아들은 접미사(끝가지) [하다.]를 붙여 쓰지 않고 [사랑∨하다.] [공부∨하다.]처럼 띄어 쓰더군요. [사랑하다.] [공부하다.]가 맞은데 말예요.

- 경신과 갱신의 차이

경신 : 고칠 경(更)

1. 이미 있던 제도나 기구 따위를 고쳐 새롭게 함. [고침]으로 순화.

2. 기록경기에서 종전의 기록을 깨뜨림.(기록 경신)

갱신 : 다시 갱(更)

1. [경신]의 1과 같다.(자기 갱신, 환경 갱신, 단체협상 갱신)

2. 법률관계의 존속 기간 따위를 연장함.(계약 갱신, 비자 갱신, 면허 갱신)

[1]의 경우는 혼용해서 쓰고 [2]의 경우는 구별됩니다.

정리하면 다음과 같습니다.

가) 기록을 깨고 새로운 기록을 냈을 때 - 기록 경신.

나) 기간이 만료되어 연장 - 면허 갱신.

다) 제도, 기구 따위를 고침 - 경신, 갱신 모두 사용.

- 고칠 경(更)과 다시 갱(更), 경신과 갱신.

[更]은 [고친다는 뜻으로는 경으로, 다시라는 뜻으로는 [갱]으로 읽히는 한자입니다. 경신(更新)은 고쳐서 새롭게 함을 이르는 말이고, 갱신(更新)은 다시 새롭게 함 또는 법률 용어로서 존속 기간이 다 끝난 법률관계의 기간을 다시 연장함을 이르는 말입니다.

가령 임대 계약서를 다시 작성할 때에 그 조건을 바꾸는 경우는 [경신]이 되고 단지 계약 기간만을 연장하는 경우에는 [갱신]이 되는 것과 같습니다.

따라서 기록이 수정되어 신기록이 수립되었을 때는 [경신]을 쓰면 되겠습니다. 최근의 주요 국어사전들에서도 [경신]의 용례로 [기록 경신]을 들고 있습니다.

갱신 : 다시 고침, 새롭게 함

1. 계약을 갱신하여 기간을 연장했다.
2. 면허증을 갱신하였다.
3. 2급 자격증을 1급으로 갱신했다.
4. 여권 갱신을 받았다.

들르다(방문), 들리다(청각)

많은 분들이 [들르다 : 방문(행동), 들리다 : 청각]임을 잘 알고 있습니다. 하지만 착각하는 분들도 의외로 많답니다. 다음과 같이 어떤 인터넷 카페에서 쪽지가 왔더군요. 괄호( ) 안은 수정 후입니다.

* * *

안녕하세요. 카페 운영자입니다. 이제 가을을 느낄수(느낄∨수) 있는 날씨인데요. 참 좋은 계절입니다. 이렇게 좋은 계절에 카페에 들려서(들러서) 좋은 자료와 정보도 공유하시구(고)요. 무료 도서 이벤트도 참여∨해(참여해) 보세요. 이벤트에 참여하신 분들은 당첨을 확인하시구(고)요. 발표∨해(발표해) 두었답니다.

내일 오후 2시∨부터는(2시부터는) 워크샵(워크숍)이 ＊＊동 ＊＊＊교육원에서 개강합니다. ＊＊때문에 고민하는 가족님께서는 주저 없이 참가∨해(참가해) 보세요. 시원한 세상과 만나게 될 것입니다. 자세한 내용은 카페 공지를 참고 바랍니다.

자주 카페에 들리시면(들르시면) 좋은 일들이 우루루(우르르) 생길 것이예요(것이에요, 것예요). 환절기 건강관리에 유의∨하시고(유의하시고) 즐거운 주말 되십시요(되십시오, 되세요, 되시기 바랍니다).

＊ ＊ ＊

- 수 : 불완전명사는 띄어 씁니다.
- 하다 : 접미사(끝가지)는 붙여 씁니다.
- 부터, 까지 : 붙여 씁니다. [까지]는 보조사입니다. 따라서 명사(이름씨)와 보조사 [까지]는 붙여 써야 합니다. 각 단어별로 띄어 쓰되 조사(걸림씨, 토씨)는 붙여 씁니다.(한글맞춤법 제2항, 제41항)

[까지] 조사. 어떤 일이나 상태 따위에 관련되는 범위의 끝임을 나타내는 보조사. 흔히 앞에는 시작을 나타내는 [부터]나 출발을 나타내는 [에서]가 와서 짝을 이룹니다.

[부터] 조사. (체언이나 부사어 또는 일부 어미 뒤에 붙어) 어떤 일이나 상태 따위에 관련된 범위의 시작임을 나타내는 보조사. 흔히

뒤에는 끝을 나타내는 [까지]가 와서 짝을 이룹니다.

- 샵 : 숍.
- 예요 : [이에요]의 준말
- 하십시요. → 하십시오, 하세요.

첫 삽

으악새가 슬피 우는 사연

갈대 잎은 부드럽고 억새 잎은 강합니다. 억새가 살결에 스칠 때 상처가 날 수 있습니다. 갈대와 억새의 공통점은 벼과의 다년생 식물이라는 것입니다.

다년생 초본식물이란 겨울에 지상부는 말라죽어도 뿌리는 그대로 살아남아 다음 해에 다시 줄기가 나와 꽃을 피우는 식물입니다. 반면 일년생 초본식물은 겨울이 되면 뿌리까지 말라 죽는 식물이라서 다음해에는 땅에 떨어진 씨앗이 싹이 터서 자라는 식물입니다.

갈대와 억새는 서식 조건(자생지)나 식물 형태가 확연히 다릅니다. 겉모습부터 차이가 심해 조금만 주의 깊게 살펴보면 쉽게 구분할 수 있습니다. 갈대는 9월경 개화하고 억새에 비해 꽃의 이삭이 풍성하며, 보랏빛을 띤 갈색 꽃을 피웁니다.

억새 잎의 폭(넓이)은 2~4cm 정도여서 갈대보다는 훨씬 넓습니다. 줄기의 굵기도 갈대와는 비교할 수 없을 만큼 굵습니다. 키는 1~3m 정도로 큰 편이고 습지, 연못, 저수지, 개울가에 군락으로 자생합니다. 한마디로 물을 매우 좋아하는 반 수생 식물입니다. 줄기가 모여 나고 자줏빛을 띤 누런 잔 꽃이 많이 핍니다. 뿌리는 거칠게 보일 정도로 거칠고 옆으로 뻗어 가며 자랍니다. 뿌리의 색깔도 황백색입니다.

갈대는 줄기가 곧고 단단하며 마디가 있고 속이 비었습니다. 잎은 어긋맞게 나며 길이 20~50cm의 길고 끝이 뾰족합니다. 가을에 엷은 회색의 잔 꽃이 줄기 꼭대기에 원추(圓錘) 꽃 이 차례로 피는데 흰털이 많고 부드러운 솜과 같습니다.

오히려 갈대와 혼동하기 쉬운 식물은 달뿌리풀입니다. 갈대와 달뿌리풀은 비슷한 조건에서 서식하므로 구별하기 매우 힘듭니다. 다만 육안으로 드러나는 차이점은 갈대에 비해 키가 작고 줄기의 굵기가 약간 가늘다는 점입니다. 그러나 서식지의 영양 성분이 좋으면 키도 더 클 수 있고, 줄기의 굵기도 갈대보다 더 굵어질 수도 있어 명확한 구분이 어렵습니다.

서식 조건이 좋지 못한 곳에서 자란 달뿌리풀은 오히려 억새와 혼동할 수 있습니다. 따라서 전문가들이 갈대와 달뿌리풀을 구분할 때는 뿌리를 캐서 비교하거나 꽃이 피었을 때 비교하여 구분합니다.

억새는 그 종류가 매우 많습니다. 우리나라에서도 10여 종 이상입니다. 일반적으로 억새라고 부르는 것은 자주억새를 말합니다. 흰색 꽃을 피우고 잎 가장자리에는 날카로운 거치가 있어 스치면 피부가 베어서 손상될 정도입니다.

억새는 전국 각지의 저지대에서부터 고지대까지 널리 분포되어 있습니다. 적당한 습기가 있으면 좋으나 건조에도 강하여 잎이 시들어도 죽지 않을 정도로 건조에 강합니다.

갈대와 다른 점은 꽃 이삭이 가늘고 덜 풍성하며 줄기가 매우 가늘고 키가 1~2 정도로 갈대에 비하여 작습니다.

산에서 흔히 볼 수 있는 것은 억새라고 생각하면 됩니다. 그러나 산의 계곡 물가에도 갈대가 많이 자라고 있어 위에 적은 특징을 잘 살펴보고 판단해야 합니다.

＊ ＊ ＊

우리가 즐겨 부르는 유행가 [짝사랑]의 가사를 한번 옮겨 보죠.

아- 아- [으악새] 슬피 우니 가을인가요. 지나친 그 세월이 나를 울립니다.

여울에 아롱 젖은 이지러진 조각달. 강물도 출렁출렁 목이 멥니다.

아- 아- [뜸북새] 슬피 우니 가을인가요. 잃어진 그 사랑이 나를 울립니다.

들녘에 떨고 서 있는 임자 없는 들국화. 바람도 살랑살랑 맴을 돕니다.

그런데, 그런데 말입니다. 많은 사람들이 유식한 척하면서 [으악새]를 오직 [억새]라고 단정합니다. 하지만 올바른 관점은 아닙니다.

[으악새]란 우리나라 텃새 [왜가리]이면서 동시에 들풀 [억새]이기도 합니다. 다시 말해 식물 [억새]의 다른 이름이고 동물 [왜가리]의 다른 이름이죠.

1992년 어문각에서 발행하고 한글학회가 지은 [우리말 큰 사전]에도 나옵니다.

＊ 으악새 : 1. (식물) → 억새. 2. (동물) → 왜가리.

여러 전문가들이 [으악새]는 [새가 아니라 풀, 억새, 억새풀이라고 주장합니다. 아닙니다. 차라리 [왜가리]라고 말해야 더 어울립니다.

유행가 [짝사랑]의 가사 1절 안에 [강물도 출렁출렁]이라는 말이 나옵니다. 2절에는 [뜸북새(뜸부기가 바른말)]가 들어 있습니다. [뜸북새]가 들풀 이름이라면 [으악새]도 풀이라고 봐야겠지요.

[억새풀]은 물가보다는 대부분 산과 들에서 자랍니다. [으악새], 즉 여름새이자 텃새인 [왜가리]는 주로 물가에서 놉니다.

따라서 [으악새]를 [억새풀]이 아닌 [왜가리]로 해석하는 게 더 합리적일 수 있습니다.

그는 [숙맥]이니 그녀만 보면 [사족]을 못 쓴다

- [부아]가 치솟네요.

[부아]는 [허파], 즉 [폐]를 말합니다. [부아]는 [가슴] [마음]을 나타내는 말이기도 합니다. 울화, 화, 성, 분한 마음 등을 나타내는 말이 [부아]입니다. [부화]라고 쓰면 곤란합니다.

- 그녀만 보면 [사족(四足)]을 못 씁니다.

[사족]은 [사지(四肢)]의 낮춤말입니다. [사죽]으로 쓰지 마세요.

- 내일 [삼수갑산(三水甲山)]에 가더라도 먹고 보자.

[삼수]와 [갑산]은 함경남도에 있는 지명입니다. 지형이 험하기로 유명한 곳이어서 귀양살이로 적합했던 곳입니다.

[삼수갑산]은 고립된 지역, 몹시 어려운 처지를 비유하는 말입니다. [산수갑산]은 틀린 말입니다.

- 그녀는 [성대모사(聲帶模寫)]를 잘 합니다.

[묘사(描寫)]는 보거나 느낀 것을 그림이나 글로 자세히 표현하는 일입니다. [모사(模寫)]는 흉내 내거나 그대로 본뜨는 일입니다. 다른 사람의 목소리나 짐승의 울음 따위를 흉내 내는 일이 [모사]입니다. [성대묘사]라고 쓰면 무식하다는 소리를 듣게 됩니다.

- 그는 구두쇠이기 [십상]이죠.
[십상(十常)]은 [십상팔구(十常八九)]의 준말입니다. 열 가운데 여덟이나 아홉이 그러하다는 뜻입니다. 거의 예외 없이 그러할 것이라 추측할 때 쓰는 말입니다. [쉽상]으로 잘못 말하는 사람이 더러 있습니다.

- 그 사람은 [숙맥]입니다.
[숙맥(菽麥)] : 숙(菽)은 콩이고, 맥(麥)은 보리입니다. [숙맥]은 [숙맥불변(菽麥不辨)]의 준말입니다. 콩인지 보리인지 분별할 줄도 모르는 어리석은 사람이 [숙맥불변] [숙맥]입니다. [쑥맥]은 바른말이 아닙니다.

- 열애하던 갑돌이 갑순이가 [야반도주]했데요.
[야반도주(夜半逃走)] : [야간도주(夜間逃走)]. [야반도주]는 남의 눈을 피해 밤(야반)에 몰래 도망간다는 뜻입니다. [야밤]은 [밤 야(夜)]와 [밤]이 중복된 말이라 어법에 맞지 않습니다. [야밤도주]라고 쓰면 안 됩니다.

그녀의 [귓불]을 만졌다

[혈혈단신]의 그 남자를 고속도로 [휴게실]에서 만났답니다.
- 그 사람은 [혈혈단신]입니다.
몹시 외로운 처지가 [혈혈단신(孑孑單身)]입니다. [혈혈(孑孑)]은 몹시 외롭다는 뜻입니다. 이때 [외로울 혈]을 씁니다. [홀홀단신]으로 말하면 실수하는 겁니다.

- 정문 옆 [휴게실]에서 만납시다.
잠깐 쉴 수 있도록 마련한 방이 [휴게실(休憩室)]입니다. 쉴 휴(休), 쉴 게(憩)로 씁니다. [휴게실]이라고 쓰면 무식이 탄로 납니다.

- 안부 [게시판]에 글을 올리세요.
[게시(揭示)]는 여러 사람에게 알리기 위하여 써서 내붙이거나 내걸어 두루 보게 함, 또는 그 글을 말합니다. 높이 들 게(揭), 보일 시(示)를 씁니다. [게시판(揭示板)]이란 게시하는 글·그림·사진 따위를 붙이는 판(板)을 말합니다. [계시판]이라고 쓰지 마세요.

- 병원에서 [링거] 주사를 맞았어요.
[링거](Ringer, Sydney, 1835-1910)란 본디 영국의 의사 이름이었습니다. 생리학 분야에 많은 업적을 남겼고, 혈액 순환과 심장 박동에 미치는 유기염(有機鹽), 특히 칼슘의 영향에 관해 연구하여 [링거액]이라는 생리 식염수를 발견했답니다.
[링거액(Ringer液)]이란 생리적 식염수를 개량한 액체입니다. 중병

환자나 출혈이 심한 사람에게 혈액 대용으로 주사할 때 처방합니다.

[링거(Ringer)]란 [링거액]의 준말입니다. [링겔] [링게루] 등 왜식(倭式, 일본 스타일)으로 쓰지 마세요.

첫 삽

- 그 칼럼을 오늘 신문에 [게재]했습니다.

신문과 잡지 등에 글이나 그림 따위를 싣는 일을 [게재(揭載)] 또는 [등재(登載)]라고 합니다. 높이 들 게(揭) 실을 재(載)를 씁니다. [계재] [게제] [계제]라고 쓰는 사람이 더러 있습니다.

- [우리의 사랑]은 영원합니다.

[우리의 소원]으로 쓰고 [우리의 소원] 혹은 [우리에 소원]으로 읽습니다. [우리의 꿈]이라고 쓴 뒤 [우리의 꿈] 또는 [우리에 꿈]이라고 발음합니다. [우리에 사랑] [우리에 꿈]이라고 쓰지 마세요.

- 제가 그녀의 [귓불]을 만졌어요.

[귓불]이란 귓바퀴의 아래쪽으로 늘어진 살을 말합니다. 귓밥, 이수(耳垂), 이타(耳朶)라고 부르기도 합니다. [귓볼]로 쓰는 사람이 의외로 많습니다. [볼]이 아니라 [불]입니다.

[섹스폰]이 아니라 [색소폰]

- 제발 [귀띔] 좀 해 주세요.

[귀 뜨임]의 준말이 [귀띔]입니다. 귀띔은 [귀띰]으로 발음합니다.

하지만 [귀뜸] [귀띰]이라고 쓰지 마세요.

- 저의 [나침반]이 돼 주세요.
[나침반(羅針盤)]은 방위를 알 수 있게 해 주는 기구입니다. [나침판]은 바른말이 아닙니다.

- 그 어른은 [뇌졸중]으로 고생하십니다.
[뇌졸중(腦卒中)]이란 뇌의 급격한 혈액 순환 장애로 발병하는 중풍을 말합니다. 뇌가 졸도 중이라는 뜻입니다. [뇌졸증]이라고 말하지 마세요.

- 그 병은 [대증요법(對症療法)]으로 치료해야 합니다.
병의 근원과는 관계없이 병의 증세에 따라 적절히 다스리는 치료법을 [대증요법]이라고 합니다. [대중요법]이라고 쓰면 무식이 탄로납니다.

- 우리 [동고동락(同苦同樂)]합시다.
[동고동락]은 함께 괴로워하고 함께 즐거워한다는 뜻입니다. 고락을 같이하는 일이 [동고동락]입니다. [동거동락]이라고 말하면 창피합니다.
- 그 사람을 만나면서 [동병상련]의 정을 느꼈어요.
[동병상련(同病相憐)]의 [련(憐)]은 [불쌍히 여길 련]입니다. 동병상련은 같은 병을 앓는 환자끼리 서로 가엾게 여긴다는 뜻입니다. [동병상린]은 틀린 말입니다.

- 시원한 [메밀국수]를 먹으러 갑시다.
일반적으로 [모밀국수]라고 말합니다. [메밀국수]가 바른말입니다.

- 그녀는 [묵묵부답]으로 일관했어요.
[묵묵부답(默默不答)]이란 입을 다물고 아무 대답도 하지 않는다는 뜻입니다. [묵묵무답]으로 잘못 쓰는 사람이 더러 있습니다.

- [별의별] 소리를 다 듣는군요.
[별의별] : 가지가지로 별다르다는 뜻의 [別의別]입니다. [별의별]의 발음은 [별의별] 또는 [별에별]입니다. [별에별] [별아별]로 잘못 적으면 안 됩니다.

- 에이! 모르겠다. [복불복]이다.
[복불복(福不福)]은 복이 있음과 복이 없음이란 뜻입니다. 사람의 운수라는 뜻으로 쓰는 말은 [복불복]입니다. [복걸복] [복골복]은 바른말이 아닙니다.

- 문상객들이 [부조]하고 있습니다.
[부조(扶助)]란 남을 돕는 일입니다. 부조하는 돈은 [부좃돈]입니다. [부주] [부주하다][부줏돈]으로 쓰지 마세요.

- 섹스폰이 아니라 [색소폰]입니다.
[색소폰(saxophone)]은 악기입니다. 대부분 [섹스폰] [색스폰]으로 잘못 씁니다. 표준어는 [색소폰]입니다.

절체절명과 양수겸장

- 절체절명

아주 오래 전, 어느 출판사에서 실화소설을 내고 전면 광고를 게재했습니다. [절대절명의 위기! 숨 막히는 사투(死鬪)가 시작된다.] 아주 큰 글씨의 헤드카피였습니다. 제가 바로 전화했습니다. [절체절명이란 말은 있어도 절대절명이란 말은 없어요.]

* 절체절명(絶體絶命) : 끊을 절(絶), 몸 체(體), 끊을 절(絶), 목숨 명(命).

몸도 목숨도 다 되었다는 뜻으로, 궁지에 몰려 살아날 길이 없게 된 막다른 처지를 이르는 말입니다. 절대절명은 잘못 쓰인 표현입니다.

- 빈털터리

어떤 유명 일간지에서 제 친구가 쓴 책을 내고 광고를 게재했습니다. [에디슨이 빈털털이가 된 이유!] 커다란 글씨의 헤드카피였습니다. 출판 담당 기자에게 바로 전화했습니다.

[빈털털이가 아니라 빈털터리입니다.]

* 빈털터리 : 재산을 다 없애고 아무것도 없게 된 사람을 말합니다. 빈탈타리. (준말)털터리.

- 양수겸장

어느 모임에서 무식한 선배가 말했습니다.

[일거양득(一擧兩得), 꿩 먹고 알 먹는 일, 양수겹장이네!]

저는 옆에 있던 유식한 후배에게 귓속말을 했습니다.

[양수겹장이 아니라 양수겸장이야.]

* 양수겸장(兩手兼將) : 두 량(兩), 손 수(手), 겸할 겸(兼), 장수 장 (將).

장기를 둘 때 한 판 승부를 걸어서 두 말이 한꺼번에 장을 부르게 되는 일을 말합니다.

첫 삽

- 바람과 희망

어느 시인 후배가 이렇게 편지를 썼습니다.

[우리의 소박한 바램은 친목(親睦)입니다.]

글을 읽자마자 그 후배에게 전화했습니다.

[동생, 바램이 아니라 바람이야.]

뭔가 바라는 바를 말할 때 대수롭지 않게 [바램]이란 말을 씁니다. 하지만 [바램]은 [종이가 누렇게 바랬음]을 말할 때 써야 합니다. 바라는 바를 일컬을 때는 [바라다]에서 온 말인 [바람]을 써야 합니다. 바람은 희망이지만 [바램]은 정반대 의미의 절망과 비슷합니다.

이 고스톱은 [파투]야!

- [안주 일체]가 준비돼 있어요.

아주 오래 전부터 선술집 간판에 [안주 일절(按酒一切)]이라고 표시합니다. [일절(一切)]은 [도무지, 전혀, 아주, 결코]라는 뜻입니다. -끊을 절(切).

[일체(一切)]는 [모든 것, 전부 다]라는 뜻입니다. -모두 체(切).

[절(切)]에는 [끊을 절] [모두 체], 두 가지 독음이 있습니다. [안주 일절]이라고 쓰면 안 됩니다.

- 스승님께서 [유명]을 달리하셨어요.
[운명(運命)]은 타고난 수명이나 운수이고, [운명(殞命)]은 죽음입니다. [유명(幽明)]은 [어둠과 밝음] [저승과 이승]입니다.
이승에서 저승으로 가는 것이 [유명(幽明)을 달리하는 일]입니다. [운명(殞命, 運命)을 달리하다]라고 쓰면 무식이 드러납니다.

- 그 조직은 [일사불란]합니다.
[일사불란(一絲不亂)]은 질서나 체계 따위가 정연(整然)하여 조금도 흐트러진 데나 어지러운 데가 없다는 뜻입니다. [일사분란]으로 잘못 쓰지 마세요.

- 그 사람은 [임기응변]이 대단합니다.
[임기응변(臨機應變)]이란 그때 그때의 변화에 따라 적절하게 대처하는 일입니다. [임기웅변]이라고 쓰면 창피합니다.
- 금연 중이니 [재떨이]를 치우세요.
담뱃재를 떨어서 놓는 그릇은 [재떨이]입니다. [재털이]는 잘못된 말입니다.

- 그 남자는 [주야장천] 그녀만 생각했어요.
[주야장천(晝夜長川)]. 주야는 [밤낮]이고, 장천은 [기나긴 냇물]입니다. [주야장천]이란 [늘, 언제나, 쉬지 않고]라는 뜻입니다. [주야장

창]이라고 쓰면 곤란합니다.

- 반드시 [진실 여부]를 밝혀야 합니다.
[진실 여부(眞實與否)]. 진실인지 아닌지 가리는 일에는 [진실 여부]를 써야 합니다. [진위여부]라고 쓰지 마세요.

- [칠흑] 같은 어둠이 찾아왔어요.
[칠흑(漆黑)]은 [칠]처럼 검은 빛깔이란 뜻입니다. [칠흙]이라고 쓰면 안 됩니다.
* 칠흑(漆黑) : 칠(漆)처럼 검고 광택이 있음, 또는 그런 빛깔. 한자인 칠(漆)과 흑(黑)이 합하여진 합성어.
사방이 온통 캄캄하여 아무것도 분간을 하지 못하는 상태를 말합니다. 까맣게 옻칠을 하는 데에서 유래한 말입니다.
예전에 가구를 만들 때의 마감 과정이 옻칠입니다. 옻칠을 하면 처음엔 회색(灰色)을 띠나 건조되면서 아주 새까맣게 변합니다.
이 때 칠(漆)이 흑색으로 변한다는 뜻으로 칠흑(漆黑)이라고 불렀습니다. 이 말이 변하여 주위가 캄캄해지는 경우나 아주 새카만 색상을 이를 때 쓰곤 합니다.
(예) 칠흑 같은 밤중. 칠흑의 머리.

- 이 고스톱은 [파투]야!
[파투(破鬪)] 화투놀이에서, 장수가 모자라거나 차례가 어긋나거나 하여 그 판이 무효로 되는 일입니다. [파토]라고 말하지 마세요.

- 그 집안은 [풍비박산]이 됐어요.

[풍비박산(風飛雹散)]. [풍박]은 바람과 우박입니다. [박산]은 사방으로 날아 흩어지는 일입니다. [풍지박산] [풍지박살]이라고 쓰면 무시당할 수도 있습니다.

휴대폰, 핸드폰, 모발폰, 셀폰

엄격히 말해 핸드폰 등 [콩글리쉬]가 많이 섞여 있지만 이미 우리말(외래어)로 굳어지는 바람에 자연스럽게 통용되고 있습니다. 마치 [파이팅]이 [물어뜯듯이 싸운다는 뜻이 강해도 [멋진 승부를 독려]하는 뜻으로 쓰이는 것처럼, [필링]이 [피부 접촉]을 의미하지만 [첫인상]의 뜻으로 쓰이는 것처럼 말입니다.

▲어떤 후배의 의견

솔로는 음악 용어 아닌가요? 전 싱글이라는 말이 더 적절하다는 생각입니다. 하긴 영어에는 없는 콩글리쉬가 흔하긴 하죠. 대표적인게 핸드폰입니다. 모발폰이나 셀폰이 바른 영어이니 핸드폰보다는 휴대폰으로 부르든지, 영어 그대로 쓰려면 유식(?)하게 모발폰이라고 하는 것이 자연스럽다는 생각입니다.

솔로(solo, 이탈리아어)

1. [음악] 독창이나 독주. 또는 관현악의 어떤 부분을 단독의 주자(奏者)가 연주하는 일.

2. [유행어, 신조어] 이성 친구 또는 애인이 없는 사람.

솔로 홈런(solo home run).

[운동·오락] = 솔로 포(solo砲) = 솔로아치(solo arch).

싱글

[부사(어찌씨)] 눈과 입을 슬며시 움직이며 소리 없이 정답게 웃는
모양.

싱글(single)

[명사(이름씨)]

1 한 개. 또는 단 하나로 구성되어 있는 것.

2 [독신], [미혼]으로 순화.

3 =싱글브레스트.

4 [운동·오락] = 단식 경기.

싱글(single)

[음악] 한둘 내지 서넛의 노래만을 실은 음반. 보통 정규 음반 가운
데 몇몇 노래만 뽑아 싣기 때문에 정규 음반에 비해 훨씬 싼 가격에
발매된다.

모발폰(mobile phone)

한국에서 휴대폰으로 부르는 전화기.

핸드폰(hand phone)

[통신] 개인이 가지고 다니면서 통화할 수 있는 소형 무선 전화기.
[휴대 전화], [휴대 전화기]로 순화.

휴대폰(携帶 -, portable telephone)

이동통신 서비스 지역 안을 임의로 이동하면서 기지국을 통해 일
반 전화 가입자 또는 다른 이동통신 전화기와 통화할 수 있는 전화.

자동차전화처럼 이동통신 지역 내를 임의로 이동하면서 무선 존

(zone) 안의 기지국을 통해 일반 전화 가입자나 다른 이동통신 전화 가입자와 통화가 가능한 전화를 통틀어 이른다. [휴대전화] [핸드폰] [무선휴대폰] [무선휴대전화] [포켓전화] 등 여러 명칭으로 불린다.

핸드폰(hand phone)과 셀폰(cell phone)

핸드폰은 콩글리쉬이다. 셀룰러폰이 맞는 말이다. 그렇다면 왜 셀룰러폰인가?

cellular[seljul] a.

1. 세포의 ; 세포질[모양]의

2. 성기게 짠 [셔츠 등] ; 다공질(多孔質)의

3. [통신] 통화 존(zone)식의, 셀(cell) 방식의(육상 이동통신의 새로운 방식)

* radio 셀 방식 무선 전화

원래 셀룰러폰인데 줄여서 CELL폰이라고 한다.

갯벌과 개펄, 개펄과 갯벌

[개펄]과 [갯벌]은 둘 다 표준어로서 각각 그 뜻과 쓰임새가 다릅니다. [개펄]은 갯가의 개흙(갯가나 늪 바닥 등에 있는 거무스름하고 미끈미끈한 흙)이 깔린 벌을 이르는 말입니다.

((예) 개펄에서 진흙을 채취하여 미용 재료로 쓰다. 조개나 고둥 따위는 개펄에서 많이 잡힌다. 발이 푹푹 빠지는 개펄에서 낙지를 잡았다.

[갯벌]은 [바닷물이 드나드는 모래톱]을 이르는 말입니다.

((예) 갯벌을 염전으로 만들어 소금을 얻다. 갯벌을 간척하여 농토를 확장하다.

[개펄]은 개흙이 깔린 벌로 뭍(육지)에서 갯벌보다 더 먼 곳이고, [갯벌]은 강이나 바닷가에 있는 모래벌판을 말하는 것입니다.

국어사전에는 [개펄]과 [갯벌]이 다음과 같이 정의되어 있습니다.

* 개펄 : 갯가의 개흙이 깔린 곳(준말 : 펄).

* 갯벌 : 바닷물이 드나드는 모래톱.

[갯벌]은 [개]와 [벌]이 합해진 말입니다. 두 말이 더해지는 과정에서 [개뻘]로 된소리가 나니까 사이시옷이 붙어 [갯벌]로 표기된 것입니다.

개 : 강이나 내에 바닷물이 드나드는 곳.

(예) 재 넘고 개 건너 잘도 간다.

벌 : 넓고 평평하게 생긴 땅.

(예) 황량한 벌에 우뚝 서 있었다.

[모래톱]은 강가나 바닷가에 있는 넓고 큰 모래벌판을 가리키는데, [모래사장]이라는 말보다는 훨씬 우리말다운 단어라고 할 수 있습니다. [개펄]이란 단어는 다음과 같은 뜻을 지니고 있습니다.

* 개펄 : 갯가의 개흙이 깔린 벌판. 늑펄.

* 갯가 : 바닷물이 드나드는 곳의 물가.

* 개흙 : 갯바닥이나 늪 바닥에 있는 거무스름하고 미끈미끈한 고운 흙.

* 펄 : ① 개펄. ② [벌]의 거센말.

* 갯벌 : 조수(潮水)가 드나드는 바닷가나 강가의 넓고 평평하게 생긴 땅.

첫 삽

일반적으로 조류(潮流)로 운반되는 모래나 점토의 미세입자가 파도가 잔잔한 해역에 오랫동안 쌓여 생기는 평탄한 지형을 말합니다. 이러한 지역은 만조 때에는 물속에 잠기나 간조 때에는 공기 중에 노출되는 것이 특징이며 퇴적물질이 운반되어 점점 쌓입니다.

한국 서해안의 조차는 해안선의 출입이 심하고 긴 만(灣)이라는 지형적 특성에 의해 조차(潮差)가 매우 큽니다. 총 갯벌 면적의 83%가 서해안 지역에 분포하며 캐나다 동부 해안, 미국 동부 해안과 북해 연안, 아마존 강 유역과 더불어 세계의 5대 갯벌로 꼽힙니다.

갯벌은 쓸모없는 땅으로 여겨져 1980년대 후반부터 [서해안 개발]이라는 이름으로 간척·매립사업의 대상이 되었으나, 최근 하천과 해수의 정화, 홍수 조절, 생태적 가치 등이 밝혀지면서 보전운동이 일어나고 있습니다.

[오]와 [요]를 구별해야

일상생활에 바쁘고 골치마저 아픈 어른들은 안 배워도 됩니다. 젊은 학생들을 위해 올리는 글입니다.

[한글맞춤법]에 어두워 일류 명문대 입시와 유명 대기업 시험, 문예작품 현상공모, 신춘문예 등에서 낙방하는 젊은 사람들 의외로 많습니다. 다행스럽게 합격하더라도 기초적인 [한글맞춤법]을 모르면, 그 젊은이는 행정력(업무 처리 능력)과 기획력, 문장력 등을 인정받지 못해 도태됩니다.

아주 흔히 쓰이는 말 중에 아주 많이 틀리는 것이 있습니다. [씨끝]

들 중에 [~오]와 [~요]를 뒤섞어 쓰거나 혼동하는 경우가 대표적인 사례입니다.

- 잘못 쓰인 경우

1) 새해 복 많이 [받으십시요]. 어서 [오십시요]. 자리에 앉아 [주십시요].

2) 당신은 나의 [희망이오], 꿈입니다. 이분은 [사장님이오], 저쪽이 경리부입니다.

위 사례 1)은 [~오]를 써야 할 자리에 [~요]를 쓴 것이고, 2)는 [~요]를 써야 할 자리에 [~오]를 쓴 것입니다. [~오]와 [~요]의 구별하기 전에 사전 뜻풀이를 살펴보죠.

[~오] : 홀소리로 끝나는 줄기에 붙어, [하오] 할 상대에게 의문·명령·설명을 나타내는 맺음씨끝.

[~요] : [이다] [아니다]의 줄기에 붙어, 사물이나 사실을 나열할 때에 쓰이는 이음씨끝.

다만 [-오]가 [-시-] 뒤에서 [ㅣ] 모음(홀소리)의 영향을 받아 [요]로 소리 나기 때문에 혼동이 옵니다. 1)은 본디 [하오] 할 상대에게 [받으오(→받으시오→받으십시오)], [오오(→오시오→오십시오)], [주오(→주시오→주십시오)]로 말하는 것을 매우 높여 표현한 것입니다. 2)는 문장의 앞과 뒤를 이어주는 씨끝으로서 각각 다음과 같이 바로잡아야 합니다.

1) 새해 복 많이 [받으십시오]. 어서 [오십시오]. 자리에 앉아 [주십시오].

2) 그대는 나의 [희망이요], 꿈입니다. 이분은 [사장님이요], 저쪽이

경리부입니다.

현행 [한글맞춤법]에서 이 두 씨끝의 구별을 어떻게 명시하고 있는지 살펴봅시다.

형태소 결합에 나타나는 [ㅣ] 홀소리 되기([ㅣ]모음 동화)를 표기에 반영하지 않습니다. 그것은 결합하는 형태소들의 본디 모습을 최대한 살려주는 [한글맞춤법]의 기본 정신 때문입니다. 만약 위 예문 1)의 경우, [ㅣ] 홀소리 되기를 표기에 반영하면 새로운 씨끝으로 [-요]를 인정하는 것이 됩니다.

우리말 맺음씨끝 [-오]는 홀소리 뒤에서는 그대로 [-오]로 쓰이고, 닿소리 뒤에서는 [-으-]가 결합된 [-으오]로 사용됩니다. 그런데 홀소리 [ㅣ] 뒤에서의 [-요]를 인정하면 이 형태의 수가 늘어나 활용이 복잡하게 될 뿐만 아니라, [-요]와 구분하기도 어렵게 됩니다.

이러한 까닭에 [한글맞춤법] 제15항 [붙임 2]에 '종결형에서 사용되는 씨끝 [-오]는 [요]로 소리 나는 경우가 있더라도 그 원형을 밝혀 [오]로 적는다.'와 같이 용법과 표기에 대해 명시하여 놓은 것입니다.

한편 이음씨끝으로서의 [-요] 외에 토씨로 쓰이는 [요]가 있는데, 맺음씨끝 [-오]와 토씨 [요]와의 구별에도 주의해야 합니다. 왜냐 하면 [요]도 맺음씨끝 [-오]처럼 문장을 끝맺을 때 쓰이기 때문입니다. 예를 들어 보겠습니다.

3) 새해 복 많이 받으세요. 어서 오세요. 자리에 앉아 주세요. 우리가 이겼어요.

위 예문 3)에서의 [-요]는 존대의 뜻을 나타내기 위한 도움토씨입니다. 사전에서의 뜻풀이를 보겠습니다.

요 : 풀이씨의 씨끝이나 어찌씨들에 붙어, 말하는 이가 듣는 이에게 존대하는 뜻으로 나타내는 도움씨.

[-오]는 맺음씨끝이므로 줄기나 안맺음씨끝 뒤에 결합하여야만 하며, [요]는 토씨이므로 이름씨에 결합함은 물론 풀이씨와 결합할 때도 맺음씨끝 뒤에 다시 결합합니다. 따라서 [-오]나 [요] 앞의 말이 몸씨이면 당연히 [-요]를 써야 하며, 앞의 말이 풀이씨이더라도 맺음씨끝이라면 [-요]를 써야 합니다.

특히 [-요]는 반말체의 맺음씨끝 [아/어], [지] 등의 뒤에 결합되므로 쉽게 구분해 낼 수 있습니다. [가시오]의 경우 [-오] 앞의 [-시-]는 안맺음씨끝이므로 [요]가 결합할 수 없어 [가시오라고 쓸 수 없습니다. [가세요] [가셔요]의 경우, [가세] [가서]가 독립적으로 쓰일 수 있는 점으로 보아 맺음씨끝 다음의 토씨 [요]가 결합한 것임을 알 수 있습니다. 따라서 [가세요]와 같이 쓸 수 있는 것입니다.

여기에서 주의할 것은, 〈[ㅣ]뒤에 [-어]가 와서 [ㅕ]로 쓸 적에는 준대로 적는다.〉(한글맞춤법 제36항)는 규정과 혼동해서는 안 된다는 사실입니다. 현행 [한글맞춤법]이 [ㅣ] 홀소리 되기를 인정하지는 않으나, 아예 [ㅣ]가 줄어들고 뒤의 홀소리와 합쳐질 때는 [가져(가지어)]와 같이 표기할 수 있습니다. 만일, [가시오]에서 [-시-]의 [ㅣ]가 [-오]와 합쳐질 수 있다면, 이 규정에 따라 [가쇼]와 같이 표기할 수 있다는 말입니다.

이상에서 설명한 내용을 간추리면 다음과 같습니다.

1) 종결형에서는 [-오]로, 연결형에서는 [-요]로 적는다.

(예) 이것은 책이오. ↔ 이것은 책이요, 저것은 연필이다.

2) [-십시오]의 형태에서는 언제나 [-오]로 적는다.

(예) 어서 오십시오.

3) 존대를 나타내는 도움토씨의 경우에는 문자의 끝에서 [요]로 쓴다.

(예) 어서 오세요.

한글 별명 지을 때 참고하기

인터넷 블로그와 인터넷 카페에서 즐겨 활용해도 좋을 것입니다.

* * *

가늠 : 목표나 기준에 맞고 안 맞음을 헤아리는 기준, 일이 되어 가는 형편

가라사니 : 사물을 판단할 수 있는 지각이나 실마리

가람 : 강

가래톳 : 허벅다리의 임파선이 부어 아프게 된 멍울

가시버시 : 부부를 낮추어 이르는 말, 부부의 옛말

가우리 : 고구려(중앙)

갈무리 : 물건을 잘 정돈하여 간수함, 일을 끝맺음

개골창 : 수챗물이 흐르는 작은 도랑

개구멍받이 : 남이 밖에 버리고 간 것을 거두어 기른 아이(=업둥이)

개맹이 : 똘똘한 기운이나 정신

개어귀 : 강물이나 냇물이! 바다로 들어가는 어귀

고샅 : 마을의 좁은 골목길. 좁은 골짜기의 사이

구다라 : 백제(큰 나라)

그린비 : 그리운 선비, 그리운 남자

꼬리별, 살별 : 혜성

첫 삽

* * *

나룻 : 수염

나르샤 : 날다

나릿물 : 냇물

내 : 처음부터 끝까지

너비 : 널리

너울 : 바다의 사나운 큰 물결

노고지리 : 종달새

노녘 : 북쪽

노량 : 천천히, 느릿느릿

노루막이 : 산의 막다른 꼭대기

높바람 : 북풍. 된바람

높새바람 : 북동풍

느루 : 한 번에 몰아치지 않고 시간을 길게 늦추어 잡아서

* * *

다솜 : 사랑

단미 : 달콤한 여자, 사랑스러운 여자

달 : 땅, 대지, 벌판

달소수 : 한 달이 좀 지나는 동안

닷곱 : 다섯 홉. 곧 한 되의 반

닻별 : 카시오페아 자리

더기 : 고원의 평평한 땅. 덕

덧두리 : 정한 값보다 더 받은 돈(비슷한 말 : 웃돈)

덧물 : 얼음위에 괸 물

도래샘 : 빙 돌아서 흐르는 샘물

도투락 : 어린아이의 머리댕기, 리본

* * *

마녘 : 남쪽

마장 : 십리가 못 되는 거리를 이를 때 [리] 대신 쓰는 말

마루 : 하늘

마수걸이 : 첫 번째로 물건을 파는 일

마파람 : 남풍. 남쪽에서 불어오는 바람

매지구름 : 비를 머금은 검은 조각구름

메 : 산. 옛말의 [뫼]가 변한 말

몽구리 : 바짝 깎은 머리

뫼 : 산의 옛말

묏채 : 산덩이

미르 : 용

미리내 : 은하수

미쁘다 : 진실하다

* * *

바오 : 보기 좋게

버금 : 다음 가는 차례

버시 : 지아비. 남편.

벌 : 아주 넓은 들판, 벌판

벗 : 친구

베리, 벼리 : 벼루

별똥별 : 유성

볼우물 : 보조개

부룩소 : 작은 수소

붙박이별 : 북극성

첫 삽

* * *

산 : 뫼

산마루 : 정상(산의)

살밑 : 화살촉

새녘 : 동쪽. 동편

새벽동자 : 새벽밥 짓는 일

새암 : 샘

샛바람 : [동풍]을 뱃사람들이 이르는 말

샛별 : 새벽에 동쪽 하늘에서 반짝이는 금성 어둠별

서리담다 : 서리가 내린 이른 아침

성금 : 말한 것이나 일한 것의 보람

소담하다 : 생김새가 탐스럽다

소젖 : 우유

숯 : 신선한 힘

시나브로 : 모르는 사이에 조금씩 조금씩!

시밝 : 새벽

씨밀레 : 영원한 친구

* * *

아띠 : 사랑

아라 : 바다

아람 : 탐스러운 가을 햇살을 받아서 저절로 충분히 익어 벌어 진 모습

아람치 : 자기의 차지가 된 것.

아미 : 눈썹과 눈썹사이(=미간)

아사 : 아침

알범 : 주인

애오라지 : 마음에 부족하나마, 그저 그런 대로 넉넉히, 넉넉하지는 못하지만 좀

언저리 : 부근, 둘레

여우별 : 궂은 날 잠깐 났다가 사라지는 별

오롯하다 : 모자람이 없이 완전하다

온 : 천(1000)

온 누리 : 온 세상

웃돈 : 정한 값보다 더 받은 돈

이든 : 착한, 어진

* * *

잔별 : 작은 별

즈믄 : 백(100)

* * *

타래 : 실이나 노끈 등을 사려 뭉친 것

* * *

하늬바람 : 서풍

한 : 아주 큰

한울 : 한은 바른, 진실한, 가득하다는 뜻이고 울은 울타리 우리 터전의 의미

햇귀 : 해가 떠오르기 전에 나타나는 노을 같은 분위기

혜윰 : 생각

희나리 : 마른 장작

첫 삽

동거동락(×) 동고동락(○)

텔레비전의 [동거동락]이라는 프로그램은 [고(苦)] 대신 [거(居)]를 씁니다. 이처럼 언론이 말을 혼동하게 만듭니다. 동거동락이란 말은 없답니다.

* 동고동락(同苦同樂)

同 : 한 가지 동 ([같다], [함께하다]의 뜻)

苦 : 괴로울 고

樂 : 즐길 락([기쁘다], [즐기다]의 뜻), 풍류 악([음악]의 뜻), 좋아할 [요]로도 쓰입니다.

* 같이 고생하고 같이 즐김. 곧 [괴로우나 즐거우나 항상 함께 한다]는 뜻입니다.

\- 그 사람과 저는 동고동락한 사이입니다.

오랜 세월을 함께하며 기쁨도 슬픔도 같이해 온 사람을 어떤 이유로든 잃을 때의 심정은 이루 말할 수 없이 슬플 겁니다. 이런 관계에 있는 사람을 가리켜 말할 때 [동거동락]과 [동고동락]이라는 말을 모

두 들을 수 있는데, 이 중에서 맞는 표현은 무엇일까요?

발음이 비슷해서 혼동하는 분들도 계실 텐데, 이것은 괴로움도 즐거움도 함께한다는 뜻으로 [동고동락(同苦同樂)]이라고 합니다. 두 번째 음절은 [있을 거(居)]자를 쓰지 않고 [쓸 고(苦)]자를 씁니다.

그녀가 떠난 지 오래 됐으니 그 얘기를 삼가라

* 삼가다[타동사]
무엇을 꺼려 몸가짐 따위를 조심스럽게 하다.
(예) 말을 삼가다. 술과 담배를 삼가시오.

[그런 일은 〈삼가해야〉 한다]고 말하는 사람이 적지 않습니다. 바른 표현이 아닙니다. [삼가다]가 바른말입니다.

우리말에 명사(이름씨)에 [하다]가 붙어 동사가 되는 경우(공부하다, 일하다, 사랑하다 등)가 많기 때문에 혼동이 생기는 모양입니다. [공부] [일] [사랑] 등은 [명사]이고 [삼가]는 [부사(어찌씨)]입니다. 따라서 [삼가 고인의 명복을 빕니다]와 같이 쓰입니다.

그녀가 떠난∨지 오래 됐어요.
간∨지 / 본∨지 / 한∨지
[지]는 의존명사(꼴이름씨)입니다. 의존명사 [지]는 [어떤 일이 있었던 때로부터 지금까지의 동안]을 나타내는 말입니다. 의존명사는 띄어 씁니다.

간 [지], 본 [지], 한 [지], 떠난 지, 그녀를 만난 [지] 꽤 오래 되었습니다. 집을 떠나온 [지] 어언 3년이 지났습니다. 때와 동안을 나타내는 말은 띄어 씁니다.

이와 다르게 [할지 안 할지 모르겠다] [하는지 알 수 없다] [될는지 모른다] 등은 붙여야 합니다. [하는지] [될는지]를 [할런지] [될런지]로 쓰는 일도 없어야 합니다.

첫 삽

KBS한국어능력시험, 국어 구사 문제점

KBS한국어진흥원 주관으로 KBS 한국어능력시험이 실시되고 있습니다. 하지만 KBS TV의 자막이나 대화를 보면 시험 취지와 아주 엉뚱한 방향으로 가더군요. KBS 내부의 자체 정화(교열) 기능이 없는지 오류가 자주 발견됩니다. [중이 자기 머리를 못 깎는다]는 속담이 떠오를 지경입니다.

모국어를 가장 많이 사용하는 출판, 언론, 홍보 등의 분야에 진출하려면 KBS 한국어능력시험에서 반드시 높은 점수를 얻어야 하는 조건을 만들어야 할 때가 아닐까요?

다음은 최근 KBS TV에서 발견된 몇 가지 잘못에 불과합니다. 방송 화면에서 [돼]와 [되]를 구분하지 못하는 사례는 KBS, MBC, SBS를 통틀어 부지기수입니다. 오류들 중의 일부를 소개합니다.

* * *

KBS1 TV

연월일	프로그램	수정 전(×)	수정 후(○)	비 고
09. 07. 03	책 읽는 밤	보여지는	보이는	방송인의 발언
		설레였던(설레이다)	설렜던(설레다)	(자막)
		숨겨져 있던	숨겨 있던	(출연자)
		마을∨보다는	마을보다는	(자막)
		가리키다(가르침).	가르치다.	(자막)
09. 07. 04	씨름 중계	이야기∨한다.	이야기한다.	(자막)
	시사 360	할∨수∨밖에	할∨수밖에	(자막)
09. 07. 14	정오 뉴스	댓가	대가	(자막)
09. 07. 15	대토론	되어집니다.	됩니다.	(출연자)
09. 07. 25	9시 뉴스	61살	61세	(자막)
09. 07. 28	9시 뉴스	비정규직∨뿐 아니라	비정규직뿐 아니라	(자막)
09. 08. 17	세계육상	요구되어지는	요구되는	(해설자)
		보여지는	보이는	(해설자)

* 설레다, 설렘.

* 사랑할수록, 사랑하다, 사랑할 수밖에, 사랑할 수 있다.

KBS 한국어능력시험 안내 페이지(http : //www.klt. ○r.kr/guide/date.php)를 보면 거기에서도 수많은 문제점들이 발견됩니다. 오류들 중의 일부를 소개합니다.

수정 전 : 접수시작일 00 : 00 부터 , 접수마감일 22 : 00 까지 온라인접수만 가능

수정 후 : 접수 시작일 00 : 00부터, 접수 마감일 22 : 00까지 온라인 접수만 가능

수정 전 : 시험당일 09 : 30 ~ 12 : 00

수정 후 : 시험∨당일 09 : 30 ~ 12 : 00

수정 전 : 총 120분∨(쉬는시간 없음)

수정 후 : 총 120분(쉬는∨시간 없음)

수정 전 : 성적 조회 개시일로부터 2년간 유효

수정 후 : 성적 조회 개시일부터 2년간 유효

수정 전 : ※(변경시 별도 공지)

수정 후 : ※(변경∨시 별도 공지)

수정 전 : 없으시길 바랍니다.

수정 후 : 없으시기 바랍니다.

수정 전 : 제∨1∨조 (목적) 이루어지도록 하는데 그 목적이 있다.

수정 후 : 제1조(목적) 이루어지도록 하는∨데 그 목적이 있다.

포털 사이트의 메시지, 고쳐야 할 단어와 문장

포털 사이트 네이버를 사랑하는 사람이니까 다음과 같이 제안할 수 있습니다.

다   음

네이버 메시지(안내)

수정 전 : 등록∨되었습니다.

수정 후 : 등록되었습니다.

수정 전 : 등록∨되어 있습니다.

수정 후 : 등록되어 있습니다.

수정 전 : 반영∨되었습니다.

수정 후 : 반영되었습니다.

수정 전 : 승인∨되었습니다.

수정 후 : 승인되었습니다.

수정 전 : 로그아웃∨되셨습니다.

수정 후 : 로그아웃되었습니다.

수정 전 : 삭제∨하시겠습니까?

수정 후 : 삭제하시겠습니까?

네이버 증권 코너

수정 전 : 등락율

수정 후 : 등락률, 등락 비율

수정 전 : 자기자본이익율

수정 후 : 자기자본이익률

* * *

* 되다 - 접사(접미사 = 끝가지)

(1) 서술성을 가진 일부 명사(이름씨) 뒤에 붙어 '피동'의 뜻을 더하고 동사를 만드는 접미사.

가결되다

사용되다

형성되다.

(2) 몇몇 명사(이름씨), 어근, 부사(어찌씨) 뒤에 붙어 형용사(어떻씨, 그림씨)를 만드는 접미사.

거짓되다

참되다

어중되다

숫되다

막되다

못되다

* 하다 - 접사

(1) 일부 명사(이름씨) 뒤에 붙어 동사를 만드는 접미사(끝가지).

공부하다

사랑하다

(2) 일부 명사 뒤에 붙어 형용사(어떻씨, 그림씨)를 만드는 접미사.

건강하다

순수하다

행복하다.

(3) 의성·의태어 뒤에 붙어 동사나 형용사를 만드는 접미사.

덜컹덜컹하다

반짝반짝하다.

(4) 의성·의태어 이외의 일부 성상 부사(어찌씨) 뒤에 붙어 동사나 형용사를 만드는 접미사.

달리하다

빨리하다

잘하다.

(5) 몇몇 어근 뒤에 붙어 동사나 형용사를 만드는 접미사.

흥하다

망하다

따뜻하다.

(6) 몇몇 의존 명사(이름씨) 뒤에 붙어 동사나 형용사를 만드는 접미사.

체하다

척하다

뻔하다

듯하다

법하다.

[율]과 [률]의 구분

공정율(×) 공정률(○)

아래 글은 신문기사와 정부 당국자의 답변에서 추린 것입니다. 무척이나 헷갈리지요. 이처럼 우리 전문가들의 한글맞춤법 실력은 엉망입니다.

- 제주시, 아라지구 개발사업 공정율 75%까지 추진
- 문화전당 건립공사 탄력, 내년 공정율 30% 목표
- 영월 제3농공단지 공정율 10% 순조롭다.

- 현대제철 2고로 공정률 벌써 98%
- 현장의 공정률 보고, 공사계획 보고 현장
- 제주외항 2단계 사업, 80% 공정률 보여

질문

'공정률 80%'에서 '공정률'과 '공정율' 중 어느 것이 맞나요?

답변

'공정률'이 맞습니다. '비율'의 뜻을 더하는 접미사로 'ㄴ' 받침을 제외한 받침 있는 일부 명사 뒤에는 '-률'을 붙이고, 모음으로 끝나거나 'ㄴ' 받침을 가진 일부 명사 뒤에는 '-율'을 붙입니다.

- 률 : 경쟁률, 사망률, 입학률, 출생률, 취업률.
- 율 : 감소율, 소화율, 할인율.

한글맞춤법 제11항

- 모음(홀소리)이나 'ㄴ' 받침 뒤에 이어지는 '렬, 률은 '열, 율'로 적는다.

따라서 모음으로 끝나거나 'ㄴ'으로 끝나는 말 뒤에는 접미사 '-율'이 붙는다.

(1) 받침 없거나 'ㄴ' 받침 다음은 율

사례 : 비율, 배율, 백분율

(2) 나머지는 모두 률

사례 : 합격률, 성공률

깐요(×) 까요(○) 께요(×) 게요(○)

저는 아이투자, 한국투자교육연구소 회원입니다. 그런데 이메일 (전자우편)이 올 때마다 열어 보면 [그러니깐요] [하니깐요]를 남발하더군요. [그러니까요] [하니까요] 등이 올바른 표현입니다.

인터넷 카페 회원들이 댓글(덧글)을 달 적마다 [할께요]라고 쓰는 사람이 너무 많더군요. 하기야 텔레비전 외국 영화 방영 자막에 [그럴께요]라고 나올 지경이니 뭔 말을 하겠어요. [할께요]가 아니라 [할게요]라고 써야 올바릅니다.

많은 분들이 실수하는 것은 [임]입니다. [님]이 아니라 [임]이지요. 홀로 쓰일 경우엔 반드시 [임]으로 써야 합니다. 다른 임은 몰라도 임 들만큼은 정확하게 써야 합니다.

[임]과 [님]을 혼동하지 마세요!

많은 사람들이 [님의 글을 읽고 느낀 게 많습니다.(×)라고 씁니다. [임의 글을 읽고 느낀 게 많습니다.(○)라고 써야 올바릅니다.

노무현 대통령님은 가셨습니다.(○)

노무현 대통령, 임은 가셨습니다.(○)

노무현 대통령, 님은 가셨습니다.(×)

임의 글 잘 읽고 갑니다.(○)

님의 글 잘 읽고 갑니다.(×)

* 임(명사 = 이름씨))

* 님(접미사)

- 현행 문법으로는 '임'은 명사, '님'은 접사다. 그러니까 '님의 침묵 (×)'은 '임의 침묵(○)'의 어긋난 표기의 대표적 사례입니다.

- 하지만 많은 사람들이 '임아!'라고 쓸지라도 원 발음대로 읽지 않고 '님아!'라고 발음하는 것이 엄연한 현실입니다.

'-님'은 단독으로 쓰일 수 없는 접미사입니다. 명사 뒤에 붙어서 존경하는 뜻을 더해 주는 접미사가 '-님'이랍니다.

예 : 선생님, 교수님, 박사님, copy5243님, 프리댄서님.

이렇게 존경의 뜻을 나타내기 위해 앞의 명사 뒤에 붙여 쓰는 말이 '-님'이지요.

'임'은 사랑하는 사람이라는 뜻을 지닌 명사이고, '-님'은 존경하는 마음을 나타내는 접미사입니다. '사모(사랑)하는 사람'을 말할 때는 '임'을 씁니다. 문장 첫머리나 가운데, 끝에서도 항상 '임'이라고 써야 합니다.

'님'은 사람의 성이나 이름 다음에 씁니다.

첫 삽

* * *

임도 보고 뽕도 딴다. : 한꺼번에 여러 가지 좋은 결과를 얻음을 이르는 말.

임 없는 밥은 돌도 반 뉘도 반 : 남편 없이 혼자 지낼 때는 잘 먹지 않고 산다는 말.

임은 품에 들어야 맛 : 나긋나긋하게 품에 안기는 임이 좋음을 이르는 말.

임을 보아야 아이를 낳지 = 하늘을 보아야 별을 따지.

신문사 사장님, 독자 좀 살려 주세요

거의 매일 아래와 같은 이메일을 받습니다. 아래 글을 쓰는 분이 과연 기자인가요? 문장은 고치지 않고 단순하게 교정만 봤습니다. 오, 제발 살려 주세요!

* * *

투자 전에 해야만 하는 〈3대 고민〉

요즘 경기침체로 말미암아(삭제) 내가 투자한 땅이나 아파트를 팔아야 할∨지(할지) 말아야 할∨지를(할지를) 두고 고민하는 이들이 부쩍 많아졌습니다. 펀드나 주식도 마찬가지∨입니다(마찬가지입니다). 내가 갖고 있는 펀드나 주식을 던져야 할∨지(할지), 말아야 할∨지를(할지를) 두고 걱정하는 이들이 많아졌습니다.

이같은(이∨같은) 고민을 하는(고민하는) 것은, 사실 투자를 하기(투자하기) 전에 심각한 고민을 하지 않았기에 나온 결과∨입니다(결과입니다). 투자를 하기 전(투자하기 전)에 미리 고민을 했다고 하면(고민했다면), 투자 후에는 결코 그런 일로 속을   이는(썩이는) 일은 없었을 겁니다. 투자를 하기(투자하기) 전에는, 그래서,(그래서) 이런 3대 고민을 반드시 먼저 해야 합니다.

가장 먼저 따져야 할 것은, 내가 투자하려는 상품에서 발생하는 미래의 이익∨입니다(이익입니다). 이 미래의 이익은 현재 가격과 미래 가격의 차이에서 발생하는 것∨입니다(것입니다). 이 미래 가격은 그 투자 상품에 실제로 내재된 가치라고도 볼 수 있습니다. 내재 가치(미래가격)라는 말로 줄여서 쓰기도 합니다.

미래의 이익을 계산한다는 것은 이런 말∨입니다(말입니다). 흔히 하는 말로 투자 상품의 가격과 가치를 먼저 분석해서, 내가 가지고 갈 몫이 있는가를 분명히 따져 본다는 것∨입니다(것입니다).

그 미래의 이익이 나중에 확정적으로 발생을 하는가(발생하는지)도 반드시 따져 보아야 합니다. 예를 들어 제주도 임야 땅에 투자를 하려고(투자하려고) 하는데, 그 임야가 도시개발 계획에 따라서 나중에 대지로 지목변경이 될 가능성이 있다고 가정을 합시다(가정합시다).

지목변경이 되면 땅값이 2~3배 오른다는 것은 상식∨입니다(상식입니다). 그렇다고 하면,(그렇다면) 투자 이전에 미리 정부 공적 장부 및(⌒와) 제주도 개발 예정 계획 같은 정보를 입수해서 확인해둘(확인해∨둘) 필요가 있다는 겁니다.

두번째는,(두∨번째) 내가 투자한 돈이 나중에 안전하게 회수될 수 있는가를(있는지) 미리 살펴보아야 합니다. 부동산은 대개의 경우 안전하게 회수가 될(회수될) 확율(확률)이 상대적으로 높지만, 주식이나 펀드는 '안전하지 않게' 회수가 될 수도(회수될 수도) 있습니다.

주식이나 펀드는 손해볼(손해∨볼) 수도 있는 투자 상품이란 얘기∨입니다(얘기입니다). 그렇다고 해서 부동산은 100% 안전한 상품이라고 할 수도 없습니다. 요즘 같은 경기 침체기에는 부동산 내재가치 자체가 흔들릴 수 있기 때문∨입니다(때문입니다).

투자 상품의 유동성, 환금성도 살펴보아야 합니다. 주식이나 펀드는 유동성, 환금성이 좋지만, 부동산은 유동성, 환금성이 크게 떨어집니다. 아파트나 땅은 상대적으로 안정적인 자산이지만, 아파트값이나 땅값이 올랐을 때에, 누군가가 내 부동산을 사주어야만이(사주어야만) 내가 이익을 볼 수 있다는 걸 알아야 합니다. 만일 누군가가 내 부동산을 사주지 않으면, 부동산도 가격이 내려갈 수 있다는 걸 알아야 합니다.

마지막은 회수 시점∨입니다(시점입니다). 들어간 돈이 언제 되돌아∨올(되돌아올) 것인가를 (것인지) 미리 판단을 해야(판단해야) 합니다. 이 회수 시점이 먼 장래로 늦춰지면∨질수록,(늦춰지면 늦춰질수록) 그 투자 상품은 좋은 상품이 아닙니다.

예를 들어 제주도 땅에 투자를 했는데(투자했는데), 정부정책이 본격화되어야만이(본격화되어야만) 개발 호재가 반영되고, 그래야만 땅값이 2배가 될 수 있다고 가정을 해봅시다(가정해 봅시다).

다행이 이같은(이∨같은) 호재가 2~3년내에(2~3년∨내에) 금새(금세) 반영되면, 그 투자 상품은 투자자에게 매우 좋은 상품이 될 것∨입니다(될 것입니다). 하지만 이 호재가 10년이나 20년, 30년이 지나야만 반영이 되는(반영되는) 것이라면, 이 투자 상품은 투자자에게 그다지 좋은 상품이 아닙니다.

왜냐하면(왜냐 하면) 먼 훗날에 호재가 반영되어, 일정한 규모의 수익이 확정이 된다고 하면(확정된다면), 결과적으로,(쉼표 삭제) 연간 투자수익율(투자수익률)은 상대적으로 낮아질 수∨밖에(낮아질∨수밖에) 없기 때문∨입니다(때문입니다).

전문가들은 그래서 특정한 투자 상품에 투자를 하기(투자하기) 전에는 반드시 투자 상품의 현재 가치(현재 가격)과(와) 미래 가치(미래 가격)을(를) 동시에 계산을 해보아야(계산해 보아야) 한다고 말을 합니다(말합니다). 그런 다음에,(다음에) 이 미래 가치(미래 가격)을(를) 현재 가치로 환산을 해보라고(환산해 보라고) 말을 합니다(말합니다). 이 현재 가치를 계산을 하면(계산해 보면), 실질적인 연간 수익율을(수익률을) 계산하는 셈∨입니다(셈입니다).

미래 가치(미래 가격)가 같고, 그 대신에 투자 기간이 긴 상품과 투자 기간이 짧은 상품이 있다고 가정을 해봅시다(가정해 봅시다). 이럴 때에는 당연히 투자 기간이 짧은 투자 상품이 더 좋은 상품∨입니다(상품입니다).

첫 삽

* * *

분식회계, 자산 부풀리는 수법

아래 글은 오늘 이메일로 도착한 글입니다. 사실 알고 보면 책을 홍보하는 수단에 불과하지만 일단 소개합니다. 괄호( ) 안이 수정 후입니다.

재무제표 안에서 자산을 부풀리는 불법적인 방법들

옛 대우전자의 분식회계로 손실을 입은 대우전자 소액주주들 350여명(350여∨명)이, 대우전자의 감사보고서를 허위로 작성한 안진회계법인을 상대로 한 손해배상청구 소송(파기환송심)에서 승소 판결을 받아서, 100억원∨대(100억∨원대)의 손해배상금을 받게 되었습니다.

안진회계법인이 거짓된 내용으로 감사보고서를 꾸몄다는 것을 법원이 인정한 것∨입니다(것입니다). 서울고등법원은 안진회계법인이 소액주주들에게 투자손실액의 60%를 배상해야 한다고 판결했습니다.

이 대우전자 소액주주들은 일부 대우전자 임직원이 분식회계 혐의로 유죄 판결을 받자, 지난 2000년 150억원∨대(150억∨원대)의 소송을 냈었(냈)습니다.

이 소송에서도 알 수 있듯이,(쉼표 삭제) 투자자들이 주식이나 채권

투자를 할 때에는,(쉼표 삭제) 그 투자 대상 기업의 감사보고서 및(⌒와) 재무재표(재무제표)를 주도면밀하게 살펴볼 필요가 있습니다.

만일 그 재무제표가 거짓으로 꾸며진 것이라면, 주식투자자들은 언제든지 손해를 볼 수도 있기 때문∨입니다(때문입니다).

실제로 요즘도 거짓된 내용의 기업 재무제표가 주식시장이나 채권시장에서 돌아다닌다고 회계전문가들은 말합니다.

거짓된 내용의 제무제표(재무제표)를 만드는 수법은 사실 수백, 수천가지(수천∨가지)가 있습니다. 투자자들이 일일히(일일이) 다 확인하기도 어려울 정도로 다양합니다.

그래서 회계전문가들은,(쉼표 삭제) 재무제표 안에서 일어나는 미심쩍은 변동 사항들은(을) 반드시 한번 체크를 해볼(체크할) 필요가 있다고 말합니다.

쉽게 풀어쓴 이 분야 전문서적을 보는 것도 좋은 방법∨입니다(방법입니다).

오늘은 〈투자 프로의 재무제표 분석법, 가능성 있는 우량주를 관통하는 주식투자의 노하우(출판사 지상사, 대표 최봉규,)〉을(를) 통해서, 재무제표 안에서 교묘하게 자산을 부풀리는 불법적인 방법들에 대해서 한번 알아봅시다. 참고로 이 책은 일본 아마존 재팬(저팬)에서 경제 경영 투자 부분의 스테디셀로(스테디셀러)로 유명합니다.

＊ 기자가 쓴 글이라고 생각하기 어려울 만큼 문장력이 엉망입니다. ^)^

사실 거짓된 내용으로 자산을 부풀리는 불법행위는 모두 다 숫자놀음에 불과합니다. 투자자들을 속이기 위해서, 일부 악덕기업과 기업주, 회계 관련자들이 이런 숫자놀음을 한다는 것도 잊어서는 안 되겠지요.

이제 〈불법적으로 자산을 부풀리는 방법〉에 대해서 한번 알아봅시다. 그 대목을 그대로 소개를∨합니다(소개합니다).

〈〈〈부채를 가능한 한 계상하지 않는다.

대차대조표(재무상태표)를 이용하는 두번째(두∨번째) 방법은 부채를 감소시키는 것이다. 여기에서 대표적인 테크닉 두 가지를 소개한다.

[장래의 채무에 대비하기 위한 충당금을 계상하지 않는다]

자회사나 관련 회사, 거래처 등이 은행에서 돈을 빌릴 때 그 모회사나 지주회사가 보증인이 되는 경우가 있다. 여기에서 자회사를 D, 모회사를 E라고 하자.

만약 은행에서 돈을 빌린 회사인 D가 실적이 악화되어 도산하게 되면(도산하면), E사는 D사를 대신해서 빚을 갚아야만 한다. 다시 말해 빚을 인수하는 것이다.

앞의 '비용을 가급적 보류하여 계상한다.'는 항목에서 설명했지만, 이처럼 손실이 발생할 확율(확률)이 높다고 예상됨과 동시에 금액을 계산할 수 있는 경우에는 원래 그만큼의 비용을 예측하고 비용계상을 해야 합니다.

위의 예에서 보자. 모회사인 E사는 채무보증손실충당금∨이라는(채무보증손실충당금이라는) 비용항목(비용∨항목)으로 앞으로 발생할 가능성이 있는 채무에 대비해둘(대비해∨둘, 대비할) 필요가 있다.

회계에서는 이같이 아직 발생하지 않은 채무라고 하더라도, 장래에 발생할 확율(확률)이 높다면(높으면), 대차대조표에 미리 부채로 계상하는 게 일반적이다. 이 부채란 '앞으로 발생할 가능성이 높은 부채'다.

한편 회계 조작을 하는 기업은 앞으로 채무가 발생할 가능성이 있어도 그것에 맞는 충당금을 계상하지 않은 경우가 있다. 그만큼 허위로 회사 이익이 늘어난다는 말이다. 그래서는 당기의 비용을 억제할 수 있어도, 장래에 대한 대비는 허점투성이다. 투자자들이 이런 기업에 잘못 투자했다가는 낭패를 보게 된다.

[장래를 위해 적립해 둔(적립한) 충당금을 헐어버린다.]

기껏 장래에 대비해서 충당금을 적립해 두었는데(적립했는데), 당초의 목적 이외의 이유를 들어서 충당금을 허는 기업이 있다. 예를 들어 이익을 내기가 힘들어졌을 때에 이같이 충당금을 허는 행위를 하는 것이다.

이런 행위를 할 때에 동원하는 수법은 많다. 퇴직급여충당금 기준을 바꾸어 충당금의 금액을 축소시키는 게 좋은 예다. 어떻게 해서든 이익을 짜내고 싶은 심정은 이해가 간다. 하지만,(하지만 : 쉼표 삭제. 하지만, 그러나, 또, 또한 등 뒤에 쉼표를 남발하면 곤란합니다.) 이는 엄연히 회계 조작이다.

충당금을 허는 것은, 지금까지 적립해온 적금을 깨는 것과 같다. 해당 분기에는 일시적으로 이익을 창출했더라도, 그것이 그 상황을 모면하기 위한 것에 지나지 않는다는 것은 금방 알 수 있다. '매출이 증가하는데 충당금이 감소하는' 기업은 조심해야 한다.

그런 기업에 투자를 했다(투자했다)가는 낭패를 볼 수도 있다. 충당금을 헌다는 것은,(쉼표 삭제) 눈앞의 이익(재무제표 상의 당기순이익 증가)을 위해,(쉼표 삭제) 장래의 리스크(기업 부도 같은 것)를 높인다는 말과 같다.

- 그 기자의 이메일을 받아 볼 때마다 안타까움을 지울 길이 없습니다. 문법, 한글맞춤법, 띄어쓰기 등을 지킬 줄 모를 뿐만 아니라 탈자와 오자가 많고 문장력이 형편없기 때문이랍니다. 아, 존댓말과 반말의 혼돈, [것]과 [쉼표] 남발, 접미사 띄어쓰기의 극치! 그래도 오늘 받은 이메일 글은 아주 우량한 편에 속합니다.

기자(記者)의 글이 이래서야 되겠어요?

아래 글은 유명 일간지(3대 중앙지의 하나)의 기자가, 아니 그 언론사에서 그 언론사 이름으로 이메일을 통해 전송한 글입니다. 괄호( ) 안이 [수정 후]입니다. 모국어 구사 수준이 얼마나 한심한지 알게 됩니다.

한글맞춤법과 문법 등을 무시하는 수준은 너무 기관이고 그 기초 실력은 빵점에 가깝습니다. [을]의 지나친 반복이 비위를 상하게 합니다. 하루에 한 번 꼴로 C일보 유*원 기자의 글을 읽을 적마다 불쾌감을 억누르곤 한답니다.

* * *

제목 : 전세 집(전셋집) 구할 때 사용하는, 돈되는(돈∨되는) 노하우

사회∨생활을(사회생활을) 시작을 하거나 혹은(시작하거나) 신혼∨살림을 시작을 할 때에(신혼살림을 시작할 때) 전세를 얻는 경우가 많이 있습니다.(많습니다)

전세∨집을(전셋집을) 구할 때에는 먼저 돈과 교통을 보는 게 상책∨입니다(상책입니다). 다른 요인을 감안을 해도(감안해도) 좋지만, 이같은(이∨같은. 이같이) 두가지가(두∨가지가) 가장 중요한 요인이기에 이같은(이∨같은 : 한 문장에서 중복) 말씀을 드리는 것∨입니다(것입니다, 말씀드립니다).

비싼 게 흠∨입니다.(흠입니다) / 훨씬 더 싸다는 게 장점∨입니다.(장점입니다) / 시간적으로도(걸리는 시간으로도) 큰 무리가 없을 것∨입니다.(것입니다) / 그 정도 거리면 자전거로 5분 정도 거리(중복 : 소요되는 것)에 불과하기 때문∨입니다.(때문입니다) / 자전거 값은, 다 아시다시피 그리 비싸지 않습니다. 한 10만원(10만∨원) 내외를 주면 좋은 자전거를 살 수 있다는 것은 상식이니까요.

그런데(군더더기) 위에서 말한 '이런 전세 집'을 구하면, 당초에(당초) 예상되었던(예상한) 전세금보다 더 적게 돈을 주고 집을 구할 수 있다는 게 특장점∨입니다.(특장점입니다) 이를 통해 남는 돈이 있다고 한다면(남는 돈이 있다면), 다른 곳에 투자를 할 수도(투자할 수도) 있는 게 장점∨입니다.(장점입니다)

그래서 투자의 노하우를 아는 사람들은 일부러 지하철과 좀 떨어진 곳에 전세집을(전셋집을) 구하기도 합니다. 전세가가 아무래도 상대적으로 싸기 때문∨입니다.(때문입니다) 그리고 남는 돈으로는,(쉼표 군더더기) 다른 투자 상품에 투자를 하겠다는(투자하겠다는) 뜻이지요.

전세∨집을(전셋집을) 구할 때에, 전세∨집(전셋집) 주변에 이마트나 홈플러스, 롯데마트 같은 대형 할인점이나 큰 시장이 있으면 좋겠지요. 그런 데로 가면 물가가 싸서 저렴하게 생활필수품을 구할

수 있어서∨입니다.(있어서입니다, 있기 때문입니다)

이번에는 전세∨돈에(전셋돈에, 전세보증금에, 임차보증금에) 대해서 한번 봅시다. 전세 계약을 할 때에는 반드시 집 주인과 해야 합니다. 어떤 사람들은 부동산 업소 중개업자와 하는 게 맞다고도(옳다고 착각하기도) 하지만, 전세 계약은 반드시 집 주인과 해야 합니다. 전세 계약을 할 때에 그 계약 당사자가 집 주인인가를, 주민등록증 같은 증명서를 통해서 반드시 확인을 해야 하겠지요.(확인해야겠지요)

첫 삽

계약 전에 물론 전세 집에(전셋집에) 대한 등기부등본도 확인을 해야(확인해야) 합니다. 근저당, 가압류, 가처분 같은 게 없는 게 좋겠지요.(등이 없는 게 좋겠지요)

만일,(만일과 쉼표 군더더기, 뒤에 [예를 들어]가 있음) 예를 들어 근저당권이 설정이 되어 있다면(설정되어 있다면), 그 근저당권 금액과 내 전세금을 합친 금액을 한번 계산을 해보아야(계산해 보아야) 합니다. 그래서 그 금액이,(군더더기 쉼표) 그 집에 대한 예상 낙찰가∨보다(낙찰가보다 : 비교격은 붙임) 낮아야 합니다. 그렇지 않다고 하면(그렇지 않다면), 그런 전세 집은 일단 피하는 게 상책∨입니다.(상책입니다)

'예상 낙찰가'같은('예상 낙찰가'∨같은) 복잡한 계산을 하기 싫다고 한다면(싫다면), 그 집 등기부등본 안에 있는 권리관계가 깨끗한 집만을 골라서,(군더더기 쉼표) 전세로 들어가면 됩니다.([한다면]과 [들어가면]의 반복? 전세로 들어가세요, 전세로 입주하세요)

* 시간이 아까워서 나머지 글은 생략합니다. 접미사도 붙이지 못하는 사람이 기자랍시고 이메일을 매일 전송하네요. ^〈^

어느 박사님의 한글맞춤법, 문법 오류

한문, 한자, 영어, 철학, 고전, 음악, 예술, 종교 등 분야에 골고루 능통한 어느 박사님의 글 중에서 발견된 오류입니다. 박학다식함에도 유별나게 한글만 모릅니다.

짖궂게도 → 짓궂게도

등어리에서 떨어져 주시오! → 등허리에서 떨어져 주시오!

혼자 궁시렁거리는 → 혼자 구시렁거리는

* 구시렁거리다

못마땅하여 군소리를 듣기 싫도록 자꾸 하다. ≒구시렁대다. [1]

뭘 그렇게 혼자 구시렁거리고 있나? / 아내는 무엇이 못마땅한지 돌아앉아서도 계속 구시렁거렸다. / 그는 선잠을 깬 화풀이로 공연히 혼자서 구시렁거렸다.

비슷한 말 〈1〉 구시렁구시렁하다. [1]

고시랑거리다. 구시렁대다, 구시렁거리다.[1]

끊임없이 구시렁대다 / 그 날 밤새도록 엄마는 구시렁대면서 이럴 때는 식구가 같이 있어야 하는 건데 하는 소리를 하고 또 했다. 〈박완서, 그 많던 싱아는 누가 다 먹었을까〉

들어∨가는 비용을 아끼지 말라 → 들어가는 비용을 아끼지 말라

지난∨번에 빠졌나 보다 생각하고 → 지난번에 빠졌나 보다 생각하고

그런데 다음달에 또 → 그런데 다음∨달에 또

字源(자원)이란 몇가지고 무었이며 → 字源(자원)이란 몇∨가지고 무엇이며

어떻게 된거야? → 어떻게 된∨거야?

600m까지 올라∨갔더니 → 600m까지 올라갔더니

아, 글쎄, 춥지뭡니까? → 아, 글쎄, 춥지∨뭡니까?

사람은 좋찮아. → 사람은 좋잖아.

죽은 사람을 떠나∨보내는 → 죽은 사람을 떠나보내는

몇사람의 시중을 들고 있었다. → 몇∨사람의 시중을 들고 있었다.

운동화를 가르키며 말하기를 → 운동화를 가리키며 말하기를

발전된다. → 발전한다.

[단어 사용 오류 : '하다'형 자동사 사용]

맞춤법의 기초도 → 맞춤법 기초도

[순화 언어 : '~의'를 남용하는 것은 일본어 영향, 군더더기이므로 생략]

되는 것이고 → 되고

[의미 문체 오류 : (예) 사람인 것이다.(×) →사람이다.(ㅇ)]

기회를 갖지 → 기회를 얻지

[의미 문체 오류 : '갖다 (가지다)'가 우리말의 어법에 맞지 않음. '하다'를 써야 바람직.]

생각을 않는다. → 생각하지 않는다. [발음, 의미 유사 오류 : '않다'는 보조 용언. 그러므로 본용언이 있어 야 함. '아니하다'의 준말은 '안∨하다'이며, 이는 본용언. 즉, '않다'는 '아니하다'의 준말이 아니고 부정을 뜻하는 보조 용언.]

지속될 → 지속할[문체 오류 : 접미사 '-하다'가 붙어 자동사가 되는 명사에 굳이 접미사 '-되다'를 붙여 자동사로 만들 이유가 없음. '되다'를 분별없이 쓰는 언어 습관은 일본어와 영어의 영향 때문.]

혼란시키는 → 어지럽히는[단어 사용 오류 : '하다'가 붙어 형용사가 되는 명사에 '시키다'를 붙이면 바르지 않음.]

있으되 → 있되 [표준어 오류]

명문 대기업 → 명문대기업[띄어쓰기 오류 : 단일어 (예) 돌∨다리(×) → 돌다리(○) 늦∨더위(×) → 늦더위(○)]

문학의 숲도 → 문학 숲도

[순화 언어 : '-의' 생략]

문제의식을 갖고 → 문제의식을 느끼고

[의미 문체 오류]

한글맞춤법을 모르면 인정받지 못해

[~오]와 [~요]를 구별해야 논술(논문) 점수 높아져

한글맞춤법에 어두워 일류 명문대 입시와 유명 대기업 시험에서 낙방하는 젊은 사람들 의외로 많습니다. 다행스럽게 합격하더라도 기초적인 [한글맞춤법]을 모르면, 그 젊은이는 행정력(업무 처리 능력)과 기획력 등을 인정받지 못해 도태됩니다.

어떤 분이 아래와 같이 썼더군요. 짧은 글에서 크고 작은 실수를 범하고 있습니다. 한글맞춤법을 아이들에게 가르쳐야 할 학부형이 잘못 쓰고 있더군요.

[그말을 명심해야∨겠군요. 천 리길도 한 걸음∨부터 옳바르게 써야∨지요.]

* [그∨말] : 띄어 써야 원칙입니다. [그녀] [그대] 등 관용이 아니면 [그∨마을] [그∨나라]처럼 띄어야 합니다.

* [겠다] : 띄어 쓸 이유가 없어요. [하겠다]가 아니면 독립해 쓸 수 없답니다. [해야겠군요]로 써야 올바릅니다.* [길] : [천∨리∨길] 아니면 [천리∨길]로 써야지요.* [부터] : 독립적으로 쓸 수 없는 말입니다. [한∨걸음부터]라고 써야 합니다.* [올바르게] : [옳바르게]로 쓰면 곤란합니다.

* [써야지요] : [지]는 [때, 기간] 등을 나타내는 경우가 아니면 붙여야 합니다. [써야∨지요]로 쓰면 안∨됩니다. [그녀가 떠난∨지 10년이니 이제는 잊어야지요.]

우리 아이들이 명문대와 명문 기업에 합격하고 백일장에서 장원을 차지하려면 이래야 합니다. 올바른 글과 말을 가르쳐야겠습니다. 천 리 길도 한 걸음부터 올바르게 지도해야지요.

한글맞춤법 교정 프로그램을 믿지 말라

문서를 작성할 때 [한글맞춤법] 자동 검색 소프트웨어를 전적으로 신뢰하는 분들이 의외로 많습니다. 어떤 분은 한글맞춤법 검색을 마쳤으니 사실상 완벽하게 [띄어쓰기]가 완성되었다고 판단하는 사람들도 있습니다.

하지만 모두 착각에 불과합니다. 제 경험에 의하면 소프트웨어가 지적한 대로 고쳤더라도 70점을 맞기가 쉽지 않습니다. 왜냐고요? 프로그램이 [예외]와 [관용]을 제대로 읽어 주지 못하기 때문입니다.

어쩔 수 없습니다. 공부하지 않으면 다른 지름길이 없습니다. [한글맞춤법] [문법] [띄어쓰기 사전] 등에 관한 서적을 옆에 두고 꾸준히 익히는 도리밖에 없습니다.

　＊ 공부하다, 사랑하다, 근무하다, 경악하다 : 조동사(도움움직씨) [하다]를 띄어 쓰는 사람이 의외로 많습니다.

＊ ＊ ＊

띄어쓰기는 한글맞춤법의 세부 규정 중 하나입니다. 띄어쓰기의 기준이 되는 것은 국어사전입니다. 아무튼 띄어쓰기는 문장의 뜻을 정확히 전달하는 데 목적이 있습니다. 다시 말해 읽기의 효율성을 위해 꼭 필요한 규범입니다.

하지만 국어사전마다 조금씩 다릅니다. 한글 맞춤법에 띄어쓰기 규정도 너무 간략[7항 = 2항, 41~46항]하게 소개되어 별로 도움이 안 됩니다.

따라서 출판계 종사나 신문사 교열기자 등이 띄어쓰기에 관심을 갖고 있을 뿐입니다. 시중에 나온 책들을 읽어보면 띄어쓰기가 잘못된 경우가 많습니다. 글쓰기 전문가들도 띄어쓰기를 무시하거나 잘못 적용하는 예가 적지 않습니다.

- 헤어진∨지 3년인가, 헤어진⌒지 3년인가?
- 내키는∨대로인가, 내키는⌒대로인가?

띄어쓰기의 중요성을 절감하게 하는 사례를 봅시다. 결국 [아버지 가방에들어가신다.]를 잘못 쓰면 아버지를 가방에 넣고 맙니다.

- 아버지가∨방에∨들어가신다.
- 아버지∨가방에∨들어가신다.

더 구체적인 사례를 들추어 봅시다.

(가) 아버지는 큰∨집으로 들어⌢갔다.

(나) 아버지는 큰⌢집으로 들어⌢갔다.

(가)의 경우 [큰]이 관형어로 [집]을 꾸며 주는 것이어서 실제 [겉⌢모양]이 [큰∨집]에 들어갔다는 것입니다. (나)의 경우 [큰⌢집]은 합성어여서 [큰⌢아버지∨댁]으로 들어갔다는 뜻이 됩니다. 다시 말해 [큰∨집]은 두 단어요, [큰⌢집]은 한 단어가 됩니다.

첫 삽

띄어쓰기의 대원칙은 한글맞춤법 규정 제1장 총칙 제2항에 나와 있습니다. 문장의 각 [단어]는 띄어 씀을 원칙으로 합니다. 그렇다면 도대체 [단어]란 무엇일까요?

[단어]이지만 붙여 쓰는 것이 의존 형태의 [조사]입니다. 제41항에 따르면 조사는 그 앞말에 붙여 쓴다고 했습니다.

- 사랑이, 사랑마저, 사랑밖에, 사랑에서부터

[조사]를 [단어]로 인정하는 교육 체계의 입장이어서 대원칙에 어긋나는 위 조항을 만든 것입니다. 물론 [조사]는 의존 형태임이 쉽게 인식되기 때문에 원칙에 어긋나더라도 별 문제가 되지 않습니다. 하지만 아래의 경우 자립성이 부족한 단어(의존명사, 접속부사)로 띄어 쓰는 것이어서 혼란스럽기도 합니다.

제42항에 따르면 의존명사는 띄어 씁니다.

- 아는∨것이 힘이다. 나도 할∨수∨있다.

제43항에 따르면 단위를 나타내는 명사는 띄어 씁니다.

- 신 두∨켤레, 북어 한∨쾌, 버선 한∨죽

제45항에 따르면 두 말을 이어 주거나 열거할 적에 쓰이는 말들은 띄어 씁니다.

- 국장∨겸∨과장, 열∨내지∨스물, 청군∨대∨백군

문제점은 아래와 같은 어휘들에서 발견됩니다.

(1) 공부할⌒것이야.

(2) 공부할∨거야, 공부한∨거야.

(3) 공부할⌒거야, 공부한⌒거야.

[걸]은 [것을]의, [거야]는 [것이야]의 준말입니다. 준말도 의존명사를 띄어 쓰는 규정에 따라 (2)처럼 띄어 쓰는 것이 원칙입니다. 하지만 많은 이들이 (3)의 경우로 씁니다. (2)의 경우로 쓰는 것이 바람직합니다.

- 공부할∨거냐? 공부할∨거다, 공부할∨게∨있다.

제44항에 따르면 수를 적을 적에는 [만(萬)] 단위로 띄어 씁니다.

- 십이억, 심천사백오십육만, 칠천팔백구십팔

- 12억∨3456만∨7898

예전에는 십진법에 따라 띄어 쓰던 것을 [만] 단위로 고쳤습니다. 우리나라의 관습이 [만을 단위로 계산하기 때문에 그렇게 한 것이지요.

제43항(앞줄임)에 따르면 순서를 나타내는 경우나 숫자와 어울리어 쓰이는 경우에는 붙여 쓸 수 있습니다.

- 두∨시 삼십∨분 오∨초, 두시 삼십분 오초

- 삼∨학년, 삼학년

제46항에 따르면 단음절로 된 단어가 연이어 나타날 적에는 붙여 쓸 수 있습니다.

- 그∨때 그∨곳, 그때 그곳

- 좀∨더 큰∨것, 좀더 큰것

제47항(보조용언)에 따르면 띄어 씀을 원칙으로 하되, 경우에 따라 붙여 씀도 허용합니다.

- 불이 꺼져∨간다, 불이 꺼져간다.

제48항(앞줄임)에 따르면 성과 이름, 호를 분명히 구분할 필요가
있을 경우에는 띄어 쓸 수 있습니다.

- 남궁억, 남궁∨억

제49항에 따르면 성명 이외의 고유 명사는 단어별로 띄어 씀을 원
칙으로 하되, 단위별로 띄어 쓸 수 있습니다.

- 서울∨대학교 문과∨대학, 국어∨국문∨학과(원칙)
- 서울대학교 문과대학 국어국문학과(허용)

제50항에 따르면 전문 용어는 단어별로 띄어 씀을 원칙으로 하되,
붙여 쓸 수 있습니다.

- 중거리∨탄도∨유도탄, 중거리탄도유도탄

띄어쓰기 혼동하지 않는 요령

[띄어쓰기]는 하나의 명사입니다. 어절 단위로 띄어서 쓰는 일이
[띄어쓰기]입니다. [띄어쓰기]는 합성어입니다. 명사이고 한 단어이
기 때문에 반드시 붙여 써야 합니다.

- 띄어⌒쓰기(○)
- 띄어∨쓰기(×)
- 띄워⌒쓰기(×)
- 띄워∨쓰기(×)
- 뛰어⌒쓰기(×)

1. 의존명사와 조사, 접미사, 어미

의존명사란 언제나 앞 말에 의존해야 자기 구실을 합니다. 자립 형태로 보아 띄어서 쓰기 때문에 조사, 접사, 어미와 혼동을 일으킵니다.

- 할∨만큼 했다.
- 너⌒만큼 했다.

용언의 관형사형 다음에 오면 의존명사로 띄어 쓰고 체언 다음에 오면 조사로 붙여 씁니다.

- 들어오는∨대로 밥 먹어라.
- 네 멋⌒대로 생각하지 말라.

용언의 관형사형 다음에 오면 의존명사로 띄어 쓰고 체언 다음에 오면 조사로 붙여 씁니다.

- 10년∨만에 만났다.
- 너⌒만 와라.

2. 의존명사와 접미사

- 책, 공책, 연필∨들을 샀다. 하늘에는 참새, 갈매기, 까치∨들이 날고 있다.

[들]은 두 개 이상의 사물을 벌여 말할 때, 맨 끝의 명사 다음에 붙어서 그 여러 명사의 낱낱을 가리키거나, 그 여러 명사 외에 같은 종류의 말이 더 있음을 나타내는 말로 [등(等)]과 비슷한 의미를 지닙니다.

- 사람⌢들

그러나 명사를 비롯한 여러 품사에 두루 붙어 [여럿] 또는 [여럿이 제각기]의 뜻을 나타내는 접미사이므로 앞 말에 붙여 씁니다.

- 시키는 대로 할∨뿐이다.

[뿐]은 용언 뒤에서 다만 어떠하거나, 어찌할 따름이라는 뜻을 나타내는 의존명사입니다.

- 그래야 우리는 다섯⌢뿐이다.

[뿐]은 체언 뒤에 붙어 그것만이고 더는 없다는 뜻을 나타내는 접미사입니다.

- 보고 싶던∨차에 잘 왔다.

[차]는 동사의 [던]형 다음에 쓰여 [기회]나 [순간]의 뜻을 나타내는 의존명사입니다.

- 구경⌢차 왔다. 2⌢차 세계 대전

어떤 명사 다음에 붙어 [일정한 목적(구경차)]을 나타내거나 숫자 다음에 붙어(2차) [차례]를 나타내는 접미사입니다.

- 옳은 일을 한∨이도 많다.

[이]는 [사람]을 뜻하는 의존명사입니다.

- 옮긴⌢이, 지은⌢이

[이]는 특정 직업이나 전문가임을 나타내는 [접미사]입니다.

3. 의존명사와 어미

- 그가 미국에 간∨지 10년이다.

[지]는 어떤 일이 있었던 [그때로부터]의 뜻을 나타내는 의존명사

로 어미 [ㄴ (은)] 아래서만 쓰입니다.

- 그 사람은 어디에 있는︵지 모른다.

[지]는 독립된 형태가 아니라 어미 [는지]의 일부입니다.

- 가는∨데를 적어 놓고 다니시오.

[데]는 [곳]이나 [처지] 등을 나타내는 의존명사입니다.

- 기계가 잘 돌아가는︵데 웬 걱정이냐.

어미 [는데]의 일부입니다.

- 못 볼∨걸 봤다.

[사랑할∨거야]에서와 마찬가지로 [걸]은 [것을]의 준말입니다.

- 먹을︵걸 그랬다.

[ㄹ걸]은 하나의 어미입니다. 뜻도 당연히 다릅니다. 어미 [ㄹ걸]은 모음으로 끝나는 동사의 어간에 붙어, 지나간 일을 후회하는 뜻으로 쓰는 종결어미입니다.

4. 관형사와 접두사

- 맨∨처음, 맨∨끝, 맨∨나중
- 맨︵손, 맨︵주먹
- 현(現)∨시점, 전(前)∨내무부 장관, 전(全)∨공무원은 각성하라.
- 현︵단계, 전︵단계, 전︵신(全身)

관형사는 독립된 단어로 띄어 쓰며 체언 앞에만 옵니다. 그러나 접두사는 독립성이 없으므로 붙여 쓰고 용언 앞에서도 올 수 있습니다. 그렇지만 위와 같이 형태가 같고 의미가 비슷한 경우가 있어 혼동됩니다. 관형사와 접두사를 구별하는 기준을 아래와 같이 정리할 수 있습니다.

관형사

독립한 한 단어(자립 형태)입니다.

체언과 분리 가능하고 띄어 씁니다.

체언 앞에만 옵니다. 체언만을 수식합니다.

여러 명사를 두루 꾸밉니다.

- 새∨책, 새∨노래, 새∨생각

체언과의 사이에 다른 말이 끼어들 수 있습니다.

- 새∨그 노래

접두사

단어의 자격이 없는 의존 형태입니다.

체언과 분리할 수 없고 붙여 씁니다.

체언뿐 아니라 용언 앞에도 옵니다.

- 짓⌒밟다.

일부 어휘 앞에만 옵니다.

- 덧⌒신, 덧⌒나다.

덧붙는 말 사이에 다른 말이 끼어들 수 없습니다.

- 맨∨작은 발

5. 똑같은 형태소나 어휘가 환경에 따라 달라지는 경우

- 철수는 지금 공부⌒한다.

명사 [공부]에 동사형 접미사 [하가 붙어 하나의 단어가 된 것이므로 붙여 씁니다

- 넌 참 어려운 공부∨하는구나.

[공부]와 [하는구나] 사이에 목적격 조사 [를]이 생략된 것으로 띄어 씁니다.

6. 합성어와 이은말

- 큰⌢집, 큰∨집

[백부(큰아버지)]라는 뜻일 경우 합성어여서 붙여 씁니다. 하지만 [집이∨큰] 건축물이라는 뜻일 경우 이은말이어서 띄어 씁니다.

- 그런∨대로, 그런⌢대로

어원상으로 보면 앞의 것이 맞지만 하나의 품사(부사)로 굳어진 것이어서 붙여 씁니다.

- 주인∨총각, 주인∨처녀, 주인∨소녀, 주인∨아저씨, 주인∨영감

이어진 두 낱말 사이의 생산성이 높으므로 이은말로 보아 띄어 씁니다.

청와대 블로그에 자주 '들러' 주세요

- '들리다'와 '들르다'의 차이

얼마 전 우리 카페 멤버 [사랑해]님이 청와대 블로그 퀴즈에 응모

했다가 당첨됐습니다. 때마침 청와대 블로그 운영자가 이런 메시지를 보냈답니다.- 청와대 블로그에 자주 [들려]주세요.아마도 블로그에서 아름다운 음악이나 자장가라도 [들려주는] 모양이죠? 농담입니다, 농담이고요!

들르다 : (지나는 길에) 잠깐 거치다. [들르니] [들러] 등으로 씁니다.

서울에 오시면 저희 집에 꼭 [들러] 주십시오.

아침에 출근할 때 아내가 말했다. - 퇴근길에 서점에 [들러서] 책 좀 사 오세요.그렇다면 퇴근길에 서점에 [들러야] 할까요? [들려야] 할까요? [들러야]가 맞습니다.

들리다 : [듣다]의 피동형으로 소리가 [들린다는] 뜻입니다. [지나는 길에 잠깐 들어가 머무르다는 뜻의 말은 [들르다]입니다.

- 엄마, 나 학원 갔다가 친구네 집에 [들려서] 놀다 올게.

- 얘야, 시장에 가는 길에 은행 좀 [들렸다가] 올래?

- 요즘 왜 통 [들리질] 않니? 한번 [들려라]. 얼굴 좀 보자.

하나같이 틀린 말입니다. [들러서] [들렀다가] [들르질] 등이 맞습니다. [들렀다, 들려서]란 활용은 [소리가 들리다]라고 할 때 써야 옳은 표현입니다.

청와대 홈페이지나 블로그에 접속한 학생이나 학부형들이 우리말을 잘못 배우면 문제가 생길 수도 있죠. 명문대 입학시험과 유명 기업의 입사시험에 실패하여 낙방할 경우 손해배상 청구소송이 봇물을 이룰지도 모르잖아요. 농담입니다. ^)^

저 지금부터 [공부할게요][공부할께요]로 쓰면 안 됩니다. 저 지금부터 [공부할∨겁니다]라고 써야 하듯이 말입니다. [공부할∨껍니다]로 쓰면 안 되는 걸 아시는 분들이 그렇게 씁니다.

오늘은 왠지 쓸쓸하다

1. 경위(涇渭) 바르다

경위란 [사리의 옳고 그름과 시비의 분별]을 뜻하는 말입니다. 중국 황하의 지류인 [경수(涇水)]와 [위수(渭水)]의 머리글자를 따서 만든 말이 경위입니다.

이 두 물줄기가 서안 부근에서 만나 합쳐질 때 흐린 [경수]와 맑은 [위수]의 구별이 분명하다는 데서 비롯된 말이죠. 따라서 [경우 바르다]는 올바른 말이 아닙니다.

[경위가 바르다]고 써야 합니다.

2. 담배 한 갑, 담배 한 개비

담배 [한 갑(匣)]을 한 곽이라고 부르는 사람이 많습니다. 담배 스무 [개비]가 모여 한 [갑]이 됩니다. 담배 한∨곽, 담배 한 [개피]라고 부르면 곤란합니다.

담배 열 갑을 [보루]라고 합니다. 보루는 board의 일본식 발음입니다. 차라리 [포]로 부르는 게 합리적입니다.

3. 구설에 오르다

[구설(口舌)]이란 [말하는 입, 남의 입에 좋지 않게 오르내리는 일, 시비하거나 헐뜯는 말]입니다. [구설수(口舌數)]란 [시비하거나 헐뜯는 말을 들을 운수]입니다.

따라서 [남의 구설에 오르다] [구설수가 있다] 등으로 써야 합니다. [구설수에 오르다]라는 말은 옳지 못한 표현입니다.

4. 오늘은 왠지 쓸쓸하다

[왠지]란 [왜 그런지]의 준말입니다. [무슨 이유 때문인지]라는 뜻입니다. [왠지]를 웬지로 쓰면 곤란합니다.

박수 칠 때 떠나라(×), 손뼉 칠 때 떠나라(○)

- 손뼉과 박수의 차이

손뼉[명사(이름씨)]

마주 쳐서 소리 낼 때의 '손바닥'을 이르는 말.

박수(拍手)[―쑤][명사]

[하다형 자동사] (환영·축하·격려·찬성 등의 뜻으로) 손뼉을 여러 번 치는 일.

박수를 치다(×) 박수(拍手)하다, 손뼉을 치다

[박수]는 손뼉 칠 박(拍), 손 수(手)로 이루어진 말입니다. 기쁘거나 찬성하거나 격려하거나 환영할 때 [두 손뼉을 마주 세게 부딪치는 일]이 [박수]입니다.

[박수를 치다]라고 하면 [두 손뼉을 마주 세게 부딪치는 일을 치다]라는 뜻이 됩니다. 같은 의미의 말인 [부딪치다]와 [치다]가 중복되기 때문에 바른 말이 아닙니다.

[박수를 치다]를 바르게 고쳐 봅니다. 박수하다. 손뼉을 치다. 이 두 말이 맞는 말입니다. [박수]는 접미사 [-하다]를 붙일 수 있는 [하다형 동사]입니다. 박수(拍手)라는 말 자체가 손뼉을 친다는 의미입니다.

잘못 쓰기 쉬운 우리말 목록

* 틀린 말 → 맞는 말

● ㄱ ‖‖‖

가까히 → 가까이

가랭이 → 가랑이

가리워지다 → 가려지다

가만이 → 가만히

가재미 → 가자미

가정난 → 가정란

각별이 → 각별히

간(빈간, 두간) → 칸(빈칸, 두 칸)

간막이 → 칸막이

간편이 → 간편히

갈갈이 찢어지다 → 갈가리 찢어지다

갈구리, 갈쿠리 → 갈고리, 갈고랑이

갈랫길 → 갈림길 * 두 갈래 길

갈려고 → 가려고

갈르다 → 가르다

갈모 → 갓모

갑짜기 → 갑자기

강남콩 → 강낭콩

개이다 → 개다

개피(담배, 성냥) → 개비
거치장스럽다 → 거추장스럽다
거북치 않다 → 거북지 않다
건느다 → 건너다
~건데(어미) → ~건대
걸맞는 → 걸맞은
걸찍하다 → 걸쭉하다
겁장이 → 겁쟁이
겉잡다 → 걷잡다
게시다(존재) → 계시다
겨울살이 → 겨우살이
겹겹히 → 겹겹이
경귀 → 경구
계날 → 곗날
계시판 → 게시판
고래재 → 고랫재
골목장이 → 골목쟁이
곰곰히 → 곰곰이
곱수머리 → 곱슬머리
곳장 → 곧장
공념불 → 공염불
광우리 → 광주리
괴로왔다 → 괴로웠다
괴팍하다 → 괴팍하다

첫 삽

구둘장 → 구들장

~구료 → ~구려

구비구비 → 굽이굽이

구슬사탕 → 알사탕

구워박다 → 구어박다

~군 → ~꾼(재주~, 만석~)

굼뱅이 → 굼벵이

궁떨다 → 궁상떨다

귀개 → 귀이개

귀먹어리 → 귀머거리

귀법 → 구법

귀병 → 귓병

귀에지 → 귀지

귀엣고리, 귀걸이 → 귀고리

귀절 → 구절

귀점 → 구점

귓대기 → 귀때기

귓속말 → 귀엣말

그럼으로 → 그러므로

그뭄 → 그믐

극낙 → 극락

극솟값 → 극소값

글구 → 글귀

급급이 → 급급히

기여히 → 기어이

기지개 키다 → 기지개 켜다

길앞잡이 → 길잡이

깊숙히 → 깊숙이

까다로와 → 까다로워

까탈스럽다 → 까다롭다

깍정이 → 깍쟁이

깎듯이(예절) → 깍듯이

깔쭈기 → 깔쭉이

깡보리밥 → 꽁보리밥

깡총깡총 → 깡충깡충

깨끗치 않다 → 깨끗지 않다

깨끗히 → 깨끗이

꺼꾸로 → 거꾸로

껍질채 → 껍질째

꼭둑각시 → 꼭두각시

꼼꼼이 → 꼼꼼히

꼽사등이 → 곱사등이

꽁짜 → 공짜

끄나불 → 끄나풀

끼여들기 → 끼어들기

첫 삽

● ㄴ ▏▎▎▎

나래(새, 비행기) → 날개

나무가지 → 나뭇가지

나무래다 → 나무라다

나발꽃 → 나팔꽃

낚싯꾼 → 낚시꾼

난장이 → 난쟁이

날으는(飛) → 나는

날개쭉지 → 날갯죽지

날자 → 날짜　* 일자

남비 → 냄비

남존녀비 → 남존여비

내노라 → 내로라(내로라하는)

낭떨어지 → 낭떠러지

넉넉치 않다 → 넉넉지 않다

넉두리 → 넋두리

넓다랗다 → 널따랗다

넓이뛰기 → 멀리뛰기

넙적다리 → 넓적다리

넓죽 → 넙죽

넓직하다 → 널찍하다

넓치 → 넙치

네째 → 넷째

넹큼넹큼 → 냉큼냉큼

년도 → 연도

노란자 → 노른자

녹쓸다 → 녹슬다

녹히다 → 녹이다

놀롤하다 → 놀놀하다

놀잇감 → 장난감

놈팽이 → 놈팡이

눈까뿔, 눈꺼플 → 눈까풀

눈꼬리 → 눈초리

눈꼽 → 눈곱

눈빨 → 눈발

눈섭 → 눈썹

눈쌀 → 눈살

눈쌀 맞다 → 눈살 맞다

눈쌀 찌푸리다 → 눈살 찌푸리다

느슷하다 → 느긋하다

느즈막하다 → 느지막하다

느지러지다 → 느즈러지다

닐리리 → 늴리리

닝큼 →   큼

첫 삽

● ㄷ ▖▖▖

다사하다 → 다사스럽다

닥달 → 닦달

달달이 → 다달이

달디달다 → 다디달다

담박 → 단박

담장이덩굴 → 담쟁이덩굴

당당이 → 당당히

대귀 → 대구

대리미 → 다리미

대싸리 → 댑싸리

대수로히 → 대수로이

덧치다(病) → 더치다

더웁다 → 덥다

더우기 → 더욱이

~던대 → ~던데

덤풀 → 덤불

덥썩 → 덥석

덩쿨 · 넝쿨 → 덩굴

돌뿌리 → 돌부리

돐 → 돌(생일, 주기)

돗대기시장 → 도떼기시장

도리여 → 도리어

돌파리 의원 → 돌팔이 의원

돌맹이 → 돌멩이

~동이 → ~둥이(막~)

동갑나기 → 동갑내기

동구능 → 동구릉

동녁 → 동녘

동당이치다 → 동댕이치다

돼다 → 되다

다 → 됐다

두째 → 둘째

둘러리 → 들러리

둘러쌓여 → 둘러싸여

뒤꼭지치다 → 뒤통수치다

뒤꿈지 → 뒤꿈치

뒤안 → 뒤꼍

뒤어내다 → 뒤져내다

뒤치작거리 → 뒤치다꺼리

뒤털미 → 뒷덜미

뒷탈 → 뒤탈

뒷편 → 뒤편

드릅나무 → 두릅나무

들녁 → 들녘

들쑥날쑥 → 들쭉날쭉

듬뿌룩하다 → 더부룩하다

등교길 → 등굣길(하굣길)

디굴디굴 → 데굴데굴

딩굴다 → 뒹굴다

따라먹다 → 앞지르다

딱이 → 딱히

딸꼭질 → 딸꾹질

첫 삽

떠벌이 → 떠버리

떨어먹다 → 털어먹다

또아리 → 똬리

뚝 → 둑

뜨락 → 뜰

뜸물 → 뜨물

띠엄띠엄 → 띄엄띄엄

띠우다 → 띄우다

● ㄹ ‖‖‖

~ㄹ가 → ~ㄹ까

~ㄹ꺼나 → ~ㄹ거나

~ㄹ껄 → ~ㄹ걸

~ㄹ께 → ~ㄹ게

~ㄹ고? → ~ㄹ꼬?

~ㄹ라고 → ~ㄹ려고

~ㄹ래도 → ~ㄹ려도

~래야 → ~ㄹ려야

~ㄹ런지 → ~ㄹ는지

~ㄹ쎄라 → ~ㄹ세라

~ㄹ소냐 → ~ㄹ냐?

~ㄹ쑤록 → ~ㄹ수록

● ㅁ ||||||||||||||||||||||||||||||||||||||||||||||||||||||||||||||||||||||||||||||||||||||||||||||||||||||||||||||||

첫 삽

마구자 → 마고자

마른버듬 → 마른버짐

마은 → 마흔

마추다 → 맞추다

막연한 친구 → 막역한 친구

막잡이 → 마구잡이

막흙 → 막토

만듬새 → 만듦새

만석군 → 만석꾼

말국 → 국물

말없음표 → 줄임표

망난이 → 망나니

마동이 → 마둥이

맞상 → 겸상

맞은 → 맞는

매마르다 → 메마르다

맨보리밥 → 꽁보리밥

머릿글 → 머리글

머릿말 → 머리말

멋장이 → 멋쟁이

멋적다 → 멋쩍다

메꾸다 → 메우다

메시껍다 → 메스껍다

메식거리다 → 메슥거리다

메아리 지다 → 메아리치다

메주왈고주왈 → 미주알고주알

멧누에 → 산누에

며르치, 며루치 → 멸치

몇 일 → 며칠

모듬냅미 → 모둠냄비

모래무치 → 모래무지

모밀국수 → 메밀국수

모통이 → 모퉁이

목맺히다 → 목메다

몹씨 → 몹시

무데기 → 무더기

무니(紋) → 무늬

무단이 → 무단히

무삼 → 수삼

무우 → 무

무지개빛 → 무지갯빛

문귀 → 문구

물메미 → 물매암이

뭉클어지다 → 물크러지다

미뜨리다 → 밀뜨리다

미류나무 → 미루나무

미싯가루 → 미숫가루

미웁다 → 밉다
미쟁이 → 미장이
민밋하다 → 밋밋하다

● ㅂ

바늘질 → 바느질
바둥거리다 → 바동거리다
반가히 → 반가이
반짓고리 → 반짇고리
발가송이 → 발가숭이
발목장이 → 발목쟁이
발뿌리 → 발부리
발자욱 → 발자국
밧다리 → 밭다리
배앝다 → 뱉다
백분률 → 백분율
뱉아 → 뱉어
버젓히 → 버젓이
번번히 → 번번이
벌럭거리다 → 벌렁거리다
벌림새 → 벌임새
법썩 → 법석
벗나무 → 벚나무
벼개 → 베개

벼개잇 → 베갯잇

보드럽다 → 보드랍다, 부드럽다

보라빛 → 보랏빛

보재기 → 보자기

보퉁이 → 보퉁이

복상뼈 → 복사뼈

본따다 → 본뜨다

봉족 → 봉죽

뵈이다 → 보이다

불나방(불나비) → 부나방(부나비)

* 예전과 다르게 '부나방, 부나비, 불나비'와 '불나방'은 모두 널리 쓰이므로 넷 다 표준어로 삼는다. 관련조항 : 표준어 규정 3장 5절 26항

부스레기 → 부스러기

부시시 → 부스스

부억 → 부엌

부엌띠기 → 부엌데기

부주 → 부조

붓잡다 → 붙잡다

비들기 → 비둘기

빈털털이 → 빈털터리

빛갈 → 빛깔

빼주·백알 → 배갈

빼앗아 → 뺏어, 빼앗아
뻗장다리 → 뻗정다리
뽄새 → 본새
뾰족히 → 뾰족이
뾰죽하다 → 뾰족하다

첫 삽

● ㅅ ‖‖‖

사둔 → 사돈
사쁜사쁜 → 사뿐사뿐
사팔띠기 → 사팔뜨기
삭월세 → 사글세
살고기 → 살코기
살막이 → 살풀이
삵괭이 → 살쾡이
삼가하다 → 삼가다
삼짓날 → 삼진날
삼춘 → 삼촌
상치 → 상추
새로와 → 새로워
새벽녁 → 새벽녘
새악시 → 새색시
새벽별 → 샛별
새아이 → 새아기
새앙쥐 → 새쥐

샛파랗다 → 새파랗다

생각컨대 → 생각건대

생각타못해 → 생각다 못해

생안손 → 생인손

섯불리 → 섣불리

서슴치 않다 → 서슴지 않다

선률 → 선율

선뵈다 → 선뵈다

선뵈 → 선뵈

섣달 그뭄달 → 섣달 그믐달

설겆이 → 설거지

설레이다 → 설레다

설흔 → 서른

섭섭이 → 섭섭히

성갈 → 성깔

성못길 → 성묘길

세 달 → 석 달

세 돈 → 서 돈

세째 → 셋째

소근소근 → 소곤소곤

소금장이 → 소금쟁이

소꼽놀이 → 소꿉놀이

소꾸리 → 소쿠리

소리개 → 솔개

소홀이 → 소홀히

손벽(박수치다) → 손뼉(박수하다)

손칼 → 주머니칼

솔직이 → 솔직히

송두리채 → 송두리째

수도물 → 수돗물

수돌쩌귀 → 수톨쩌귀

수양 → 숫양

수염소 → 숫염소

수쥐 → 숫쥐

수펄 → 수벌

수퀑 → 수꿩

순조로와 → 순조로워

술레잡기 → 술래잡기

숫가락 → 숟가락

숫강아지 → 수캉아지

숫고양이 → 수고양이

숫기와 → 수키와

숫나사 → 수나사

숫놈 → 수놈

숫단추 → 수단추

숫닭 → 수탉

숫당나귀 → 수탕나귀

숫돌쩌귀 → 수톨쩌귀

첫 삽

숫돼지 → 수퇘지

숫말 → 수말

숫병아리 → 수평아리

숫소 → 수소

시골나기 → 시골내기

시끌덤벙하다 → 시끌시끌하다

신녀성 → 신여성

신출나기 → 신출내기

실없은 → 실없는

실쯩 → 싫증

심부름군 → 심부름꾼

싯귀 → 시구

쌉살하다 → 쌉쌀하다

쌍동이 → 쌍둥이

쌍둥밤 → 쌍동밤

쌍소리 → 상소리

쌍판때기 → 상판대기

썩히다 → 썩이다

쐬였다 → 쏘였다

쓴나물 → 씀바귀

쓸쓸이 → 쓸쓸히

씨래기 → 시래기

● ○ ||||||||||||||||||||||||||||||||||||||||||||||||||||||||||||||||||||||||||||||||||||||||||

아구 맞추다 → 아귀 맞추다

아랫짝 → 아래짝

아랫층 → 아래층

아리숭하다 → 아리송하다

아름다와지다 → 아름다워지다

아뭏든 → 아무튼

아지랭이 → 아지랑이

안스럽다 → 안쓰럽다

안절부절하다 → 안절부절못하다

알맞는 → 알맞은

알맞는다 → 알맞다

알송달송 → 알쏭달쏭

알타리무 → 총각무

암강아지 → 암캉아지

암닭 → 암탉

암돌쩌귀 → 암톨쩌귀

암돼지 → 암퇘지

암병아리 → 암평아리

암코양이 → 암고양이

암캐미 → 암개미

암쿠렁이 → 암구렁이

암캐미 → 암개미

암퀑 → 암꿩

첫 삽

앞이 → 앞니

애개개 → 애걔걔

애닯다 → 애달프다

얌냠이 → 냠냠이

애먹다 → 애타다

애먹이다 → 애태우다

얌냠거리다 → 냠냠거리다

얇다랗다 → 얄따랗다

억거지, 어거지 → 억지

어귀(語句) → 어구

어느듯 → 어느덧

어름(氷) → 얼음

어름장 → 으름장

어리광대 → 어릿광대

어린벌레 → 애벌레

어붓아비 → 의붓아비

어슥비슥하다 → 어슷비슷하다

어줍지 않다 → 어쭙지않다

어중띠다 → 어중되다

어쨋든 → 어쨌든

언간하다 → 어연간하다, 엔간하다

언덕빼기 → 언덕배기

얼가리 → 얼갈이

얼떨길에 → 얼떨결에

얼띠기 → 얼뜨기

얼러방망이 → 을러방망이

얼핏하면 → 걸핏하면

엄격이 → 엄격히

엇그제 → 엊그제

엉성부리다 → 응석부리다

에이다 → 에다

여간나기 → 여간내기

여늬 → 여느

여지것 → 여태까지

연거푸 → 연거푸

연년불망 → 연연불망

연신 → 연방

열심이 → 열심히

영판 → 아주

열어제치다 → 열어젖뜨리다, 열어젖히다

예사일 → 예삿일

옛부터 → 예부터

옛스럽다 → 예스럽다

예편네 → 여편네

오뚜기 → 오뚝이

오래이다 → 오래다

오무리다 → 오므리다

오므러지다 → 오므라지다

오손도손 → 오순도순

올개미 → 올가미

~올습니다 → ~올시다

올실 → 외올실

옳바른 → 올바른

옴쭉달싹 → 꼼짝달싹

움치리다 → 움츠리다

외누리 → 에누리

외눈배기 → 외눈박이

왼종일 → 온종일

요지음 → 요즈음, 요즘

우뢰 → 우레, 천둥

우스웁다, 우숩다 → 우습다

우유빛 → 우윳빛

우통 → 웃통

욱박지르다 → 윽박지르다

욱어진 숲 → 우거진 숲

움추리다 → 움츠리다

움치러지다 → 움츠러지다

웃눈썹 → 윗눈썹

웃니 → 윗니

웃도리 → 윗도리

웃목 → 윗목

웃물 → 윗물

웃배 → 윗배

웃변 → 윗변

웃사람 → 윗사람

웃사랑 → 윗사랑

웃입술 → 윗입술

웃잇몸 → 윗잇몸

웃자리 → 윗자리

웃짝 → 위짝

웃쪽 → 위쪽

웃채 → 위채

웃층 → 위층

웃치마 → 위치마

웃턱 → 위턱

윗돈 → 웃돈

윗어른 → 웃어른

웅큼 → 움큼

웬지 → 왠지

유기쟁이 → 유기장이

으례 → 으레

으름짱 → 으름장

으슬렁거리다 → 어슬렁거리다

으시대다 → 으스대다

으시시 → 으스스

으실으실 → 으슬으슬

첫 삽

~읍니다 → ~습니다

이맛배기 → 이마빼기

~이여요 → ~이어요

~이예요 → ~이에요

이쁘다 → 예쁘다

이즈러지다 → 이지러지다

이튼날 → 이튿날

익살군 → 익살꾼

익숙치 않다 → 익숙지 않다

인삿말 → 인사말

인용귀 → 인용구

일군 → 일꾼

일찌기 → 일찍이

잇딸다 → 잇달다, 잇따르다

잇솔 → 칫솔

있슴 → 있음

있아오니 → 있사오니

● ㅈ |||||||||||||||||||||||||||||||||||||||||||||||||||||||||||||||||||||||||||||||||||||||

자그만한 → 자그마한

자리세 → 자릿세

자봉틀 → 재봉틀

잠간 → 잠깐

잠뱅이 → 잠방이

장고 → 장구

장난군 → 장난꾼

장사아치 → 장사치

장작개피 → 장작개비

재털이 → 재떨이

재치다 → 잦히다

저바리다 → 저버리다

저질르다 → 저지르다

전선대 → 전봇대

절리다 → 결리다

절룸발이 → 절름발이

정결이 → 정결히

정확이 → 정확히

져버리다(기대) → 저버리다

조용이 → 조용히

존대말 → 존댓말

좀상스럽다 → 좀스럽다

좀체로 → 좀처럼, 좀체

좁살 → 좁쌀

주루루 → 주르르

주룩들다 → 주눅 들다

주무럭거리다 → 주물럭거리다

주십시요 → 주십시오

주책이다 → 주책없다

첫 삽

추첏바가지 → 주첏덩어리

주초돌 → 주춧돌

죽은깨 → 주근깨

줄창, 줄곳 → 줄곧

중매장이 → 중매쟁이

지겟군 → 지게꾼

지꺼리다 → 지껄이다

지꿎다 → 짓궂다

지리하다 → 지루하다

지팽이 → 지팡이

지푸다 → 깊다

지푸래기 → 지푸라기

진누깨비 → 진눈깨비

진디기 → 진드기

진창만창 → 진탕만탕

집개 → 집게

짓물다 → 짓무르다

짚세기 → 짚신

짜집기 → 짜깁기

짜르다 → 자르다

짧다랗다 → 짧다

짭잘하다 → 짭짤하다

쨍알거리다 → 짱알거리다

쨍쨍하다 → 짱짱하다

쪽밤 → 쌍동밤
쪽집게 → 족집게
쭈물거리다 → 머무적거리다
쭉지 → 죽지
찌부드드하다 → 찌뿌드드하다
찐덕거리다 → 찐득거리다
찐덕이 → 끈끈이
찐드기 → 진드기
찔벅거리다 → 집적거리다

● ㅊ

차겁다 → 차갑다
찰조 → 차조
창 넘어 → 창 너머
채양 → 차양
채쭉 → 채찍
챙피하다 → 창피하다
천석군 → 천석꾼
천정(건물의) → 천장
천평 → 천칭
체신없다 → 채신없다
처부시다 → 처부수다
초생달 → 초승달
총렬(銃身의) → 총열

총뿌리 → 총부리

최대값 → 최댓값

추켜올리다 → 추어올리다

출석율 → 출석률

치떠보다 → 칩떠보다

치루다 → 치르다

● ㅋ ‖‖

켤래 → 켤레

캥기다 → 켕기다

케케묵다 → 케케묵다

콧밑 → 코밑

콧방아 찧다 → 코방아 찧다

콧배기 → 코빼기

큰애기 → 큰아기

● ㅌ ‖‖

탯갈 → 태깔

톡톡이 → 톡톡히

통채 → 통째

통털어 → 통틀어

팅기다 → 튕기다

트기 → 튀기

트름 → 트림

틈틈히 → 틈틈이
티각태각 → 티격태격

● ㅍ

판때기 → 판자때기

팔굼치 → 팔꿈치

팔목시계 → 손목시계

팔장 끼다 → 팔짱 끼다

패이다 → 패다

퍼그나 → 퍽

펀뜻 → 언뜻

퍼락쥐락 → 쥐락펴락

푸대 → 부대

푸르락붉으락 → 붉으락푸르락

푸르숙숙하다 → 푸르죽죽하다

푸르스험하다 → 푸르스름하다

푸성가리 → 푸성귀

풀소 → 푿소

풋나기 → 풋내기

풍덩이 → 풍뎅이

풍지박산 → 풍비박산

품파리 → 품팔이

핑게 → 핑계

● ㅎ ||||||||||||||||||||||||||||||||||||||||||||||||||||||||||||||||||||||||||||||||||||||||||||

하구료 → 하구려

하니바람 → 하늬바람

하마트면 → 하마터면

하옜다 → 하 다

하옇든지 → 하여튼지, 어쨌든지

하지 말아라 → 하지 마라, 하지 말라

하픔 → 하품

할려고 → 하려고

할찌라도 → 할지라도

해도지 → 해돋이

해망적다 → 해망쩍다

해질머리 → 해질녘

행가래 → 헹가래

핼쓱하다 → 헐쑥하다, 할쑥하다, 핼쑥하다

햇님 → 해님

허깨비 → 도깨비

허드래 → 허드레

허드래물 → 허드렛물

허위대 → 허우대

허위적거리다 → 허우적거리다

허접쓰레기 → 허섭스레기

헌출하다 → 헌칠하다, 훤칠하다

헛불질 → 헛총질

허탕 치다 → 허탕 치다

헝크러지다 → 헝클어지다

헤말쑥하다 → 해말쑥하다, 희멀쑥하다

헤염치다 → 헤엄치다

헹가래 태우다 → 헹가래치다

호루루기 → 호루라기

호멩이 → 호미

혼자말 → 혼잣말

홀쭉기 → 홀쭉이

회집 → 횟집

횡하다 · 휑하다 → 휑하다

후두둑후두둑 → 후드득후드득

후덥지근하다 → 후텁지근하다

휴갓길 → 휴가길

휩스레하다 → 헙수룩하다

흉헙다 → 흉업다

흐늘어지다 → 휘늘어지다

흐들감스럽다 → 흐들갑스럽다

흐룽흐룽 → 허룽허룽

흐트리다 → 흩뜨리다, 흐트러뜨리다

흙받이 → 흙받기

흠빡 → 함빡, 흠뻑

흥보가 → 흥부가

흥청방청 → 흥청망청

첫 삽

희물그레하다 → 희묽다

희죽희죽 웃다 → 헤죽헤죽 웃다

희칠희칠 → 희치희치

힐끗 → 흘끗

힝허니 가다 → 휑하니 가다

비슷한 말이지만 개념이 다른 말

[가]
* **가게-가계**

가게 - 물건 파는 집. 상점.

가계(家計) - ① 집안 살림의 수입·지출. 살림살이. ② 생계(生計).

* **가늠-가름-갈음**

가늠 - ① 어떤 목표에 맞고 안 맞음을 헤아림, 또는 그 표준. ② 시세의 기미를 엿보는 눈치.

가름 - ① 구별. 분별. ② 함께 하던 일을 서로 가르는 일.

갈음 - 같은 것으로 서로 바꾸어 대신함.

* **가르다-가리다**

가르다 - ① 따로따로 나누어 구별하다. ② 시비를 판단하다. ③ 쪼개다.

가리다 - ① 많은 것 중에서 골라내다. ② 어린아이가 낯선 사람을 알아보고 꺼리다. ③ 보이지 않게 막다.

* **가르치다-가리키다**

가르치다 - 지식이나 기예를 알게 하여주다. 가르키다(×)

가리키다 - 무엇이 있는 곳을 말이나 손짓 등으로 일러주다.

* 가없다-가엾다(가엽다)

가없다 - 끝이 안 보이게 넓다. 헤아릴 수 없다.

가엾다(=가엽다) - 딱하게 불쌍하다.

* 가위-가히

가위(可謂) - ① 이르자면. 이른바. ② 과연. 참.

가히(可-) - 능히. 충분히.

* 가정(家政-家庭)

가정(家政) - 집안 살림을 다스리는 일.

가정(家庭) - 한 가족이 살림하고 있는 집안.

* 각가지-갖가지

각가지(各-) - 여러 가지. 각종(各種).

갖가지 -'가지가지'의 준말. [명]여러 가지. 여러 종류. [관]여러 가지의.

* 간지럽다 - 간질이다, 간지럽히다

간지럽다 - 무엇이 피부에 가볍게 닿아 자꾸 스칠 때 자릿하게 느껴지다.

간질이다 - 간지럽게 하다. 간질리다(×)

* 갑절-곱절

갑절 - [명]어떤 수량이나 분량을 두 번 합친 분향. 배. [부]어떤 수량이나 분량을 두 번 합친 만큼.

곱절 - 같은 물건의 수량이나 분량을 세는 단위. (의존명사이므로 관형어의 수식을 필요로 함)

* 강마르다-깡마르다

강마르다 - 딱딱하게 마르다.

깡마르다-몸에 살이 없이 바싹 마르다.

* 강수량-강우량

강수량 - 비나 눈·우박 등으로 지상에 내린 물의 총량.

강우량 - 일정한 시간 동안 일정한 곳에 내린 비의 양.

* 갖은-가진

갖은 - 고루 갖춘. 가지가지의.

가진 - 가지고 있는.

* 개정(改正-改定-改訂)

개정(改正) - 바르게 고침.

개정(改定) - 이미 정했던 것을 고치어 다시 정함.

개정(改訂) - 잘못된 것을 바르게 고침.

* 개펄-갯벌

개펄 - 바닷물은 들어오지 않으나 습기가 있는 물가의 개흙 땅.
[준]펄

갯벌 - 바닷물이 들고나는 바닷가의 땅.

* 객기-갸기

객기(客氣) - 객쩍게 또는 쓸데없이 부리는 용기나 혈기.

갸기 - 몹시 얄밉게 보이는 교만한 태도.

* 갱신-경신

갱신(更新) - ① 계약의 존속 중 현존계약이 그 유효기간이 지난 후
에도 존속되도록 하기 위해 새 계약을 체결함. ② 다시 새롭게 만듦.

경신(更新) - (추상적인 사실의)먼저 것을 고치어 새롭게 함.

* 건너다-건네다

건너다 - ① 물위를 넘어서 맞은편으로 가다. ② 빈 공간을 사이에 두고 한 편에서 맞은편으로 가다.

건네다 - ① 건너가게 하다. ② 남에게 말을 붙이다. ③ 자기가 가진 돈이나 물건 따위를 남에게 옮겨 주다.

첫 삽

* 걷다-거두다

걷다 - ① 덮은 것이나 가린 것을 치우다. ② 늘어지거나 펴진 것을 말아 올리거나 치우다.

거두다 - ① 널려 있는 것이나 흩어진 것을 한데 모아들이다. ② 세금 따위를 징수하다. ③ 보살피거나 가르쳐 기르다. ④ 멈추어 끝내다. ⑤ 성과 따위를 올리거나 얻다. ⑥ 모양을 내다.

* 걷잡다-겉잡다

걷잡다 - 쓰러지는 것을 거두어 붙잡다.

겉잡다 - ① 겉가량으로 대강 어림치다. ② 겉으로 대강 짐작하여 헤아리다.

* 걸음-거름

걸음 - 발을 옮겨 걷는 짓.

거름 - 식물이 잘 자라도록 흙에 주는 양분. 비료.

* 걸쭉하다-걸찍하다

걸쭉하다 - 액체 속에 건더기가 많아서 묽지 않고 매우 걸다.

걸찍하다 - 땅 · 입 · 성질 등이 상당히 걸다.

* 검댕-검정

검댕 - 그을음이나 연기가 맺혀서 된 검정 빛깔의 물건. (굴뚝이나 아궁이 속 · 솥 밑 같은 데에 생김)

검정 - 까만 빛이나 물감.

*** 것다-겠다**

-것다 - ① 인정된 동작이나 상태를 다시 확인하여 말할 때 쓰는 종결어미. * 먹었것다. ② 경험이나 이치로 미루어 보아 사실이 으레 그러할 것임을 인정하는 종결어미. * 도착했것다. ③ 원인이나 조건 등이 충분함을 들 때에 쓰는 연결어미. * 미인이것다, 학벌 좋것다.

-겠다 - 미래를 나타내거나. 추측 또는 의지를 나타내는 말.

*** 게시-계시**

게시(揭示) - 공중이나 관계자에게 알리기 위하여 내걸거나 붙여 보게 함, 또는 그 글.

계시(啓示) - ① 가르치어 보임. ② 사람의 지혜로 알지 못하는 신비로운 일을 신이 가르쳐 알게 함.

*** 겨누다-겨루다-견주다**

겨누다 - ① 목적물 있는 곳의 방향과 거리를 똑바로 잡다. ② 한 물체의 길이나 너비 등을 알기 위하여 다른 물체로써 마주 대어 헤아리다.

겨루다 - 서로 버티고 힘을 견주다.

견주다 - 둘 이상의 사물을 어느 편이 더 좋고 나쁜가, 또는 많고 적은가를 알려고 마주 대보다. 힘을 비교하여 우월 · 승부를 가리다.

*** 겯다-절다**

겯다 - [자]기름이 흠씬 배다. [타]서로 어긋나게 짜거나 걸치다.

절다 - ① 물체에 염분이 속속들이 배어들다. ② 걸음을 절뚝거리며 걷다.

*** 결단-결딴**

결단(決斷) - 결정적인 판단을 하거나 단정을 내림.

결딴나다 - 어떠한 사물이나 현상이 아주 해지거나 망그러져 도무지 가망이 없이 되다.

* 결재-결제

결재(決裁) - 아랫사람이 올린 안건을 상관이 헤아려 승인함.

결제(決濟) - ① 결정하여 끝냄. ② 증권 또는 대금의 수불(受拂)에 의하여 대차(貸借)를 청산하는 일.

* 경우-경위

경우(境遇) - 부닥친 형편이나 사정.

경위(涇渭) - 사리의 옳고 그름이나 이러하고 저러함의 분간.

경위(經緯) - 일이 되어 온 내력. 직물의 날과 씨. 경위도.

* 계발-개발

계발(啓發) - (슬기와 재능 등을) 깨우쳐 열어 줌. 일깨움.

개발(開發) - ① 개척하여 발전시킴. ② 물적 · 인적 자원에 작용하여 그 경제적 가치를 높여 산업을 일으킴. ③ 제품 · 장치를 창조하여 실용화함.

* 곤욕-곤혹

곤욕을 치르다 - 심한 모욕을 당하다.

곤혹스럽다 - 곤란을 당하여 어찌할 바를 모르다. =당혹스럽다.

* 골다-곯다

골다 - 잠을 잘 때 숨을 따라 콧구멍으로 드르렁 소리를 내다.

곯다 - ① 곡식 같은 것이 담은 그릇에 차지 못하고 좀 비다. ② 먹는 것이 모자라서 늘 배가 고프다. ③ 속으로 물커져 상하다. ④ 은근히 해를 입어 골병이 들다.

곯리다 - 곯다 ① ② ③ ④의 사동.

곯아떨어지다 - 술이나 잠에 취하여 정신을 잃고 자다.

* 곪다-곰기다

곪다 - 살에 고름이 생기다. 내부의 부패나 모순이 쌓여 터질 지경에 이르다.

곰기다 - 종기에 고름이 생기다. 곪은 자리에 딴딴한 멍울이 생기다.

* 과대(過大-誇大)

과대(過大) - 너무 큼. 지나치게 큼.

과대(誇大) - 작은 것을 큰 것처럼 과장함.

* 괜스레-괜히

괜스레 - '공연스레'의 준말.

괜히 - '공연히'의 준말.

* 괴멸-궤멸

괴멸(壞滅) - 파괴되어 멸망함.

궤멸(潰滅) - 무너져 망함.

* 구덕구덕-구들구들

구덕구덕 - 물기 있는 물체의 거죽이 약간 마른 모양. 〈꾸덕꾸덕

구들구들 - 밥알이 오돌오돌하게 익은 모양. 〈꾸들꾸들

* 굽-뒤축-창

굽 - 구두 바닥의 뒤쪽 아래에 덧댄 물건.

뒤축 - 신이나 버선의 발뒤축이 닿는 안쪽 부분.

창 - 구두 따위의 밑바닥 부분. 또는 거기에 대는 가죽이나 고무 따위.

* 귀걸이- 귀고리

귀걸이 - 귀에 걸어 추위를 막는 제구.

귀고리 - 여자들이 귀에 장식으로 다는 고리.

* 그러다-그렇다

그러다 - '그렇게 하다'의 준말.

그렇다 - [형]'그러하다'의 준말.

* 그러모으다-긁어모으다

그러모으다 - 흩어져 있는 것을 한 곳에 모아 놓다.

긁어모으다 - ① 이리저리 부정한 방법으로 재물을 모으다. ② 물건을 긁어서 한데 모으다.

* 그리다-그립다

그리다 - [타]① 보고 싶어 그리운 마음을 품다. ② 사모하다.

그립다 - [형]① 그리는 마음이 간절하다. ② 아쉽다. 요긴하다.

* 그스르다-그을다

그스르다 - [타]불에 거죽만 조금 타도록 하다.

그슬리다 - '그스르다'의 피동 · 사동형.

그을다 - [자]볕이나 바닷바람 · 연기 따위에 오랫동안 쬐어 빛이 검게 되다.

그을리다 - '그을다'의 사동형(피동형으로는 쓸 수 없음).

* 그저-거저

그저 - 무조건. 아주.

거저 - 공짜로.

* 금세-금새

금세 - '금시에'의 준말.

금새 - 물가(物價)의 높낮이의 정도.

*** 금슬-금실**

금슬(琴瑟) - 거문고와 비파.

금실(琴瑟) - 부부 사이의 화목한 즐거움.

*** 기사(技士-技師)**

기사(技士) - ① 국가 공무원의 한 관명(6급 공무원). ② 기술계의 기술 자격 등급(1급과 2급이 있음).

기사(技師) - 관청이나 회사에서 전문 기술을 직업으로 하는 사람.

*** 길래-기에-관데**

-길래 - '-기에'나 '-관데'의 의미로 쓰이는 어미(비표준어).

-기에 - 원인·이유를 나타내는 어미.

-관데 - 어떤 사실에 대하여 그 까닭을 캐물을 때 쓰는 어미.

*** 깃들다-깃들이다**

깃들다 - 아늑히 서려 있다.

깃들이다 - ① 새나 짐승이 보금자리를 만들어 그 안에서 살다. ② 속에 머물러 살다.

*** 까무러지다-까무러치다**

까무러지다 - ① 정신이 희미해지다. ② 등잔불 따위가 꺼질 듯 말 듯하다.

까무러치다 - 기절하다.

*** 깐보다-깔보다**

깐보다 - 마음속으로 가늠하다. 속을 떠보다.

깔보다 - 남을 업신여겨 우습게 보다.

*** 깨치다-깨우치다**

깨치다 - 깨달아 사물의 이치를 알게 되다.

깨우치다 - 모르는 사리를 깨닫게 하여 주다. 일깨우다.

* 껄끄럽다-꺼끄럽다(×)

껄끄럽다 - ① 꺼끄러기 같은 것이 몸에 붙어서 살이 따끔거리다. ② 껄껄하여 매끄럽지 못하다.

* 껍질-껍데기

껍질 - 거죽을 싸고 있는, 단단하지 않으나 질긴 물질.

껍데기 - 겉을 싸고 있는 단단한 물질(달걀 · 조개 · 호두 등).

* 꼬기꼬기-꼬깃꼬깃

꼬기꼬기 - 헝겊이나 종이 따위를 몹시 비비거나 주무르는 것 (행위).

꼬깃꼬깃 - 꼬기어서 금이 많이 난 모양(상태).

* 꼬다-꼬이다-꾀다-꾀이다

꼬다 - ① 여러 가닥을 한 줄이 되게 비비다. ② 몸 · 다리 · 팔 등을 비틀다.

꼬이다 - ① 꼬아지다. ② 일이 제대로 잘 안 되다. ③ (마음이)뒤틀리다.

꾀다 - ① 벌레 따위가 많이 모여 뒤끓다. ② 그럴싸하게 남을 속여 제게 이롭게 하다. (개정 맞춤법에서는 꾀다 ① ②의 의미를 나타내는 말을 '꼬이다'로도 쓸 수 있도록 허용했다. 그러나 원칙은 어디까지나 '꾀다'이다.)

꾀이다 - 남에게 꾐을 당하다.

* 꼬리-꽁지

꼬리 - ① 동물의 꽁무니나 몸뚱이의 뒤 끝에 길게 내민 부분. ②

'맨 뒤'를 비유하는 말. ③ 무나 배추의 뿌리.

꽁지 - 새의 꽁무니에 붙은 기다란 깃.

＊꼽다-꽂다

꼽다 - 수효를 세려고 손가락을 하나씩 꼬부리다.

꽂다 - ① 자빠지지 않도록 박아 세우다. ② 꼭 끼워 있게 하다.

＊꿰다-뀌다

꿰다 - ① 실·끈을 구멍이나 틈으로 들여보내 다른 쪽으로 나가게 하다. ② 옷을 입거나 신을 신다. ③ 가운데를 뚫고 나가게 하다.

뀌다 - 방귀를 내보내다.

＊끌다-끗다-끄르다

끌다 - ① 바닥에 대고 잡아당기다. ② 감정 따위를 모아 쏠리게 하다. ③ 일·시간을 뒤로 미루다. ④ 치맛자락 등이 땅에 닿으며 가다.

끗다 - 잡아 쥐고 자리를 다른 곳으로 옮기게 하다.

끄르다 - ① (맨 것이나 맺은 것을)끊지 않고 풀다. ② (잠긴 것을) 열어 벗기다.

＊끼다-끼이다

끼다 - ① 제 몸의 벌어진 사이에 넣어 죄어서 빠지지 않게 자다. ② 남의 팔 따위를 겨드랑이 밑으로 엇걸거나 넣어 잡다. ③ 걸려 있도록 꿰다.

끼이다 - ① '끼다'의 피동형. [자]① 틈에 박히거나 꽂히다. ② 여럿 중에 섞이어 들다.

[나]
＊나가다-나아가다

나가다 - 안에서 밖이나 앞쪽으로 가다.

나아가다 - ① 앞으로 향하여 가다. ② 하는 일이 점점 잘 되어 가다. 진전하다. ③ 병이 점점 좋아지다. ④ 높은 자리로 향하여 가다.

* **나다-낫다-낳다-났다**

나다 - [자]① 사물이 생겨나다. ② 결과가 맺어지다. ③ 산출하다. ④ 따로 살림을 차리다. ⑤태어나다.

낫다 - [자]병이 없어지다. [형]서로 맞대어 한쪽이 조금 더 좋다. (ㅅ불규칙)

낳다 - [타]① 새끼나 알을 뱃속에서 내놓다. ② 어떤 결과를 나타내다. ③ 실을 만들다. ④ 실로 피륙을 짜다.

났다 - '나다'의 과거형. [예]병이 나다. 병이 낫다. 병이 나았다. 병이 났다.

* **나르다-날다**

나르다 - 물건을 다른 데로 옮기다.

날다 - ① 공중에서 떠서 움직이다. ② 빛깔이 바래어 없어지다.

* **낟알-낫-낮-낯-낱**

낟알 - 겉껍질을 벗기지 않은 곡식의 알맹이.

낫 - 풀이나 곡식 등을 베는 연장.

낮 - 해가 떠 있는 동안.

낯 - 얼굴. 남을 대할 만한 체면.

낱 - 셀 수 있는 물건의 하나하나. * 낱개.

* **날래다-날쌔다**

날래다 - 나는 듯이 기운차고 빠르다.

날쌔다 - 날래고 재빠르다.

* **낫잡다-낮잡다**

낫잡다 - 좀 넉넉하게 치다.

낮잡다 - 낮게 치다. 지닌 가치보다 낮추어 보다.

* **내(內)-래(來)**

(3년)내 - 3년의 기간 안 (과거나 현재에 다 쓸 수 있음).

(3년)래 - (현재를 기준으로)과거 3년 동안에.

* **내려치다-내리치다**

내려치다 - [자]아래로 세차게 닥쳐오다. [타]① 아래로 향하여 단단한 바닥에 부딪게 하다. ② 칼 같은 것으로 무엇을 단숨에 자르다.

내리치다 - 위에서 아래로 향하여 힘껏 치다.

내리- '위에서 아래로' 또는 '마구, 함부로'의 뜻을 가진 접두사다. 상대되는 말로 '치-'가 있다.

* **내력-내역**

내력(來歷) - 겪어온 자취.

내역(內譯) - 분명하고 자세한 내용, 곧 명세(明細).

* **너덧-네댓**

너덧 - 넷 가량.

네댓 - 넷이나 다섯. 너댓(×).

* **너머-넘다**

너머 - 산·고개 따위의 저쪽.

넘다 - [동]지나다. 지나치다. (연결형은 '넘어')

* **너비-넓이**

너비 - 가로퍼진 양쪽의 거리. 폭.

넓이 - 면적. 넓은 정도.

* 넘보다-넘겨다보다

넘보다 - 얕잡아 보다. 깔보다.

넘겨다보다 - ① 남의 것을 욕심내어 마음을 그리로 돌리다. ② 고개를 들어 가린 물건의 위를 지나서 보다.

* 노느다-나누다

노느다 - 물건을 여러 몫으로 나누다.

나누다 - 둘 또는 그 이상으로 가르다.

* 노라고-느라고

-노라고 - 자기가 '한다고'의 뜻으로 쓰는 어미.

-느라고 - 동사의 어간에 붙어 '-의 까닭으로'라는 뜻을 나타내는 연결어미.

* 노름-놀음

노름 - 돈 따위를 걸고 따먹기를 하는 내기.

놀음 - 여럿이 즐겁게 노는 일.

* 노릇하다-노릿하다

노릇하다 - 좀 흐릿하게 노르스름하다.

노릿하다 - (냄새나 맛이) 약간 노리다.

* 노새-버새

노새 - 암말과 수탕나귀 사이에 난 변종.

버새 - 암탕나귀와 수말 사이에 난 제1대 잡종.

* 놀라다-놀래다-놀랍다

놀라다 - [자]① 뜻밖의 일을 당하여 가슴이 두근거리다. ② 신기하거나 훌륭한 것을 보고 매우 감동하다.

놀래다 - [타]남을 놀라게 하다.

놀랍다 - [형]① 굉장하고 훌륭하다. ② 놀랄 만하다.

* 놓이다-놓치다

놓이다 - ① 놓음을 당하다. ② 얹히어 있다. ③ 안심이 되다.

놓치다 - 잡거나 얻거나 또는 닥쳐온 것을 도로 잃어버리다.

* 누굿하다-느긋하다

누굿하다 - ① 메마르지 않고 약간 눅눅하다. ② (추위가)약간 눅다. ③ (성질이)늘어지고 부드럽다.

느긋하다 - ① 마음에 조금도 부족함이 없이 흡족하다. ② 먹은 것이 소화가 되지 않아 속이 약간 느끼하다.

* 누르다-눌리다-눋다

누르다 - ① 힘을 들여 위에서 아래로 밀다. ② 꿈쩍 못하게 하다. ③ 참다.

눌리다 - ① '누르다'의 피동. ② '눋다'의 사동.

눋다 - 푸른빛이 날 정도로 약간 타다.

* 느리다-늘리다-늘이다

느리다 - [형]말 · 동작 등이 더디다. 누그러져 야무지지 못하다.

늘리다 - [타]본디보다 부피를 크게 하거나 수를 많게 하다.

늘이다 - [타]① 본디보다 더 길게 하다. ② 아래로 처지게 하다.

* 늘어붙다-눌어붙다-들어붙다-들러붙다

늘어붙다 - ① 물건이 찐득찐득 들러붙다. ② 여기저기 어지럽게 붙어 있다.

눌어붙다 - ① 타서 바닥에 붙다. ② 한 군데 오래 머물러 떠나지 아니하다.

들어붙다(×)

들러붙다 - 끈기 있게 바짝 붙다. 〉달라붙다

* **닢-잎**

닢 - 쇠붙이로 만든 돈이나 가마니 따위를 낱낱의 뜻으로 세는 데 쓰는 말.

잎 - 나무의 닢.

[다]

* **다리다-달이다**

다리다 - 다리미로 문질러 구김살을 펴다. 대리다(×)

달이다 - 끓여서 진하게 만들다.

* 단박에 -대번에

단박(에) - 그 자리에서.

대번(에) - 서슴지 않고 단숨에.

* **단합-담합**

단합(團合) - 많은 사람이 한데 뭉침. 단결.

담합(談合) - ① 서로 의논함. ② 입찰을 함에 있어 입찰자가 서로 상의하여 미리 입찰 가격을 협정하는 일.

* **달다-닳다**

달다 - ① 끓이는 음식 따위가 너무 끓어 물이 거의 줄고 지나치게 익다. ② 몹시 뜨거워지다. ③ 마음이 몹시 조급해지다.

닳다 - 오래 쓴 물건이 낡아지거나 줄어든다. (액체 따위가)졸아 들다.

* **달라다-달래다-달래도**

달라다 - '달라고 하다'의 뜻.

달래다 - ① 좋은 말로 잘 이끌어 꾀다. ② 흥분 또는 고통을 가라앉게 하다.

달래도 - '달라고 하여도'의 뜻.

* 달리다-딸리다

달리다 - ① 힘에 부치다. 재주가 모자라다. ② 무슨 물건이 뒤를 잇대지 못하게 모자라다. ③ 어떤 것에 걸려서 아래로 처지게 되다.

딸리다 - ① 어떤 것에 부속되다. 붙어 있다. ② 남의 밑에 들다.

* 담그다-담다

담그다 - ① 다시 꺼내기로 하고 액체 속에 넣어 두다. ② 김치·간장·술 따위를 만들 때 그 원료에 물을 부어 익도록 하다. ③ 소금을 쳐서 젓갈을 만들다.

담다 - ① 그릇 속에 물건을 넣다. ② 욕을 입에 올리다. ③ 그림이나 글 따위에 나타내다.

* 닷새-댓새

닷새 - 다섯 날. 5일. 초닷샛날.

댓새 - 5일 가량.

* 당기다-댕기다

당기다 - ① 끌어서 가까이 오게 하다. ② 기일을 줄이다. ③ 줄을 팽팽히 하다.

댕기다 - [자]불이 옮아 붙다. [타]불을 옮겨 붙이다.

* 대망(大望-待望)

대망(大望) - 큰 희망. 큰 소망.

대망(待望) - 기다리며 바라는 것.

* 더껑이-더께

더껑이 - 걸쭉한 액체의 표면에 엉겨 붙어 굳어진 꺼풀.

더께 - 덖어서 몹시 찌든 물건에 낀 때.

* 덤터기-덤태

덤터기 - 다른 사람에게 넘겨씌우거나 넘겨 맡은 걱정거리.

덤태(×)

* 덩이-덩어리

덩이 - 작게 뭉쳐진 덩어리.

덩어리 - 크게 뭉쳐진 덩이.

* 데-대

-데 - '-더군'이라는 뜻으로 쓰이는 종결어미.

-대 - '-다 하여'의 준말.

* 데우다-데치다-덥히다

데우다 - 찬 액체나 음식에 열을 가해 뜨겁게 하다. [준]데다. 뎁히다(×)

데치다 - 끓는 물에 잠깐 넣어 슬쩍 삶아내다.

덥히다 - 몸이나 방 따위를 따뜻하게 하다.

* 도둑맞다-도적맞다

도둑맞다 - 도둑에게 돈이나 물건 따위를 잃거나 빼앗기다.

도적맞다(×) 도적(○)

* 도막-토막

도막 - 짧고 작은 동강.

토막 - ① 크고 덩어리진 동강. ② 잘라진 동강을 세는 단위.

* 돋구다-돋우다

돋구다 - 안경 따위의 도수를 더 높게 하다. 양기 따위를 보강하다.

첫 삽

돋우다 - ① 위로 끌어올리거나 높아지게 하다. ② 기분·느낌·의욕 등의 감정을 자극하여 일어나게 하다. ③ 입맛이 좋아지게 하다.

* 돋치다-돋히다

돋치다 - 돋아서 내밀다. 값이 오르다.

돋히다(×)

* 동산-동산(童山)

동산 - 마을 앞이나 뒤에 있는 언덕이나 자그마한 산.

동산(童山) - 초목이 없는 황폐한 산.

* 두드리다-두들기다

두드리다 - 여러 번 자꾸 치다. 자꾸 툭툭 치다.

두들기다 - 함부로 쳐서 때리다.

* 두르다-둘리다

두르다 - ① 밖으로 싸서 가리다. ② 원을 그리며 돌리다. ③ 사물을 이리저리 변통하다. ④ 이치에 그럴듯하게 남을 속이다. ⑤마음대로 다루다.

둘리다 - ① 둘러서 막히다. ② 둘러싸이다. ③ 그럴듯한 꾐에 속다.

* 두텁다-두껍다

두텁다 - ① 서로의 관계가 굳고 튼튼하다. ② (남에 대한 향념이) 알뜰하고 크다.

두껍다 - 두께가 크다.

* 둘째-두째

둘째 - 첫째의 다음. 제2. [명]두 개째.

두째 - 관형사 또는 서수사로서 열 이상의 단위에 붙을 때 쓰인다.

* 뒤좇다-뒤쫓다

뒤좇다 - 뒤를 따르다.

뒤쫓다 - 뒤를 쫓다.

* 뒤처지다-뒤쳐지다

뒤처지다 - 뒤로 처지다.

뒤쳐지다 - 물건이 뒤집혀서 젖혀지다.

* 드날리다-들날리다

드날리다 - 손으로 들어서 날리다.

들날리다 - 세력이나 명성을 널리 떨치다. 또는 떨치게 하다.

* 드러내다-들어내다-드러나다

드러내다 - 겉으로 나타내다. 노출하다.

들어내다 - 물건을 들어서 밖으로 내놓다.

드러나다 - 겉으로 보이게 나타나다. 감춘 것이 발각되다.

* 드리다-들이다

드리다 - ① 웃어른께 인사나 물건을 건네다. ② 두 가닥 또는 세 가닥으로 꼬다. ③ 떨어 놓은 곡식을 바람에 날려 검불 같은 것을 버리다. ④ 집을 지을 때 방·마루·창 따위를 만들다.

들이다 - ① 어떤 일에 맛을 붙이다. ② 들어오도록 하다. ③ 염색하다. ④ 부릴 사람을 집에 있게 하다. ⑤땀을 그치게 하다. ⑥비용을 대거나 힘을 쓰다. ⑦길이 들게 하다.

* 득달같다-득돌같다

득달같다 - 잠시도 지체하지 아니하다.

득돌같다 - 마음먹고 있는 것과 같이 꼭꼭 잘 맞다.

* 들러보다-둘러보다

첫 삽

들러보다 - 지나는 길에 어떤 곳을 잠깐 거처 보다.

둘러보다 - (여기저기를) 두루두루 살펴보다.

* 들이켜다-들이키다

들이켜다 - 세게 들이마시다.

들이키다 - 안쪽으로 향하여 다그다.

* 들추다-들치다

들추다 - ① 지난 일, 숨긴 일 등을 끄집어 일으키다. ② 물건을 찾
으려고 자꾸 뒤지다.

들치다 - 물건의 한쪽을 쳐들다.

* 등살-등쌀

등살 - 등에 있는 근육. 배근(背筋).

등쌀 - 몹시 귀찮게 굴고 야단을 부리는 형세.

* 따다-땋다

따다 - ① 무엇에 매달렸거나 붙은 것을 잡아떼다. ② 경기·노
름·내기 등에서 이겨 돈을 얻다. ③ 자격 등을 얻다. ④ 핑계하고
만나지 않다.

땋다 - 머리털·실 등을 세 가닥으로 갈라서 서로 엇결어 한 가닥
으로 하다.

* 따르다-딸다

따르다 - ① 남의 뒤를 좇다. ② 물 등을 기울여 붓거나 쏟다. ③ 관
례·법규·목적·입장에 좇거나 복종하다.

딸다(×)

* 떠벌리다-떠벌이다

떠벌리다 - ① 지나치게 풍을 쳐 떠들어 대다. ② 굉장한 규모로 차

리다.

떠벌이다(×)

* 떨구다-떨치다

떨구다 - (고개나 눈길 따위를)아래로 떨어지게 하다.

떨치다 - ① 세게 흔들어 떨어지게 하다. ② 명성·위세 등이 널리 퍼지다.

* 떨다-털다

떨다 - [타]① 붙어 있는 것을 흔들거나 손으로 털어서 떨어지게 하다. ② 어떤 속에서 얼마를 덜어내다. 떨구다(×) ③ 어떤 성질·행동을 겉으로 나타내어 부리다. ④ 남은 것을 몽땅 팔거나 사다.

털다 - [타]① 붙어 있는 것이 흩어지거나 떨어지도록 하다. ② 있는 재물을 죄다 내다. ③ 도둑 따위가 남의 물건을 죄다 가져가다.

* 뜨이다-띄우다

뜨이다 - [자]① 감았던 눈이 열리다. ② 몰랐던 사실이나 숨겨졌던 본능을 깨닫게 되다. ③ 눈에 들어오다. ④ 두드러지게 나타나다. [준]띄다

띄우다 - [타]① 물이나 공중에 뜨게 하다. ② 물건과 물건 사이에 뜨게 하다. ③ 편지를 부치거나 전해줄 사람을 보내다. ④ 물건에 훈김이 생겨 뜨게 하다. [준]띄다

* 띠다-띄다

띠다 - [타]① 띠를 두르다. ② 용무·직책·사명을 가지다. ③ 빛깔을 약간 가지다. ④ 물건을 몸에 지니다.

띄다 - [자]'뜨이다'와 [타]'띄우다'의 준말.

[라]

* 라야-래야

-라야 - 사물을 지정하거나 꼭 그리해야 함을 나타내는 조사.

-래야 - '라 하여야'의 준말.

* 려야-ㄹ려야

-려야 - '-려 하여야'의 준말.

-ㄹ려야(×)

-ㄹ래야(×)

* 렷다-렸다

-렷다 - 추상적으로 인정할 때 쓰는 어미.

-렸다(×)

[마]

* 마는-만은

-마는 - 이미 아는 일을 말하면서 아랫말이 그 사실에 거리끼지 않음을 나타내는 말. [준]만.

-만은 - '만'을 강조한 조사.

* 마치다-맞히다

마치다 - [타]마지막으로 끝내다. [자]① (무엇을 박을 때) 밑에 무엇이 닿아 버티다. ② 뼈 따위가 결리고 아프다.

맞히다 - [타]① 물음에 옳은 답을 하다. ② 목표에 맞게 하다. ③ 침이나 매·눈·비·도둑 같은 것을 맞게 하다.

* 마파람-맞바람

마파람 - 남쪽에서 불어오는 바람. 남풍.

맞바람 - ① 양편에서 마주 불어오는 바람. ② 맞은편에서 불어오는 바람.

* 막역하다-막연하다

막역(莫逆)하다 - 서로 허물없이 매우 친하게 지내다. 절친하다.

막연(漠然)하다 - 똑똑하지 못하고 어렴풋하다.

* 만물-맏물

만물 - 맨 나중에 손으로 논에 난 잡초를 훑치어 없애는 일.

맏물 - 맨 처음 나는 푸성귀나 해산물 · 곡식 · 과일. 끝물

* 맞부딪치다-맞닥뜨리다

맞부딪치다 - 서로 마주 부딪치다.

맞닥뜨리다 - 갑작스레 서로 마주 부딪칠 정도로 만나다.

* 매기다-메기다

매기다 - 차례 · 값 · 등수 · 점수 등을 정한다.

메기다 - ① 노래를 주고받을 때 한 편이 먼저 부르다. ② 화살을 시위에 물리다. ③ 윷놀이에서 말을 끝밭까지 옮겨놓다.

* 매무시-매무새

매무시 - 옷을 입을 때 매고 여미고 하는 뒷단속.

매무새 - 매무시한 뒤의 모양새.

* 머쓱하다-멀쑥하다

머쓱하다 - ① 어울리지 않게 키가 크다. ② 무안을 당하거나 하여 기가 죽어 있다.

멀쑥하다 - ① 멋없이 키가 크고 묽게 생기다. ② 물기가 많아 되지 않고 묽다. ③ 모양이 지저분함이 없고 멀끔하다.

* 메다-메우다

메다 - [자]구멍 따위가 막히다. 메이다(×) [타]① 물건을 어깨에 지다. ② 책임·임무 따위를 맡다.

메우다 - [타]① 구멍이나 빈 곳을 채워서 메게 하다. ② 통 같은 것에 테를 끼우다. 메꾸다(×)

* 메스껍다-메시껍다

메스껍다 - 속이 언짢아 헛구역질이 나고 자꾸 토할 듯하다.

메시껍다(×)

* 면하다(面~免~)

면(面)하다 - ① 향하다. 향하여 있다. ② 어떤 일에 부닥치다.

면(免)하다 - ① 책임이나 의무에서 벗어나다. ② 벌·재앙·욕을 받지 아니하다. ③ 어떤 범위에서 벗어나다.

* 명주-비단

명주(明紬) - 누에고치에서 뽑은 실로 무늬 없이 짠 피륙.

비단(緋緞) - 명주실로 광택 나게 짠 피륙.

* 모시다-뫼시다

모시다 - ① (손윗사람을) 가까이서 받들다. ② (손윗사람을) 받들어 같이 어떤 곳으로 가거나 오다. ③ 어떤 곳에 자리 잡게 하다. ④ 의례를 지내다.

뫼시다 - '모시다'의 옛말.

* 목-몫

목 - 딴 곳으로 빠져 나갈 수 없는 중요하고 좁은 곳.

몫 - ① 노나 가질 때에 앞앞이 돌아오는 분량. ② 나누어진 값.

* 목메다-목메이다

목메다 - ① 목구멍에 물건이 막히다. ② 목맺히다.

목메이다(×)

* 몹쓸-못쓸

몹쓸 - 몹시 악독하고 고약한.

못쓸 - 쓰지 못할. 좋지 않은.

* 못미처-뒤미처

못미처 - [명]거의 이르렀으나 아직 거기까지 미치니 못한 장소.

뒤미처 - [부]사이를 띄울 나위 없이. 그 뒤에 곧 이어.

* 무간-무관

무간(無間) - 아주 친하여 서로 막힘이 없이 사이가 가까움.

무관(無關) - 서로 관계가 없음.

* 무르다-물리다

무르다 - ① 푹 익어 녹실녹실하게 되다. ② 샀던 물건을 도로 주고 돈을 찾다. ③ 바둑 · 장기에서 한번 둔 것을 안 둔 것으로 하다.

물리다 - [재]싫증이 나다. [타]① 날짜를 뒤로 미루다. ② 자리를 치우려고 놓인 물건을 들어내다.

* 무지러지다-문드러지다

무지러지다 - 끝이 닳거나 잘라져 없어지다.

문드러지다 - ① 썩어서 쳐져 떨어지다. ② 너무 익어서 물러지다.

* 묵다-묶다

묵다 - [재]① 일정한 장소에서 나그네로 지내다. ② 오래 되다. ③ 사용되지 않고 그대로 남아 있다.

묶다 - [타]① 단을 지어 매다. ② 몸을 얽어매다. ③ 한 군데로 합치다

* 뭇-뭍

첫 삽

뭇 - 수효가 많음을 나타내는 관형사. * 뭇 사람. 뭇 별

뭍 - 육지. 바다

* 미어지다-메다

미어지다 - [자]팽팽하게 켕긴 종이나 가죽 등이 해지거나 어떤 것에 의해서 구멍이 나다.

메다 - [자]구멍이 막히다. 메어지다(×)

* 미처-미쳐-미치다

미처 - 아직. 채.

미쳐 - '미치어'의 준말.

미치다 - [자]① 한정한 곳에 다다르다. ② 정신에 이상이 생겨 언어·행동이 정상이 아니다. ③ 격렬한 흥분으로 보통 때와 다르게 날뛰다.

* 밑바닥-밑바탕

밑바닥 - 물건의 바닥이 되는 부분.

밑바탕 - ① 사물의 근본이 되는 바탕. ② 사람의 타고난 근본 바탕.

[바]

* 바라다-바래다

바라다 - 생각대로 또는 소원대로 되기를 기대하다.

바래다 - [자]① 가는 사람을 배웅하여 도중까지 함께 가주다. ② 빛이 변하다. [타]① 빨래 따위를 볕에 쬐어 희게 하다.

* 바치다-받치다-받히다

바치다 - ① 신이나 웃어른께 올리다. ② 세금·공납금 등을 내다. ③ 목숨을 내놓다. ④ 추잡할 정도로 즐기다.

받치다 - [자]앉거나 누웠을 때 밑바닥이 배기다. 속에서 어떤 기운이 치밀다. [타]① 다른 물건으로 괴다. ② 우산 등을 펴서 들다.

받히다 - (피동)떠받음을 당하다.

첫 삽

* 박이다-박히다

박이다 - [자]① 박아 놓은 듯이 한 곳에 끼여 있거나 붙어 있다. ② 오랜 버릇이나 느낌이 몸에 꽉 배다. (사동)인쇄물이나 사진을 박게 하다.

박히다 - (피동)① 물건이 다른 물건 속으로 들어가 꽂히다. ② 인쇄물이나 사진이 박아지다. 찍히다. ③ 점 같은 것이 찍히다.

* 반드시-반듯이

반드시 - 꼭. 틀림없이. 필연코.

반듯이 - 기울거나 비뚤어지지 않고 똑바로.

* 반증-방증

반증(反證) - 사실과는 반대되는 증거.

방증(傍證) - 증거가 될 방계(傍系)의 자료. 간접적인 증거.

* 받다-밭다

받다 - [자]음식 같은 것이 비위에 맞다. [타]① 주는 것을 가지다. ② 우산 따위를 펴서 들다. ③ 남의 뒤를 곧 따라서 하다. ④ 뿔 따위로 부딪치다.

밭다 - [자]액체가 바짝 졸아서 말라붙다. [타]건더기와 액체가 섞인 것을 체 같은데 에 따라서 액체만을 따로 받아내다. [형]시간이나 공간이 매우 가깝다.

* 발-방

발(發) - 탄환·화살의 수효를 나타내는 말.

방(放) - 총포 등을 발사하는 횟수를 세는 말.

* 발자국-발짝

발자국 - 발로 밟은 흔적.

발짝 - 한 발씩 떼어놓는 걸음의 수효를 세는 말.

* 방개-방게

방개 - '물방개'의 준말.

방게 - 바위게과에 속하는 게(蟹)의 일종.

* 방적-방직

방적(紡績) - 동식물의 섬유를 가공하여 실을 만드는 섬유공업.

방직(紡織) - 실로 피륙을 짜는 일.

* 밭떼기-밭뙈기

밭떼기 - 밭을 단위로 농산물을 일괄 구입하는 것.

밭뙈기 - 얼마 안 되는 밭을 좀 얕잡아 이르는 말.

* 밭이다-밭치다

밭이다 - (피동)밭아져 국물만 새어 나오다.

밭치다 - [타]'밭다'의 힘줌말.

* 벌기다-벌리다-벌이다

벌기다 - 속엣것이 드러나게 쪼개어 벌리다. 〉발기다

벌리다 - [자]돈벌이가 되다. [타]① 둘 사이를 넓히다. ② 열어서 속을 드러내다.

벌이다 - ① 일을 베풀어 놓다. ② 가게를 차리다. ③ 물건을 늘어 놓다.

* 벌서다-벌쓰다

벌서다 - 잘못이 있어 서 있는 벌을 받다.

벌쓰다 - 잘못한 것이 있어 벌을 당하다.

* 벗기다-베끼다

벗기다 - ① 입은 옷을 벗게 하다. ② 껍질·가죽 등을 이르집어 내다. ③ 거죽을 긁어 내다. ④ 씌웠거나 덮었던 것을 치워 내다. ⑤잠기거나 걸린 것이 열리게 하다.

베끼다 - 글 같은 것을 원본 그대로 옮기어 쓰다.

첫삽

* 베-벼

베 - 삼실이나 무명실·명주실로 짠 피륙.

벼 - 논에 심어져 쌀을 생산하는 식물.

* 변조-위조

변조(變造) - ① (이미 만들어진 것을) 손질하여 다시 만듦. ② (유가증권 따위의)내용을 다르게 고침.

위조(僞造) - (물건이나 문서 따위의)가짜를 만듦.

* 보전-보존

보전(保全) -온전하도록 보호함.

보존(保存) - ① 잘 건사하여 잃지 아니하도록 함. ② 원상을 잘 유지함.

* 뵈다-뵙다-뵈옵다

뵈다 - ① '보이다'(피동 또는 사동)의 준말. ② 웃어른을 대하여 보다.

뵙다 - '뵈옵다'의 준말.

뵈옵다 - 뵈다② 의 뜻을 겸손하게 이르는 말.

* 부딪다-부딪치다-부딪히다

부딪다 - 물건과 물건이 힘 있게 마주 닿거나 마주 대다.

부딪치다 - '부딪다'의 힘줌말.

부딪히다 - (피동)부딪침을 당하다(무의지적인 사실) 부디치다(×)

* 부리-뿌리

부리 - ① 새의 주둥이. ② 물건 끝의 뾰족한 부분. * 돌부리. 총부리. 물부리

뿌리 - ① 식물체의 땅에 박힌 부분. ② 박힌 물건의 밑동.

* 부수다-부시다

부수다 - 여러 조각이 나게 깨뜨리다.

부시다 - [타]그릇 등을 깨끗이 씻다. [형]강렬한 광선이 마주 쏘아 눈이 어리어리하다.

* 부실-불실

부실(不實) - ① 몸이 튼튼하지 못함. ② 셈이 넉넉지 못함. ③ 일에 성실하지 못함. * 부실공사

불실(不實) - 충실하지 못함. * 불실 기재

* 부인(夫人-婦人)

부인(夫人) - 남의 아내의 높임말.

부인(婦人) - ① 결혼한 여자. ② '여자'의 높인 말.

* 부추기다-부축하다

부추기다 - 남을 이리저리 들쑤셔서 어떤 일을 하도록 만들다.

부축하다 - ① 겨드랑이를 붙들어 걸음을 돕다. ② 남이 하는 말이나 일을 곁에서 거들어 주다.

* 부치다-붙이다

부치다 - [자]힘이 모자라다. [타]① 부채 같은 것을 흔들어서 바람을 일으키다. ② 논밭을 다루어 농사를 짓다. ③ 번철에 빈대떡·

전 · 저냐 등을 익혀서 만들다. ④ 남을 시켜서 편지나 물건을 보내다. ⑤다른 장소 · 기회에 넘겨 맡기다. 회부하다. ⑥어떤 대우를 하기로 하다. ⑦몸이나 식사를 어떤 곳에 의탁하다.

붙이다 - ① 서로 맞닿아서 떨어지지 않게 하다. ② 교합시키다. ③ 불을 다른 곳으로 붙게 하다. ④ 딸리게 하다. ⑤노름 · 싸움 등을 어울리게 하다. ⑥마음에 당기게 하다. ⑦손바닥으로 때리다. ⑧이름을 지어 달다.

* 분수-푼수

분수(分數) - ① 분별하는 슬기. ② 자기 신분에 맞는 분한(分限). [준]분

푼수 - ① 정도. 비율. ② 신분. 됨됨이.

* 붇다-불다-붓다

붇다 - (ㄷ불규칙)[자]① 물에 젖어 부피가 늘다. ② 수효나 양이 많아지다.

불다 - [자]바람이 일어나다. [타]① 입술을 오므려 날숨을 내어 보내다. ② 관악기의 소리를 내다. ③ 죄상을 그대로 말하다.

붓다 - (ㅅ불규칙)[자]① 부기로 살가죽이 부풀어 오르다. ② 부아가 나서 부루퉁하게 되다. [타]① 쏟다. ② 곗돈 등을 치르다. ③ 씨앗을 배게 뿌리다.

* 불가분-불가불-부득불-부득부득

불가분(不可分) - [명]나누려야 나눌 수 없음.

불가불(不可不) - [부]마땅히 안 하고는 안 되겠으므로.

부득불(不得不) - [부]마음이 내키지 아니하나 마지못하여.

부득부득 - [부]① 제 고집만 부리는 모양. ② 자꾸 졸라대는 모양.

* 불거지다-붉어지다

불거지다 - ① 둥글고 크게 거죽으로 툭 비어져 나오다. ② 어떤 현상이 두드러지게 커지거나 갑자기 생겨나다.

붉어지다 - 붉게 되다.

* 비끼다-비키다-빗기다

비끼다 - ① 옆으로 비스듬하게 비치다. ② (어떤 것이)비스듬히 놓이거나 늘어지다. ③ 얼굴에 어떤 표정이 잠시 드러나다.

비키다 - [자]어떤 것을 피하여 자기가 있던 자리에서 약간 자리를 옮기다. [타]① 방해가 되는 물건을 있던 자리에서 약간 옮겨 놓다. ② 장애물을 피하기 위해서 방향을 좀 바꾸다.

빗기다 - 남의 머리털을 빗어 주다.

* 비뚤어지다-비틀어지다

비뚤어지다 - ① 중심을 잃고 한 쪽으로 기울어지다. ② 마음·성격 등이 바르지 아니하다. 〈 삐뚤어지다.

비틀어지다 - ① 물건이 어느 한 쪽으로만 틀어져 꼬이다. ② 친하던 사이가 나빠지다. ③ 순탄하지 않게 되다.

* 비슥거리다-비쓱거리다

비슥거리다 - 어떤 일을 힘들여 하지 아니하다.

비쓱거리다 - 이쪽저쪽으로 쓰러질 듯이 몸을 자꾸 흔들다.

* 비어지다-삐지다

비어지다 - ① 속에 있던 것이 겉으로 쑥 내밀다. ② 숨겼거나 참았던 일이 드러나다. ③ 우뚝 내솟아 있다.

삐지다(×)

* 비추다-비치다

비추다 - [타]① 빛을 보내어 밝게 만들다. ② 맞대어 보다.

비치다 - [자]① 빛이 나서 환하게 되다. ② 물체의 그림자가 드러나 보이다. ③ 물건 위로 솟엣 물건의 빛이 드러나다. [타]① 남의 속을 떠 보려고 말을 약간 꺼내다. ② 잠깐 동안 만나거나 참석하다.

* 빌다-빌리다

빌다 - ① (신이나 부처에게) 소원이 이루어지도록 바라며 청하다. ② 잘못을 용서해 달라고 간곡히 청하다.

빌리다 - ① 나중에 돌려 주기로 하고 남의 물건을 얻어다 쓰다. 또는 나중에 받기로 하고 남에게 물건을 내주다. ② 남의 도움을 받다.

* 빡빡하다-빽빽하다

빡빡하다 - ① 물기가 적어서 보드라운 맛이 없다. ② 물보다 건더기가 가들막하게 많다. ③ 꼭 끼어서 헐렁하지 않다. ④ 여유가 없이 빠듯하다 ⑤돌게 된 물건이 부드럽게 돌아가지 아니하다.

빽빽하다 - ① 사이가 배좁도록 다 붙어 촘촘하다. ② 구멍이 거의 다 막혀 빨기가 답답하다. ③ 속이 툭 트이지 못하고 좁다.

* 뻐개다-뻐기다

뻐개다 - [타]① 물건을 두 쪽으로 갈라 조각내다. 〉빠개다. 뽀개다(×)

뻐기다 - [자]잘 난 체하고 으쓱대는 태도를 보이다. * 그는 손가락으로 호두도 뻐갤 수 있다고 뻐긴다.

* 뿜다-품다

뿜다 - ① 기체나 액체 등을 속에서 불어 내다. ② 세차게 발산하다.

품다 - ① 괴어 있는 물을 계속적으로 많이 푸다 ② 마음속에 가지다. ③ 가슴속에 안다.

[사]

* 사연(事緣-辭緣)

사연(事緣) - 일의 앞 뒤 사정과 까닭.

사연(辭緣) - 편지나 말을 내용.

* 삭다-삭이다-삭히다

삭다 - [자]① 물체의 본바탕이 변질되어 썩은 것과 같이 되다. ② 익어서 맛이 들다. 발효하여 풀어지거나 묽어지다. ③ 음식물이 소화되다. ④ (흥분이나 긴장상태가) 풀리어 가라앉다.

삭이다 - '삭다' ③④ 의 사동형.

삭히다 - '삭다' ② 의 사동형.

* 삯-싹

삯 - 일을 한 데 대하여 보수로 주는 돈이나 물건.

싹 - ① 식물의 씨에서 돋아난 첫 잎이나 줄기. ② 시초.

* 살지다-살찌다

살지다 - [형]① 몸이 살이 많다. ② 땅이 기름지다.

살찌다 - [자]① 몸에 살이 많아지다. 살오르다.

* 섞갈리다-헷갈리다

섞갈리다 - 갈피를 잡기 어렵도록 한데 뒤섞이다. 삭갈리다(×)

헷갈리다 - 갈피를 잡지 못하게 뒤섞이다.

* 선뜩-선뜻

선뜩 - 갑자기 놀라거나 찬 느낌을 받는 모양.

선뜻 - 거침없이 가볍고 빠르고 시원스런 모양.

* 속보(速報 - 續報)

속보(速報) - 빨리 알림, 또는 그 보도.

속보(續報) - 있었던 사건을 계속하여 알림, 또는 그 보도.

* 숫-숯-숱-술

숫 - '잡것이 섞이지 않고 그대로'를 나타내는 접두사. * 숫처녀. 숫보기

숯 - 나무를 숯가마에서 구워낸 덩어리. 목탄.

숱 - 물건의 부피나 머리카락을 분량.

술 - ① 숟가락으로 헤아릴 만한 적은 분량. ② 장식으로 다는 여러 가닥의 실.

첫 삽

* 스러지다-쓰러지다

스러지다 - 나타난 형체가 차차 희미해지면서 없어지다.

쓰러지다 - ① (서 있거나 쌓여 있던 것이) 한쪽으로 쏠리어 넘어지다. ② 지쳐서 눕다. ③ 지탱하지 못하고 패하다. ④ 죽다. 쓸어지다(×)

* 시각-시간

시각 - 정하여진 시점.

시간 - 어떤 시각부터 어떤 시각의 사이.

* 실랑이-승강이

실랑이 - 남에게 못 견디게 굴어 시달리게 하는 짓.

승강이 - 서로 자기 주장을 고집하여 옥신각신함.

* 실재-실제-실지

실재(實在) - ① 현실에 존재함. 또는 그것.

실제(實際) - 실지의 경우 또는 형편. 사실.

실지(實地) - ① 실제의 처지. ② 실제의 장소. 현장.

* 실험-시험

실험(實驗) - 일정한 연구 대상에 대하여 여러 조건 아래서 변화를 일으켜 그 현상을 관찰, 관측함.

시험(試驗) - ① 어떤 사물의 성질이나 기능. 성능 따위를 실제로 증험하여 봄. ② 지식수준이나 기술의 숙달한 정도를 일정한 절차에 따라 검열하는 일.

* 싸이다-쌓이다

싸이다 - (피동) 둘러쌈을 당하다. (사동) 대소변을 싸게 하다.

쌓이다 - ① 여러 개의 물건이 한데 겹치다. ② 할 일이 자꾸만 닥치어 많이 밀리다. ③ 근심 걱정이 연달아 겹치다.

* 썰다-쓸다

썰다 - 물건을 칼로 잘게 토막 내어 베다.

쓸다 - ① 비로 쓰레기 등을 없이하다. ② 전염병, 태풍, 홍수 등이 널리 피해를 입히다. ③ 줄 등으로 문질러 닳게 하다.

* 쏠다-슬다

쏠다 - 쥐나 좀 등이 물건을 물어뜯거나 씹어서 구멍을 내다,

슬다 - [자]① 푸성귀 등이 진딧물 같은 것에 못 견뎌 누렇게 죽어가다. ② 몸에 돋았던 부스럼 · 소름의 자국이 없어지다. ③ 곰팡이나 녹이 생기다. [타]벌레 · 물고기 등이 알을 깔기어 놓다.

* 쐬다-쏘이다

쐬다 - 연기나 바람 같은 것을 몸이나 얼굴에 받다.

쏘이다 - (피동)쏨을 당하다.

(개정된 한글맞춤법에서는 '쐬다'의 의미를 '쏘이다'로도 쓸 수 있도록 허용)

[아]

* 아귀-아구(맞추다)

아귀 - ① 물건의 가라진 곳. ② 두루마기나 속곳의 옆을 타놓은 구멍. ③ 아귀과의 바닷물고기. 아구(×)

아구맞추다 - 여럿을 어울러서 대중을 잡은 표준에 들어서게 하다.

* 아득하다-아뜩하다

아득하다 - ① 끝없이 멀다. ② 까마득하게 오래다. ③ 바라보이는 것이 매우 멀어서 까무러질 듯하다.

아뜩하다 - 갑자기 머리가 팽 돌리어 까무러질 듯하다.

* 아무라도-아무래도

아무라도 - 누구든지. 누구라도.

아무래도 - ① 아무러하여도. ② 아무리 하여도.

* 아무려나-아무려니-아무려면

아무려나 - 아무렇게나 하려거든 하라고 승낙하는 말.

아무려니 - 그렇게 되지 않기를 바라면서 설마의 뜻을 나타내는 말.

아무려면 - 말할 것도 없이 그렇다는 뜻. 물론. [준]아무럼. 암.

* 안-않

안 - '아니'의 준말.

않 - '아니하'의 준말.

* 안고나다-안고지다

안고나다 - 남의 일이나 책임을 대신하여 짊어지다.

안고지다 - 남을 해치려 하다가 도리어 해를 입다.

* 애끓다-애끊다

애끊다 - 몹시 슬퍼서 창자가 끊어지다.

애끓다 - 너무 걱정이 되어 속이 끓는 듯하다.

* 애벌-아시

애벌 - 한 물건에 같은 일을 여러 차례 해야 될 때 맨 처음 대충 해내는 일.

아시(×)

* 약재-약제

약재(藥材) - 약을 짓는 재료.

약제(藥劑) - 여러 가지 약재를 섞어 조제한 약.

* 어느-여느

어느 - 여럿 가운데 어떤. 막연한 어떤.

여느 - 보통의. 예사로운. 여늬(×)

* 어름-얼음

어름 - ① 두 물건의 끝이 서로 닿은 자리. ② 물건과 물건의 사이.

얼음 - 물이 얼어 고체로 된 것.

* 어리어리하다-어릿어릿하다-으리으리하다

어리어리하다 - 여러 가지가 모두 어리숙하다.

어릿어릿하다 - 말과 행동이 활발하지 않고 생기가 없이 움직이다.

으리으리하다 - 아주 굉장하거나 무서운 생각이 날 만큼 크거나 좋다.

* 어물쩍하다-어벌쩡하다-어정쩡하다

어물쩍하다 - 꾀를 쓰느라고 말이나 행동을 모호하게 하다. 어물쩡하다(×)

어벌쩡하다 - 엉너리를 부려 얼김에 남을 속여 넘기다.

어정쩡하다 - ① 미심하여 꺼림칙하다. ② 매우 난처하다.

* 어우르다-어울리다

어우르다 - [타]① 여럿이 모여 조화를 이루게 하다. ② 여럿이 모여 한 동아리나 한판이 되게 하다. 〉아우르다

어울리다 - [자]① 어우르게 되다. ② 한데 섞여 조화되다. 〉아울리다

* 얼김에-얼떨결에

얼김에 - 다른 일이 되는 바람에.

얼떨결에 - 여러 가지가 붐비고 복잡하여 정신이 얼떨떨한 판에. [준]얼결에

* 얼씬거리다-얼찐거리다

얼씬거리다 - 떠나지 않고 눈앞에 자꾸 나타나다.

얼찐거리다 - 앞에서 가까이 돌며 몹시 아첨하는 태도를 보이다. 〉알찐거리다.

* 업다-엎다

업다 - ① 물건이나 사람을 등에 지고 잡거나 동여매 붙어 있게 하다. ② 남을 이용하려고 끌고 들어가다. ③ 윷놀이에서 두 말을 한데 어우르다.

엎다 - ① 밑바닥이 위로 가게 놓다. ② 없애거나 치워 버리다.③ 넘어뜨리다.

* 엉기다-엉키다-엉클어지다-얽히다

엉기다 - ① 한데 뭉쳐 굳어지다. ② 일을 척척 하지 못하고 허둥거리다.

엉키다 - '엉클어지다'의 준말.

엉클어지다 - 일이나 물건이 서로 얽혀서 풀어지지 않게 되다. 〈헝클어지다.

얽히다 - ① 서로 엇갈리다. ② 생각 등이 복잡해지다. ③ 어떤 사실과 관련되다. ④ 얽어 감기다. (피동)얽음을 당하다.

* 엉덩이-궁둥이

엉덩이 - 볼기의 윗부분.

궁둥이 - 주저앉아서 바닥에 붙는 엉덩이의 아랫부분.

* 에다-에우다

에다 - 칼 따위로 도려내듯 베다. 에이다(×)

에우다 - ① 둘레를 빙 둘러서 막다. ② 딴 길로 돌리다.

* 여물다-영글다

여물다 - [자]씨가 익어 단단해지다. [형]사람 됨됨이가 헤프지 않고 알뜰하다.

영글다(×)

* 여쭈다-여쭙다

여쭈다 - 웃어른께 사연을 아뢰다.

여쭙다 - '여쭈옵다'의 준말. ('여쭈다'를 공손하게 이르는 말)

* 얇다-옅다

얇다 - ① 두께가 두껍지 아니하다. ② 사물의 밀도·농도·빛깔 따위가 짙지 아니하다. ③ 사람의 언행이 빤히 들여다보이다.

옅다 - ① 수면(水面)이 밑바닥에 가깝다. ② 빛이 묽다. ③ 뜻이나 정의(情誼)가 두텁지 못하다.

* 예-옛

예 - [명]옛적. 오래 전.

옛 - [관]지나간 때의

* 오돌오돌-오들오들-오톨도톨

오돌오돌 - 날밤처럼 깨물기에 좀 단단한 모양.

오들오들 - 춥거나 무서워서 몸을 작게 떠는 모양.

오톨도톨 - 물건의 거죽이 잘고 고르지 못하게 부풀어 오른 모양. 〈우툴두툴 오돌도돌(×)

* 오직-오죽-여북

오직 - 다만. 단지. 오로지.

오죽 - 얼마나. 여간.

여북 - '오죽, 얼마나'의 뜻으로 언짢은 경우에 쓴다.

* 옥죄다-윽죄다

옥죄다 - 몸의 한 부분을 바싹 옥여 죄다. 〈욱죄다

윽죄다(×)

* 올바르다-옳다

올바르다 - 곧고 바르다. 옳바르다(×)

옳다 - 사리나 규범에 꼭 맞다. 바르다. 가하다. 그렇다.

* 왠지-웬

왠지 - '왜인지'의 준말.

웬 - [관]어찌 된. 어떤. 어떠한.

* 우리다-울구다

우리다 - ① 물건을 물에 담가 맛 등이 우러나게 하다. ② 위협하거나 달래어 남의 것을 억지로 얻다.

울구다(×)

* 욱이다-우기다

욱이다 - 안쪽으로 욱게 하다.

우기다 - 끝내 제 의견을 고집하다. 억지를 쓰다.

* 원만하다-웬만하다-무던하다

원만(圓滿)하다 - ① 충분히 가득 차다. ② 규각이 없이 온화하다. ③ 서로 의가 좋다. 사이가 구순하다.

웬만하다 - 어연간하다. 우연만하다. 정도가 표준에 가깝다. 어지간하다.

무던하다 - ① 정도가 어지간하다. ② 덕량이 있어 너그럽다.

* 유감(有感-遺憾)

유감(有感) - 감상·소감이 있음.

유감(遺憾) - ① 마음에 섭섭함. ② 언짢게 여기는 마음.

* 유래-유례

유래(由來) - 사물의 연유하여 온 바. 내력.

유례(類例) - 같거나 비슷한 예.

* 유루-유류

유루(遺漏) - ① 새어 없어짐. ② 갖추어지지 아니하고 빠짐.

유류(遺留) - 남기어 놓음. 후세에 물려 줌.

* 으슥하다-이슥하다

으슥하다 - 무서운 느낌이 들 만큼 구석지고 고요하다.

이슥하다 - 밤이 한창 깊다.

* 을러메다-을러대다

을러메다 - 우격다짐으로 으르다.

을러대다 - 겁먹을 정도로 으르며 닦아세우다. 얼러대다(×)

* 의례-으레

의례(依例) - 전례에 따름. 관례적으로 함. 의전례(依前例)의 준말.

으레 - 두말할 것 없이. 당연히. 틀림없이 대개. 으레껏(×) 으례(×)

* **~이다-~다**

-이다 - 받침이 있는 체언에 붙어 사물을 지정하는 뜻을 나타내는 종결형 서술격조사.

-다 - 서술격조사 '-이다'가 받침 없는 체언 밑에 쓰일 때의 형태.

첫 삽

* **이다-일다**

이다 - [타]① 머리 위에 얹다. ② 기와나 볏짚 등으로 지붕을 덮다. 잇다(×)

일다 - [타]① 곡식을 물에 넣어 모래나 티끌을 가려내다. ② 물건을 물 속에 넣어 쓸 것만 골라 내다. [자]① 없었던 것이 처음으로 생기다. ② 약하던 것이 성하여지다.

* **이동(移動-異動)**

이동(移動) - 옮겨 움직임. 있던 자리에서 옮김.

이동(異動) - 전임 · 퇴직 등에 의한 지위 · 직책의 변동.

* **이복형제-이부형제**

이복형제(異腹兄弟) - 배다른 형제. 아버지는 같으나 어머니가 다른 형제.

이부형제(異父兄弟) - 아버지가 다른 형제. * '의붓-'이란 말은 혈육이 아닌 부모 · 자식 간의 관계를 일컬을 때 씀. [예]의붓아들. 의붓아비.

* **이상(異狀-異常)**

이상(異狀) - 보통과는 다른 상태. 이상(異常)의 상태.

이상(異常) - 보통과 다름. 정상적인 상태가 아님.

* **이어-이여**

-이어 - 반말투로 사물을 단정하거나 묻는 종결형 서술격조사. 받침이 없는 말 아래서는 '-어'를 쓴다. * 아니어(=아녀).

-이여 - 체언에 붙어 감탄·호소의 뜻을 나타내는 독립격조사. 받침 없는 말 아래서는 '-여'를 씀.

* 이제-인제

이제 - [명][부]바로 이때. 지금.

인제 - 지금부터. 지금에 이르러. 이제부터.

* 일그러지다-이지러지다-우그러지다

일그러지다 - 한쪽으로 약간 틀리어 비뚤어지다. 이그러지다(×)

이지러지다 - ① 한쪽이 떨어지다. ② 한쪽이 차지 않다. 이즈러지다(×)

우그러지다 - ① 비교적 단단한 물건의 겉 부분이 안쪽으로 욱어들다. ② 물건 위에 주름이 잡히다.

* 일신(一新-日新)

일신(一新) - 아주 새로워짐. 새롭게 함.

일신(日新) - 날로 새로워짐.

* 일으키다-일으끼다

일으키다 - ① 일으켜 세우다. ② 일 등을 시작하다. ③ 세우다. ④ 깨우다. ⑤ 발병하다. ⑥ 발생시키다. ⑦ 활기를 돋우다. ⑧ 입신하다.

일으끼다(×)

* 일체-일절

일체(一切) - [명]온갖 사물. 모든 것. [관]모든. 온갖. [부]통틀어서. 모두(긍정적인 의미).

일절(一切) - [부]아주. 도무지(부인하거나 금지할 때 쓴다).

* 입바르다-입빠르다

입바르다 - 바른 말을 잘하다.

입빠르다 - 입이 가볍다. 입싸다.

* 잇달다-잇따르다

잇달다 - [타]뒤를 이어 연결하다.

잇따르다 - 뒤를 이어 따르다.

[자]

* 자귀-짜구

자귀 - 개나 돼지에게 생기는 병의 한 가지(흔히 너무 먹어서 생김).
짜구(×)

* 자릿자릿하다-짜릿하다

자릿자릿하다 - 살이나 뼈마디가 오래 눌리어 피가 잘 돌지 못하여
힘이 없고 감각이 없다. =자리자리하다.

짜릿하다 - 살이나 뼈마디에 갑자기 저린 느낌이 일어나다. 〈쩌릿
하다.

* 작렬-작열

작렬(炸裂) - 터져서 산산이 흩어짐.

작열(灼熱) - ① 새빨갛게 닮. 열을 받아서 뜨거워짐. ② 찌는 듯한
더위.

* 장사-장수

장사 - 이익을 위하여 물건을 파는 일.

장수 - 장사를 하는 사람. 상인. 장사치.

* 재갈-자갈

재갈 - 말을 어거하려고 입에 가로 물리는 쇠토막. 자갈(×)

자갈 - 강 · 바다의 바닥에서 오래 갈리어 반들반들하게 된 잔돌.

* **재다-쟁이다**

재다 - [타]'쟁이다' 또는 '재우다'의 준말.

재다 - [자]젠체하고 뽐내다. [타]① 무엇의 길이 · 높이 · 깊이 등을 헤아리다. ② 총에 탄환이나 화약을 넣다. ③ 일의 앞뒤를 헤아리다. [형]① 동작이 날쌔고 재빠르다. ② 입을 가볍게 놀리다.

쟁이다 - ① 물건을 여러 개 차곡차곡 포개어 쌓아 두다. ② 김 · 고기 등을 양념하여 그릇 속에 차곡차곡 쌓아서 묵히다.

* **재료-자료**

재료(材料) - ① 물건을 만드는 데 드는 원료(유형물). ② 예술품의 제재.

자료(資料) - 바탕이 되는 재료(무형물).

* **재연-재현**

재연(再演) - ① 다시 공연함. ② 한 번 일어났던 일을 다시 되풀이함(행위).

재연(再燃) - ① (꺼졌던 불이)다시 탐. ② (잠잠해진 일이)다시 떠들고 일어남.

재현(再現) - (사실 · 형태 등을)두 번째 다시 나타냄.

* **저리다-절이다-결리다**

저리다 - 살이나 뼈마디가 오래 물려서 피가 안 돌아 감각이 둔하고 힘이 없게 되다. 절리다(×)

절이다 - 염분을 먹이어 절게 하다.

결리다 - 몸의 한 부분이 숨을 쉬거나 움직일 때 당기어서 딱딱 마치는 것처럼 아프다. * 쭈그리고 앉아 배추 몇 포기를 절였더니, 다리가 저려 일어설 수가 없다.

* 저만치-저만큼

저만치 - 저만한 거리를 두고 떨어져서.

저만큼 - 저만한 정도로.

* 전세(專貰-傳貰)

전세(專貰) - 약정한 기간 그 사람에게만 빌려 주어 다른 사람의 사용을 금함.

전세(傳貰) - 건물 소유자에게 일정한 액수의 돈을 미리 주고 그 건물을 일정기간 빌려 쓰는 대차관계.

* 전용(專用-轉用)

전용(專用) - ① 혼자서만 씀. ② 오로지 한 가지만을 씀. ③ 국한된 사람이나 부문에 한하여만 씀.

전용(轉用) - 다른 곳에 돌려서 씀.

* 전장-전쟁

전장(戰場) - 전쟁이 일어난 곳. 싸움터.

전쟁(戰爭) - 싸움. 국제법상 선전포고에 의하여 국가 간에 싸우는 일.

* 젓-젖

젓 - 새우·조기·멸치 등의 살·알·창자 따위를 소금에 절여 맛들인 식품.

젖 - ① 유방. ② 유방에서 분비하는 액체.

* 젓다-젖다

젓다 - [타](ㅅ불규칙)① 액체를 고르게 하려고 휘둘러 섞다. ② 배를 움직이려고 노를 두르다. ③ 어떤 의사를 말 대신 손·머리를 흔들어 표시하다.

젖다 - [자]① 뒤로 기울어지다. ② 물이 묻어 축축하게 되다. ③ 무슨 일이 버릇이 되다. ④ 귀에 익다.

＊ 젖히다-잦히다-제치다

젖히다 - ① 윗몸을 뒤로 젖게 하다. ② 속의 것이 겉으로 드러나게 열다. ③ 물건의 밑쪽이 겉으로 드러나게 하다.

잦히다 - ① 윗몸을 뒤로 잦게 하다. ② 잦게 하여 뒤집다. ③ 밥이 끓은 뒤에 다시 불을 조금 때어 물이 잦아지게 하다.

제치다 - 걸리지 않게 한쪽으로 치우다. 제끼다(×)

＊ 조리다-졸이다

조리다 - 어육이나 채소 등을 양념하여 바특하게 끓이다.

졸이다 - ① 졸아들게 하다. ② 마음을 초조하게 먹다.

＊ 조작(造作-操作)

조작(造作) - 무슨 일을 지어 내거나 꾸며냄.

조작(操作) - ① 기계 · 장치 따위를 다루어 움직이게 함.

＊ 종손-증손

종손(宗孫) - 종가(宗家)의 맏이.

증손(曾孫) - 아들의 손다. 손자의 아들. 증손자.

＊ 좇다-쫓다

좇다 - ① 뒤를 따르다. ② 복종하다. ③ 대세에 거역하지 않다.

쫓다 - ① 못 오게 하다. 있는 데서 떠나도록 몰다. ② 급한 걸음으로 뒤를 따르다(잡을 목적의 급한 행동을 나타냄).

＊ 주르르-주르륵

주르르 - ① 날쌘 걸음으로 앞만 바라보고 나가는 모양. ② 굵은 물줄기 따위가 좁은 통으로 잇달아 흐르는 소리. 주루루(×)

주르륵 - 굵은 물줄기 따위가 넓은 통로로 흐르다가 그치는 소리. 주루룩(×)

* 주리다-줄이다-줄다

주리다 - ① 먹는 것을 먹지 못하여 배곯다. ② 욕망을 못 채워 모자람을 느끼다.

줄이다 - 줄어들게 하다.

줄다 - 분량·수량 등이 작아지거나 적어지다.

* 줄줄-좔좔-달달

줄줄 - ① 물줄기가 계속 흐르는 소리. ② 물건 등을 계속 끌거나 흘리는 모양. ③ 뒤를 줄곧 따라 다니는 모양. ④ 막힘없이 무엇을 읽거나 외는 모양.

좔좔 - 액체가 많이 힘차게 흐르는 모양이나 그 소리.

달달 - ① 무섭거나 추워서 몸을 떠는 모양. 〈덜덜 ② 콩·깨 따위를 이리저리 휘저으며 볶는 모양. ③ 사람을 못 견디게 들볶는 모양. 〈들들. ④ 감춘 물건을 뒤지는 모양.

* 중개-중계-중매

중개(仲介) - 제삼자로서 당사자 쌍방 사이에 서서 어떤 일을 주선하는 일.

중계(中繼) - 중간에서 이어 줌.

중매(仲買) - 물건을 사고 팔 때 중간에서 거간하는 것.

* 지그시-지긋이

지그시 - ① 눈을 슬그머니 감는 모양. ② 느리고도 힘 있게 당기거나 누르거나 미는 모양.

지긋이 - 지긋하게. * 나이가 지긋이 든 할아버지.

* 지나다-지내다

지나다 - ① 어디를 거쳐 가거나 오거나 하다. ② 시간이 경과하다. 세월이 가다. ③ 한창 때를 넘어 쇠하여지다.

지내다 - ① 살아가다. ② 세상일을 겪다. ③ 경사나 흉사를 치르다.

* 지양-지향

지양(止揚) - 두 개의 모순 개념이 서로 관련하여 한층 높은 단계에서 조화 · 통일시키고자 하는 작용.

지향(指向) - 일정한 목적을 향하여 나아감. 목표로 함.

* 지피다-짚이다-집히다

지피다 - [자]신(神)이 사람의 영(靈)에 내리다. [타]아궁이 따위에 불을 사르다.

짚이다 - [자]마음에 요량되어 짐작이 가다. 짚히다(×)

집히다 - (피동)집음을 당하다.

* 진국-전국

진국(眞-) - 거짓 없이 참되고 고지식함, 또는 그런 사람.

전국(全-) - 군물을 타지 아니한 간장 · 술 · 국 따위의 국물.

* 질퍽하다-질펀하다

질퍽하다 - 매우 부드럽게 질다.

질펀하다 - ① 땅이 넓고 평평하게 퍼져 있다. ② 주저앉아 게으름 부리다.

* 짊어지다-걸머지다

짊어지다 - ① 짐 같은 것을 등에 지다. ② 빚을 지다. ③ 책임을 지다.

걸머지다 - ① 짐바에 걸어 등에 지다. ② 빚을 많이 지다.

* 짓다-짖다

짓다 - ① 재료를 들여 만들다. ② 글을 만들다. ③ 딱 정해서 확정된 상태로 만들다. ④ 건물 등을 세우다. ⑤ 논밭을 다루어 농사를 하다.

짖다 - 개가 큰 소리로 멍멍거리다.

첫 삽

* 쪼이다-쬐다

쪼이다 - (피동)남에게 쫌을 당하다.

쬐다 - [자]볕이 들어 비치다. [타]볕이나 불에 쐬거나 말리다. 쬐이다(×) (개정된 한글맞춤법에서는 '쬐다'의 의미를 '쪼이다'로도 쓸 수 있도록 허용)

* 찌다-찧다

찌다 - [자]흙탕물이 논밭에 넘칠 만큼 많이 괴다. [타]① 뜨거운 김을 올려 익히거나, 식은 것을 덥게 하다. ② 우거진 나뭇가지나 대밭 같은 데서 배게 난 것을 성기게 베어내다. ③ 모판에서 모를 뽑아내다.

찧다 - ① 곡식 등을 쓿거나 빻기 위하여 절구에 담고 공이로 내리치다. ② 무거운 물건을 들었다가 내리치다. ③ 마주 부딪다.

* 찌뿌드드하다-찌뿌둥하다

찌뿌드드하다 - ① 몸이 무겁고 거북하다. ② 날이 개지 않고 눈이나 비가 내릴 것처럼 몹시 흐리다.

찌뿌둥하다(×)

[차]

* 차다-채다-채우다

차다 - ① 발로 내지르다. ② 거절하여 따 버리다. ③ 날렵하게 채

뜨리다. (피동)채다

채다 - ① 갑자기 잡아당기다. ② 재빨리 짐작하다. (피동)채이다.

채우다 - [타]① 단추나 자물쇠 따위를 잠그다. ② 변하기 쉬운 것에 얼음을 넣어 상하지 않게 하다. ③ 모자라는 수량을 보태다. (사동) ① 일정한 곳까지 가득하게 하다. ② 몸에 물건을 달아서 차게 하다.

* 차마-참아

차마 - 안타까운 정을 눌러 참고자 함을 뜻하는 말.

참아 - 어려운 고비를 넘겨.

* 채-째

채 - 어떤 상태에 있는 그대로.

-째 - (접미)① 있는 그대로 전부. ② 수관형사나 기수아래에 붙어 차례대로 헤아려 그 수만큼에 해당되는 때나 물건임을 나타내는 말.

* 처-쳐

처- - (접두)'마구', '부로'의 뜻. * 처박다. 처먹다. 처때다. 처바르다

쳐- - '치어'의 준말. * 쳐부수다. 쳐들어가다. 쳐죽이다. 쳐다보다.

* 처지다-쳐지다

처지다 - ① 아래로 늘어져 내려가다. ② 뒤떨어져 남다.

쳐지다 - ① 발·휘장 따위가 걸려지다. ② 그물 따위가 펴서 벌려져 있다. ③ 천막 따위가 세워지다.

* 척척하다-축축하다

척척하다 - 젖은 물건이 살에 닿아서 축축한 느낌이 있다.

축축하다 - 물기가 약간 있어서 젖은 듯하다.

* 추기다-축이다

추기다 - 가만히 있는 사람을 살살 꾀어서 하도록 하다. 선동하다.

축이다 - 물을 뿜거나 적셔서 축축하게 하다.

* 추키다-치키다

추키다 - ① 위로 가뜬하게 추슬러 올리다. ② 힘 있게 위로 끌어 올리거나 채어 올리다.

치키다 - 위로 끌어올리다.

첫 삽

* 치근거리다-추근추근

치근거리다 - ① 싫어할 정도로 몹시 지분거리다. ② 귀찮아할 정도로 조르다.

추근추근 - 다랍게 느껴질 정도로 검질기고 끈덕진 모양.

[타]

* 터앝-텃밭

터앝 - 집의 울안에 있는 작은 밭.

텃밭 - 집터에 딸린 밭.

* 퉁기다-튀다-튀기다

퉁기다 - ① 버티어 놓은 물건을 틀어지거나 빠지게 건드리다. ② 뼈의 관절을 어긋나게 하다. ③ 기회가 어그러지게 하다.

튀다 - [자]① 갑자기 터지는 힘으로 세게 나가다. ② 공 같은 것이 부딪쳐서 뛰어 오르다. ③ 위험을 피하려고 갑자기 달아나다.

튀기다 - [타]① 힘을 모았다가 갑자기 탁 놓아 내뻗치다. ② 건드려서 갑자기 튀어 달아나게 하다. ③ 끓는 기름이나 불에 익혀서 부풀어 오르게 하다.

* 트다-트이다-타다

트다 - [자]① 틈이 생겨 사이가 벌어지다. ② (추위 등으로)살갗이 벌어지다. ③ (싹이나 눈 등이)새로 돋아 나오다. ④ 날이 새느라고 동쪽이 훤하여 지다. [타]① 통하게 하다. ② 스스럼없는 관계를 맺다. ③ (금지하던 것을)풀어놓다.

트이다 - ① 거리끼는 일이 없어지다. ② 생각이나 마음이 환히 열리다. [준]틔다

타다 - ① (양쪽으로 갈라서)줄이나 골을 내다. ② (속을 드러내기 위하여)베거나 째서 쪼개다. ③ (낟알 등을)부서뜨리다.

* 특색-특징

특색(特色) - 보통 것과 다른 점.

특징(特徵) - 다른 것에 비겨서 특별히 눈에 띄는 점.

[파]

* 파다-패다

파다 - ① 구멍이나 구덩이 따위를 만들다. ② 전력을 기울여 하다.

패다 - [자]곡식의 이삭이 나오다. [타]① 사정없이 때리다. ② 장작 따위를 쪼개다. (피동)패어지다. 팜을 당하다.

* 패싸움-편싸움

패싸움 - ① 바둑에서 서로 한 수씩 걸러 가면서 잡고자 하는 1집의 싸움. ② 패거리들이 무리지어 하는 싸움. [준]패쌈

편싸움 - 규칙에 따라 편을 갈라서 하는 싸움. [준]편쌈

* 펴다-펴이다

펴다 - [타]① 젖혀 벌려 놓다. ② 구김살을 없애고 반반하게 하다. ③ 넓게 깔다. ④ 세력 따위의 범위를 넓히다. ⑤옹색함을 여유 있게 하다

펴이다 - ① 옮혔던 것이 제대로 되다. ② 옹색함이 없어지다. [준]
폐다

첫 삽

* **편재(偏在-遍在)**

편재(偏在) - 한 곳으로 치우쳐 있음.

편재(遍在) - 두루 퍼져 있음. 널리 존재함.

* **평가(平價-評價)**

평가(平價) - ① 싸지도 않고 비싸지도 않은 물건값. ② 두 나라 화
폐 사이의 비가(比價)

평가(評價) - ① 물건의 가격을 평정함, 또는 그 가격. ② 어떤 교과
에 대하여 학습의 효과 · 발달 등을 측정함. ③ 가치를 논정함.

* **폐업(閉業-廢業)**

폐업(閉業) - 문을 닫고 영업을 쉼. 폐점.

폐업(廢業) - 영업을 그만둠.

* **폐해-피해**

폐해(弊害) - 폐단과 손해. 폐가 되는 나쁜 일.

피해(被害) - 손해를 입음.

* **포격-폭격**

포격(砲擊) - 포를 쏘아 공격함.

폭격(爆擊) - 항공기로 폭탄 등을 떨어뜨려 적의 전력이나 국토를
파괴함.

* **푼푼이-푼푼하다-푼푼히**

푼푼이 - 한 푼씩 한 푼씩

푼푼하다 - ① 모자람이 없이 넉넉하다. ② 잔졸하지 아니하고 활
달하다.

푼푼히 - 넉넉히

* 피난-피란

피난(避難) - 재난을 피함. 재난을 피해 있는 곳을 옮김.

피란(避亂) - 난리를 피함. 난리를 피해 다른 데로 옮김.

* 피다-피우다

피다 - [자]① 꽃봉오리 · 잎 등이 벌어지다. ② 사람이 살이 오르고 혈색이 좋아지다. ③ 불이 차차 일어나다.

피우다 - [타]① 피게 하다. ② 담배를 빨았다가 연기를 내보내다. ③ 난봉 · 소란 따위의 행동을 부리다. ④ 수단 · 계교 따위를 나타내다.

* 필수(必須-必需)

필수(必須) - 꼭 해야 하는 것. 꼭 있어야 하는 것. * 필수과목. 필수 조건

필수(必需) - 생활하는데 꼭 필요한 것. * 생활필수품

[하]

* 학력(學力-學歷)

학력(學力) - 배움의 실력. 학문을 쌓은 정도.

학력(學歷) - 수학(修學)한 이력.

* 한데-한테

한데 - ① 한 곳. 한 군데. ② 상하 사방을 가리지 아니한 곳. 노천(露天).

한테 - 체언 아래에서 '-에게'의 뜻으로 쓰이는 조사.

* 한목-한몫

한목 - 많은 것을 한꺼번에.

한몫 - 한 사람 앞에 돌아가는 분량.

* 한참-한창

한참 - [명]① 일을 하거나 쉬는 동안의 한 차례. ② 시간이 상당히 지나는 동안. [부]한동안.

한창 - [명]가장 성하고 활기가 있을 때. [부]가장 성한 모양.

* 해지다-헤(어)지다

해지다 - 닳아서 떨어지다.

헤(어)지다 - ① 흩어지다. ② 이별하다. ③ 살갗이 터져서 갈라지다.

* 허술하다-허름하다

허술하다 - ① 짜인 물건 등이 헐어서 보기에 어울리지 아니하다. ② 낡아 빠져서 흘게 늦다. ③ 치밀하지 못하고 엉성하다.

허름하다 - ① 귀중하지 않다. ② 허술해 뵈거나 값이 좀 싼 듯하다.

* 헌칠하다-훤칠하다

헌칠하다 - 키와 몸집이 크고 어울리다.

훤칠하다 - 길고 미끈하거나 막힘없이 깨끗하고도 시원스럽다. 훤출하다(×)

* 헤아리다-세다

헤아리다 - ① 수량을 세다. ② 미루어 짐작하거나 살피어 분간하다. 헤다(×)

세다 - (사물의)수효를 밝히려고 헤아리거나 꼽다.

* 호리다-후리다

호리다 - ① 유혹하다. ② 그럴듯한 말로 속여서 끌어내다. ③ 매력으로 남의 정신을 흐리게 하여 빼앗다.

첫 삽

후리다 - ① 휘둘러서 몰다. ② 모난 곳을 깎아 버리다. ③ 급작스럽게 채서 빼앗다. ④ 매력으로 남의 정신을 흐리게 하여 꾀다.

＊ 혼돈-혼동

혼돈(混沌) - 사물의 구별이 확연하지 않고 모호한 상태.

혼동(混同) - ① 섞여 하나가 됨. ② 뒤섞어 보거나 잘못 판단함.

＊ 홀-홑

홀 - 짝이 없고 하나뿐임. ＊ 홀몸. 홀어미

홑 - 겹이 아닌 것. ＊ 홑이불. 홑몸

＊ 홀몸-홑몸

홀몸 - 형제나 배우자가 없는 사람.

홑몸 - 아이를 배지 아니한 몸.

＊ 휘둥그렇다-휘둥그래지다

휘둥그렇다 - 몹시 놀라거나 두려워서 크게 뜬 눈매가 둥그렇다.

휘둥그래지다 - 눈이 휘둥그렇게 되다.

＊ 흔전만전-흥청망청

흔전만전 - 아주 흔하고 넉넉한 모양. ＊ 돈을 흔전만전 쓴다.

흥청망청 - 흥청거리어 마음껏 노는 모양.

＊ 흘금-흘긋-흘깃

흘금 - 남의 눈을 피하여 곁눈질하는 모양. 〈흘끔

흘긋 - ① 눈에 얼씬 보이는 모양. ② 남의 눈을 피하여 한 번 곁눈질하는 모양. 〈흘끗

흘깃 - 가볍게 한 번 흘겨보는 모양.

＊ 흩다-흩뜨리다-흩어지다-흐트러지다

흩다 - [타]모였던 것을 헤쳐 떨어지게 하다.

흩뜨리다 - [타]흩어지게 하다.

흩어지다 - [자]① 모였던 것이 따로따로 떼어지다. ② 물건 등이 널리 퍼지다.

첫 삽

흐트러지다 - [자]이리저리 또는 여러 가닥으로 흩어지다.

* 희다-세다

희다 - 흰빛이 나다.

세다 - [자]머리털이 희어지다.

* 흰소리-신소리

흰소리 - 희떱게 지껄이는 말. 터무니없이 자랑으로 떠벌리는 말.

신소리 - 상대자의 말을 슬쩍 눙쳐서 받아넘기는 말.

두 삽 - 글공부 열흘이면 평생이 즐겁다

두 삽 - 글공부 열흘이면
평생이 즐겁다

아름다운 사람은 머문 자리도 아름답다?

전국 방방곡곡 지하철 화장실과 공중화장실에 들를 때마다 너무도 훌륭한 표어를 만나곤 합니다. 당선작인 표어 [아름다운 사람은 머문 자리도 아름답다.]가 바로 그것이죠. 참 아름답고 멋진 표어여서 보는 사람들마다 감탄을 아끼지 않습니다. 하지만 이상하지 않은가요? 정말 멋진 표어일까요? 그렇게 느끼는 것이 착각은 아닐까요? 곰곰이 곱씹어 보세요. 뭔가 어색한 점을 발견하게 됩니다.- 아름다운 사람은 (머문 자리도) 아름답다?엄격히 말해 잘못 다듬어진 문장입니다. 아름다운 사람[에게는], 아름다운 사람의 [경우에는], 아름다운 사람이기 [때문에], 아름다운 사람[이라면], 아름다운 사람이 [머물렀기 때문에] 머문 자리가 아름다운 것은 아닐까요? 따라서 [은]을 덧붙여 [아름다운 사람]을 주어(세움말, 임자말)로 내세우면 정말 이상한 문장이 만들어집니다. 다음과 같이 [머문 자리]를 주어로 앞세워야 올바른 문장이 됩니다.

- 아름다운 사람이 머문 자리는 더 아름답다.

국어를 학문으로 전공한 사람은 아니지만 자신 있게 말할 수 있습니다. 차라리 다음과 같이 다듬어야 더 매끄럽고 올바른 모국어로 완성되지 않을까요?

- 사람이 아름다우면 머문 자리도 아름답다. 그 표어가 진정한 아름다움을 올바르게 강조하고 싶다면 가능한 한 빨리 고쳐야 합니다. 이처럼 뜻은 아름다우나 잘못 쓰인 문장이 우리 언어생활과 한글 사랑에 혼란을 더하고 있습니다. 미처 모르고 칭찬을 아끼지 않았으니 세종대왕에게 송구스러울 따름이죠. [아름다운 사람]과 [머문 자리]는 서로 다릅니다. 사람과 장소는 동격(同格)이 될 수 없습니다. 인천시 모 가톨릭대학병원 화장실에 갔더니 [사람이 아름다우면 머문 자리도 아름답다.]로 바뀌어 있더군요. 내 주장을 받아들인 것이 아닐까 싶었습니다.

모 빌딩의 남자 화장실 소변기 앞에 서면 참 절묘(?)한 표어가 도발적으로 공격해 옵니다.

- 한∨발만 앞으로 나오세요. 기분까지 좋아집니다.

참으로 어리둥절해집니다. 한∨발만, 한∨쪽∨발만 앞으로 당기라는 뜻이어서 황당하기만 합니다. 정말 [한∨쪽 발만 앞으로 내민다.]고 기분까지 좋아질까요?

사실 알고 보면 [한∨발짝만 다가서세요. 기분까지 좋아집니다.]란 말을 그렇게 쓴 겁니다.

하기야 어떤 시인은 가까운 친구와 밤새워 통음(痛飮)한 뒤 [운우지정(雲雨之情)]을 나누었다고 노래했으니 더 이상 어떤 말을 할 수 있을까요? 그렇다면 두 남자 시인은 동성애자(호모)라도 된단 말인가요?

운우지정(雲雨之情)이란 무산지몽(巫山之夢)과 같은 의미입니다. 무산지몽(巫山之夢)은 무산의 꿈이란 뜻으로 남녀 사이의 은밀한 정교를 가리키는 말입니다.

심지어 그 시인은 [우리에 소원] [우리에 여행] [우리에 사랑]이라고 쓰더군요. [의]로 쓰고 [에]나 [의]로 읽어야 한다는 우리말 원칙을 모르는 모양입니다.

우리말을 극찬하는 사람일수록 한글은 쓰기 쉽다고 말합니다. 반드시 그렇지는 않습니다. 한자말에서 온 낱말이 70% 이상을 차지하기 때문에 혼란스러울 경우도 적지 않습니다. 아무리 유식한 사람도 몇 가지 낱말을 잘못 구사하여 망신을 당하기도 하고 어떤 수험생은 논술과 면접에서 낙방의 고배를 마십니다.

그래서 배워야 합니다. 열흘 정도나 한 달 가량 모국어 훈련에 투자하십시오. 자신감이 생기면 평생이 즐거워질 것입니다.

신문사 일간지 논문 시험

아주 오래 전 일입니다. 20대 시절에 어느 유명 일간지 채용 시험에 응시한 적이 있습니다. 그 날 모 고등학교 교실에서 논문-그 당시엔 작문이란 이름-시험을 치렀답니다. 볼펜과 A3 크기의 백지 한 장이 모든 응시자들에게 배정되었습니다. 시험 감독관이 들어오더니 칠판에 시험 제목을 [의무(義務)]라고 쓰더군요. 그 순간 교실을 채운 것은 응시자들의 무거운 한숨소리였습니다. 한마디로 말해 주제가 너무 어렵다는 반응이었습니다.

하지만 수백 대 일의 경쟁에 긴장하던 저는 회심의 미소를 머금었습니다. 난해하고 무거운 주제일수록 더 평범하고 더 부드럽게 정리해야 한다는 확신이 들었기 때문입니다.

- 제목과 주제를 해석하려고 덤비지 말자. 논문이란 생각을 버리고 일기나 수필처럼 쉽게 접근하자! 오늘 이 순간의 느낌과 풍경 묘사로 시작하자! 서론, 본론, 결론은 그 다음의 문제다. 낯선 도시의 한복판에 버려진 촌사람이 바로 나란 놈이다. 아니, 길을 잘못 들어 낯선 사막으로 들어선 방랑자 신세라고 생각하자. 고통과 절망을 참고 걷다 보면 신기루를 만날 수도 있고 오아시스에 도착할 수도 있지 않겠는가.

그런 감정을 속으로 곱씹으며 볼펜을 굴렸습니다. 에세이를 쓰듯, 소설의 도입부를 묘사하듯 서두를 이렇게 시작했습니다. 다분히 감상적인 측면이 강했으나 밀어붙였습니다.

- 신문사에 원서를 접수하던 날, 광화문 네거리의 이순신 장군 동상을 올려다봤다. 위기에 빠진 조국을 구하자고 외치던 장군이 무사태평한 후손들을 내려다보며 한숨을 쉬는 것처럼 느껴졌다. 무사안일에 빠져 세월을 허비한 내 과거가 부끄러워졌다. 갑자기 가슴이 얼얼해지더니 통증이 밀려왔다. 때마침 안개비가 내리고 있었다. 그 이슬비를 맞으며 걸었고 직접 응시원서를 접수하기 위해 신문사 정문으로 들어섰다. 신문사의 존재가치란 과연 뭔지, 신문기자의 역할이 뭔지, 합격한 뒤 내게 던져질 권리와 의무란 어떤 무늬일까? 그렇게 고민하는 내 심장에 불을 지피듯 응시원서 접수창구로 다가갔다.

그런 식의 글을 앞세운 뒤 논리적인 글쓰기를 진행했고 글의 말미를 이렇게 정리했습니다.

- 드디어 합격했다. 응시자에서 합격자의 신분으로 바뀐 나는 다시 신문사를 방문한다. 들뜬 가슴을 억누르며 심호흡부터 한다. 신문사에서 내게 기회를 주었으니 권리와 의무에 대해 다시 고민해야 할 순간이다. 그동안 달달 암기하던 주입식 논조가 아니라 내가 체험적으로 느낀 권리와 의무에 대해 나름대로 정리하고 싶다. 우선…….

다른 응시자들은 백지 한 장을 채우지 못했으나 필자는 앞뒤로 빽빽하게 석 장을 채울 수 있었습니다. 결국 저는 논술과 한문 시험만큼은 최고 점수를 받았지만 최종 면접에서 고배를 마셨습니다. 너무 긴장했던 나머지 너무 난해한 질문이 나오자 지나치게 상투적인 답변을 했기 때문입니다.

그 당시 최종 합격자 명단에 오른 사람들은 지금 그 신문사의 임원이 되어 경영에 참여하거나 논설위원 등으로 활약하고 있습니다.

요즘 같았으면 이렇게 작문을 시작했을지도 모릅니다.

- 겨울을 재촉하는 늦가을 비가 추적추적 내리던 11월 어느 초저녁, 진동으로 바꾸어 놓은 휴대폰이 기절한 풍뎅이가 깨어나듯 푸드득 떨었다. 컴퓨터 자판기를 두드리다 말고 반사적으로 휴대폰 덮개를 열어 젖혔다. 1차 서류 전형에 합격했으니 11월 28일 오후 2시까지 신문사 12층 대강당으로 오라는 메시지였다.

위문편지 교육이 남긴 그림자

우리 모두 어린 시절로 되돌아가 봅시다. 선생님이 편지쓰기 교육을 시키면서 이렇게 강조합니다.

- 먼저 인사말을 쓰세요. 다음에 본문, 즉 하고 싶은 이야기를 정리합니다. 그리고 인사말로 편지를 마감하십시오.

마치 서론, 본론, 결론의 순서대로 논문을 정리하라는 주문과 비슷합니다. 천편일률적인 강의에 물이 들어버린 코흘리개들은 결국 이렇게 시작합니다.

- 국군 장병 아저씨, 무더운 여름에 얼마나 고생이 많으세요? 저는 아저씨들 덕분에 아무 런 불편 없이 공부하고 있습니다.

- 우리나라를 지키기 위해 밤낮을 가리지 않고 땀을 흘리는 국군 장병 아저씨 고맙습니다. 아저씨의 은혜를 잊지 않고 있습니다.

- 할아버지 할머니, 그동안 잘 지내셨습니까? 저도 잘 지내고 있습니다.

- 날씨도 고르지 않은데 할머니 할아버지 건강하신지요? 혹시 감기라도 걸리지 않으셨는지 궁금합니다.

그렇게 한두 줄을 쓰고 나면 하나같이 막막해집니다. 해야 할 말은 많은 것 같은데 도무지 앞으로 나아가지 못하고 쩔쩔맵니다. 문법에 맞는 글인지, 띄어쓰기가 제대로 된 것인지 고민도 해야 합니다. 결국 글짓기처럼 골치 아픈 것이 없다고 단정 지어 버립니다. 그 뒤로 아이들은 글쓰기와 멀어지고 평생 그렇게 지냅니다.

단정적으로 말합시다. 인사말을 먼저 하는 순간부터 편지쓰기는 실패합니다. 인사말 대신 주변 이야기를 먼저 꺼낼 줄 알아야 합니다. 지금 내 눈앞에 펼쳐지는 상황을 그림 그리듯 묘사하거나 마음의 빛깔을 솔직하게 드러내며 말문을 열어야 글이 술술 써집니다.

- 오늘 아침 학교로 향하면서 신발장 위에 걸린 아버지 사진을 봤어요. 젊을 때 군복을 입고 활짝 웃는 모습이지요. 아버지는 걸핏하면 자부심을 드러내며 말씀하세요. 군대 경험은 단순히 국방의무가 아니라 축복이자 추억이라고 말입니다. 군대에 갔다 오지 않은 사람은 소중한 삶의 기회 몇 가지를 잃어버리고 살아야 한다고요. 마치 백두산과 한라산을 단 한 번도 올라 보지 않고 백두산과 한라산을 말하는 것처럼 불행하다고 말씀하십니다.

- 육군 중위로 제대한 아빠는 군대 이야기를 할 때마다 표정이 몰라보게 맑아집니다. 근엄하던 표정에 천사의 미소가 번집니다. 어떤 때는 침이 튀는 줄도 모르고 마구 떠듭니다. 아빠의 군인 사랑은 진짜 대단합니다. 아빠의 아들인 저도 이렇게 생각합니다. 병역의무를 치르러 군대를 가야 하는 것이 아닙니다. 군대 안에서 얻은 경험이 저를 성큼성큼 키울 수 있다고 믿기 때문입니다.

- 엊그제 군인들이 출연하는 드라마를 봤습니다. 늘 비관적이고 반항적이던 주인공이 어떤 모습으로 변화되는지 관찰하면서 절감한 게 몇 가지 있습니다. 나름대로 재미있게 소개해 드릴까요?

이런 식으로 시작해야 편지가 잘 써지고 받는 사람도 즐겁게 읽을 것입니다.

- 어제 저녁 아빠 엄마가 심하게 말다툼을 했습니다. 하지만 부부 싸움의 성격은 예전과 무척 달라졌어요. 아빠는 이제 반성했는지 물건을 집어던지거나 큰소리를 내지 않아요. 제가 보기엔 엄마 쪽이 더 실수를 한 것 같은데 대부분 아빠가 져주는 편입니다. 그러나 아

직도 두 분은 냉전 중입니다. 하지만 저는 불쾌하지 않아요. 화해에 이르는 과정을 훔쳐보는 재미가 그만이거든요. 아 참, 언젠가 할아버지 할머니가 심하게 다투시던 장면을 떠올릴 적마다 저는 지금도 웃음을 참지 못합니다.

- 오늘도 저녁 어린이 놀이터에서 그 할아버지 할머니를 만났어요. 그 분들은 자식 두 명을 외국 유학 때문에 저 멀리 떠나보내고 당분간 단 둘이 사셔야 한답니다. 나도 모르게 눈시울이 뜨거워지더군요. 왜냐고요? 할머니 할아버지가 문득 그리워졌기 때문에요.

이런 편지를 할머니 할아버지가 받았다면 어떤 반응을 보일까요? 정중한 문안인사보다 더 즐겁게 다가갈 것입니다. 주변의 이야기를 진솔하게 전하는 손자손녀가 얼마나 건강하게 자라고 있는지 확인하고 미소를 머금을 것이 분명합니다.

30대 교정공무원의 편지

 어느 날 인터넷 동호회 카페 [엉터리 경제 뒤집어보기]에 이런 글이 올랐습니다. 글쓴이는 30대 나이의 교정공무원이더군요. 나름대로 교정을 본 뒤 소개합니다.

* * *

정말 모르겠습니다. 밝지 못한 곳에서 근무하다 보니 아직도 세상이 어둡기만 합니다. 이제 세상이 밝아진다고 느끼는 때가 이 세상의 마지막이라 생각하고 열심히 살기는 합니다. 하지만 그래도 슬픕니다. 삶은 이런 것이라고 말씀해 주시면 경청하겠습니다.

교도관이나 재소자나 불쌍할 뿐입니다. 국민의 혈세를 받으며 일하지만 솔직히 많이 힘들군요. 저는 교도소 관련 영화나 다큐멘터리를 만드는 사람들이 정말 싫습니다. 현장에서 근무하는 공무원들이나 수형자의 생활과 전혀 다른 상황, 오로지 즐겁게 보여주기 위한 장면, 국민을 속이기 위한 내용들이 너무 많습니다. 아무튼 길게 말하기는 싫습니다.

제발 교정공무원은 되지 말라고 권유하고 싶습니다. 조금 더 열심히 공부해서 다른 직업으로 바꾸시기 바랍니다.

여러분, 막장 인생이 뭔지 아세요? 교도관이 되어 보면 압니다. 가족을 먹여 살리기 위해 처절하게 싸우는 내 자신을 보노라면 한심하기도 합니다. (생략)

* * *

너무 가슴이 아팠던 저는 공개적인 답장을 인터넷에 올렸습니다.

* * *

저는 약 27년 동안 중소기업, 대기업 등지에서 주로 재무관리(경리)에 종사했습니다. 말이 좋아 경리 전문가이자 책임자였지 세무공무원, 공인회계사, 세무사 등을 상대로 사기를 치는 직종이었답니다.

그런 와중에서도 학창 시절에 꿈꾸던 문학을 포기하지 않고 틈틈이 습작 훈련을 했습니다. 거의 하루도 쉬지 않고 글을 썼습니다. 40대 중반에 이르자 870 대 1의 경쟁을 뚫고 유명 일간지 디지털 문학 공모전에서 주식투자를 소재로 한 장편소설을 연재한 끝에 대상을 차지하기도 했습니다. 그 도입부는 이렇게 출발합니다.

- 마침내 금요일이 되자 (주)로열건설 주식관리 담당 엄 차장은 진

이 빠져 버렸다. 엄 차장은 출근하자마자 한참 동안 멍하니 앉아 있었다. 창 밖에선 새하얀 눈송이가 듬성듬성 흩날리고 있었지만 도무지 낭만적인 기분이 살아나지 않았다.

주초부터 증권사 객장 여기저기서 근심 어린 한숨 소리가 들려왔다. 수많은 개미 투자자들이 자칫하면 투자 원금을 까먹지나 않을까 안절부절못하고 있었다. 로열그룹 최 회장이나 엄 차장이나 노심초사하기는 마찬가지였다.

오늘도 주식시장은 개장 초부터 약세를 면치 못하고 있었다. 그나마 건설주가 약보합권에 머물러 있는 것만도 천만다행이었다. 엄 차장은 요즘처럼 주식관리 책임자의 위치에 오르게 된 것을 후회한 적도 없었다.

두 삽

* * *

그동안 유명 재벌 계열사 몇 군데에서 10여 개 부실기업 M&A팀 일원으로 참여하던 중 갈등에 시달리다가 어느 날 아주 특별한 결심을 하게 됩니다. 부실기업의 특징, 탈세, 돈세탁, 비자금, 분식회계에 관한 데이터를 모으고 일기를 쓰듯 집대성하겠다는 각오였습니다. 그랬더니 그처럼 고단하던 일이 즐거워지더군요.

엉터리 숫자가 빚어낸 분식회계의 역사, 장부 조작이 만든 비자금 풍속도, 고속 질주 성장에 따른 브레이크 고장, 거짓말의 확대 재생산은 우리나라 재벌의 흥망성쇠와 밀접하게 연결되어 있습니다. 수많은 대기업 집단들이 장부 조작을 통해 창업했고, 장부 조작으로 수성(守成)했고, 장부 조작의 여파로 멸망했습니다. 장밋빛 허수(虛數)가 부추긴 우리나라 부실 대기업들의 허장성세(虛張聲勢)는 한마디로 말해 거품의 역사였습니다.

비록 그 분식회계 역사의 대단원은 비극적 결말로 막을 내리고 있지만, 아웃사이더 관객들의 입장에서는 시종일관 드라마틱한 사건 전개에 환호했습니다. 주식투자자들을 비롯한 재무제표 이용자들은 거품과 허수가 쏟아낸 각종 [쓰레기 정보]들 앞에서 저마다 울고 웃었습니다. 영웅들의 감동 드라마인 줄 착각하고 앞 다퉈 모여들었던 서민들은 치밀한 각본의 거품 드라마가 막을 내리자마자 땅을 치며 통곡했습니다.

그런 과정을 거치면서, 가해자와 피해자들의 어두운 그림자를 확인하면서 전문가들이 침범하기 어려운 영역을 만들게 됩니다. 지방 상업고교, 지방 대학을 졸업하고도 몇몇 회계 금융 분야에서 인정받게 되고 성취감을 얻게 됩니다. 나중엔 스카우트의 손길도 여기저기서 오더군요.

그 뒤로 여러 권의 책을 집필했고 수사기관, 금융기관, 기업체 등에 출강하기도 했답니다. 물론 방송에도 적잖게 출연했지요.

지금의 위치에 안주하거나 앞날을 포기하지 마십시오. 다음과 같은 형식으로 도전하는 것이 어떨까요?

* * *

- 공부를 꾸준히 하십시오. 현재의 직업 관련 책을 정독하고 반성하면서 훌륭한 교도 행정 관련 논문 한 편을 집필하십시오. 그리하여 승진 승급도 하세요. 특히 다른 관심 분야에 대한 공부도 열심히 하십시오.

- 한글맞춤법을 공부하십시오. 치열하게 매달리면 사흘도 걸리지 않습니다. 길어야 열흘이면 족합니다. 한글맞춤법, 문법 등에 자신이 생기면 평생이 즐거워집니다.

- 부지런히 글을 쓰십시오. 좋은 글을 꾸준히 읽으십시오. 교도관으로서 느끼고 체험한 것들을 중심으로 반성문, 참회록, 개선 의견, 정책 방향 등을 일기처럼 쓰십시오. 자꾸 고치세요. 좋은 의견이나 정보들이 나타나면 첨가하십시오. 그러한 과정에서 스스로 발전하는 나를 발견하게 됩니다.

언젠가 어느 누구도 쓸 수 없는 책을 내겠다는 각오로 도전하십시오. 빛나는 책 한두 권, 베스트셀러 몇 권으로 일취월장하는 자신을 발견하게 될 것입니다.

- 재테크, 가치투자, 재무관리 등을 학습함으로써 부자도 되십시오. 약간만 관심을 기울이면 기업분석이 가능해지고 주식투자도 쉬워집니다. 알았으면 철저히 실천하십시오. 그렇게 함으로써 이웃을 배려할 줄 아는 사람, 진정한 부자가 되시기 바랍니다.

- 그런 식으로 노력하면 교정 분야와 다른 관심 분야에서 두각을 나타낼 것입니다. 말단 면서기를 하다 군수와 도지사가 되고 장관이 되는 세상입니다. 말단 공무원이 나중에 대기업 CEO, 대학교수, 국회의원, 대통령도 되지 말라는 법이 없습니다. 어느 누구에게나 기회가 열려 있습니다. 위기는 곧 기회입니다.

부럽습니다. 제가 그대처럼 30대라면 다시 출발하겠습니다.

어느 소설가 지망생의 편지

- 이메일 / 제 글 좀 봐 주세요.
요즘 주식투자 체험 소설을 인터넷 카페 [엉터리 경제 뒤집어보기]에 연재하고 있습니다. 인기가 높은 편이지만 그래도 애독하는 사람들도 있긴 있답니다. 그러던 중 이메일 한 통이 도착했습니다. 40대 초반의 부인이 보낸 편지더군요.

* * *

선생님, 인터넷 카페 독자들의 인기를 한 몸에 받고 계시네요. 박수를 보내고 싶을 만큼 즐거운 일입니다. 군말이 아니고 진심에서 우러나온 말입니다.

- 중략 -

이참에 몇 마디 올리고 싶습니다. [은퇴 선원의 지구촌 항해 일지]를 읽어 보니 선생님께서 수정해 주셨더군요. 저도 요즘 글을 쓰는 중입니다. 카페 멤버의 글에 비하면 내용도 진부하고 기초지식도 없이 마음 가는 대로, 생각나는 대로 휘갈긴 잡문에 불과합니다. 글이랄 수도 없지만 나름대로 소설을 쓴 게 있거든요. 시간이 나는 대로 읽어 주시고 조언을 부탁드려도 되는지 여쭈어 봅니다.

선생님은 실화를 중심으로 경제·경영소설을 쓰시고 계시지요. 글을 읽으며 감탄도 하고 받아쓰기를 하듯 베껴 쓰기도 합니다. 하지만 제 아들의 독후감에 따르면 제가 쓴 글은 삼류 통속소설이라고 하더군요. 선생님, 제발 바쁜 시간을 쪼개서라도 제 글을 읽어 보세요. 그리고 답변 좀 부탁드려요. 단 몇 줄이라도 마음에 드는 글로 고쳐 주시면 더 고맙겠습니다.

답장 / 100번 가량 고치세요.

소설가들 중에 100번 가량 고치는 유명 작가도 적지 않은 걸로 압니다. 고치는 과정에서 작가들은 절망과 쾌감을 경험하면서 마침내 완성도 높은 소설을 빚어냅니다.

미완성 작품, 습작 장편을 시간 나는 대로 읽어 달라는 말씀은 적절치 않습니다. 남의 글을 정독하고 윤필하는 일은 고통을 수반합니다. 오히려 제 창작보다 더 난해한 일입니다. 쓰고 계신 작품을 50번 이상 개작하고 다듬은 뒤 한번 보내 주시기 바랍니다.

글을 고치다가 절망에 빠질 적마다 쓰던 원고를 제쳐 두고 명작으로 널리 인정된 작품을 읽으세요. 한글맞춤법과 문법을 익히세요. 문장과 표현도 모방해 보세요. 그렇게 절망과 싸우다 보면, 자기 수련을 거듭하다 보면 뭔가 보이기 시작합니다. 문장과 단어가 보이고, 이야기의 구성이 보이고, 그림이 보이고, 이미지가 떠오르고, 희망이 보입니다.

제 졸작 장편 [화려한 주식 사냥]도 동아일보 홈페이지 연재 당시 수십 차례 다듬은 끝에 제1회 디지털문학공모전(동아닷컴, 예스24 공동 주최, 동아일보, 문화관광부 공동 후원) 대상을 차지했답니다.

물론 훌륭한 작품은 아닙니다. 하지만 전문 작가가 아니어도 이런 글을 쓸 수 있다는 사례를 보인 것입니다. 25년 동안 직장생활을 하며 간략한 글짓기와 신속한 문서 작성 능력 때문에 인정받던 세월을 소개한 글에 지나지 않습니다.

경제 경영 관련 도서를 집필할 때도 100번 가량 고쳤답니다. 그런 과정을 거치면서 약간씩 발전도 가능했습니다. 사정이 그렇다면 소설의 경우에는 더 고쳐야 할지도 모릅니다.

펜대 잘 굴리는 사람만 뽑는 회사

오래 전 H공업 관리부장으로 근무할 때입니다. 연일 불법 파업을 주도하던 노조위원장이 다가와 이렇게 시비를 걸더군요.

- 회장, 사장, 그리고 당신은 참 요상합니다. 관리직 사원을 뽑을 때마다 펜대 잘 굴리는 사람만 선호하더군요. 우리 회사는 2만 평 부지에 2천여 명의 생산직 사원들이 근무하는 곳입니다. 펜대보다 면장갑과 안전모를 쓰고 땀을 흘리는 사람들이 더 소중한 회사입니다.

그 말을 듣고 제가 즉시 대꾸했습니다.

- 노조위원장의 시각이 백 번, 천 번 옳아요. 하지만 2천여 명의 일꾼들을 위해 봉사하려면 페이퍼워킹(문서 작성)에 너무 많은 시간을 낭비하지 말아야 합니다. 행정 처리와 문서 작성에 하루 종일을 소비하지 않고 단 30분 만에 마친 뒤 노조원들이 기다리는 생산 현장으로 달려가야 합니다. 그렇지 않고 문서 작성에 반나절이나 하루 이틀을 낭비하면 작업 현장에 신경을 쓸 겨를이 없답니다.

그런 언질 끝에 필자가 상세한 설명을 덧붙였습니다.

- 노무관리과 직원 한 명 잘못 뽑았다가 얼마나 애를 먹었는지 알아요? 내가 입사하기 전 노동청의 청탁을 받고 직원으로 채용했다던 그 사람은 아주 사소한 기안지, 계획서, 보고서 작성 등으로 하루를 깡그리 소비하더군요.

- 그래서 그 사람이 사직한 뒤 얼마나 개선됐나요?

노조위원장이 다시 물었습니다.

- 그 사람이 그만둔 뒤 놀라운 변화가 왔어요. 하루 종일, 아니 이틀이나 걸리던 문서 작성이 30분으로 끝났고 진정한 노무관리가 가

능해졌습니다.

- 김 부장, 그 말을 누가 믿나요? 당신의 별명이 [30분]이라더니 그 소문이 맞네요.

- 노조위원장님, 지금 당장 현장을 둘러보세요. 노무관리과 직원들은 책상 앞에 앉아 있는 대신, 생산직 사원들의 애로사항 청취와 불편 사항을 해결하기 위해 뛰고 있을 겁니다. 그래서 펜대 잘 굴리는 사람을 우리 회사에서 가장 좋아하는 것이죠.

여기서 [펜대 잘 굴리는 사람]이란 어떤 의미일까요? 가장 명쾌하게 압축된 글을 가장 빨리, 가장 잘 쓰는 사람일 것입니다.

아무리 현명한 사람일지라도 한글맞춤법을 모르고 문장력이 부족하면 여러 측면에서 자부심과 자신이 생기지 않습니다. 결국 모든 행정 처리가 늦어지고 자기가 몸담은 조직에 알게 모르게 걸림돌이 됩니다.

그 치명적인 걸림돌은 조직의 흐름을 느슨하게 만들고 인력 부담, 원가 상승의 원흉이 됩니다. 그런 사람은 과연 어떻게 될까요? 승급 승진은커녕 경쟁에서 뒤진 끝에 밀려나다 못해 단순 노무직으로 전락하거나 사표를 던져야 합니다.

필자는 자신 있게 말합니다.

- 펜대를 잘 굴려라. 그러면 성공할 것이다. 펜대를 외면하라. 그러면 실패할 것이다.

월급쟁이를 그만두고 개인 사업을 시작하는 사람에게도 [펜대 잘 굴리는 일]은 유효한 주문입니다. 거래처 앞으로 보낼 문서를 만드는 데 반나절, 심지어 하루를 낭비하는 사장이나 직원이라면 영업 활동에 매진할 시간이 없습니다. 고객을 만나야 하는 시간이 줄어

두 삽

들어 사업을 망칠 수도 있습니다. 30분, 아니 3분 만에 [펜대 굴리는 일을 마치고 의자에서 벌떡 일어나야 하는 이유입니다.

문서 작성이 만든 혁신적 변화

- 일손이 모자라 죽을 지경이네.

한국 최고 명문대를 졸업한 무역부장 K는 우람한 덩치답지 않게 엄살꾸러기였습니다. 거의 매일 밥 먹듯 야근하는 부하 직원들을 보다 못해 인원 보충을 애절하게 호소하곤 했습니다. 다른 부서장들이 코웃음 치든 말든 K부장은 조금도 개의치 않고 죽는시늉까지 했습니다.

인사부장이 직접 나서서 무역부 인력난의 진상을 꼼꼼히 따져 봤더니 K부장의 하소연은 결코 엄살이 아니었습니다. 저마다 능력을 뽐내는 10여 명의 엘리트 말단 사원들이 배치된 본사 무역부는 사실상 파김치가 된 젊은이들의 전쟁터였습니다.

하루 종일 키보드 앞에 앉아 외국어 실력을 뽐내며 문서 작성에 매달려도 일감이 줄어들지 않았을 뿐더러, 무역부 말단 사원 모두가 퇴근을 미루고 일하다 보니 연장근로수당과 야근 식대가 증가한 것은 너무도 당연했습니다.

- 친애하는 인사부장님, 다만 세 명이라도 보충해 주세요.

우거지상을 짓는 K부장 앞에서 인사부장은 정말 난감해졌습니다. 포괄적인 인력 감축과 원가 절감을 외치던 회장의 심기 불편한 표정이 선명히 떠올랐기 때문입니다.

- 무역부의 과장, 차장, 대리들은 도대체 뭘 하는 족속이야? 불쌍한 졸병들만 혹사시키고 있으니…….

지독한 스트레스를 털어 내기 위해 인사부장이 호기를 부렸습니다.

- 이거 왜 이래? 걔들은 걔들 나름대로 무척 바빠!

두 삽

자존심이 상한 K부장이 중간 간부들을 감싸 안으며 발끈했습니다.

- 무역부 직원들이 열심히 뛰어 돈을 벌어 오기 때문에 인사부장 당신의 봉급도 지급할 수 있는 거야. 그런 노고를 몰라주니 답답하네.

- 그렇담 말단 사원만 몇 명 보충해 주면 되겠군.

인사부장이 건성으로 대꾸했습니다.

- 물론이지!

금방이라도 소원이 풀릴 것만 같았던지 무역부장 K가 미소를 빼 물었습니다. 하지만 인사부장은 미간의 주름을 펴지 못했습니다. 회장과 사장의 가시 돋친 문책을 어떤 배짱으로 견딜 것인가……. 스스로 곱씹어도 한심스러웠습니다.

- 김수미 씨, 잠깐 오실 수 있겠어요?

고민을 거듭하던 인사부장은 무역부 무역2과 홍일점 사원 김수미를 불렀습니다.

- 김수미 씨, 무역부만 매일 야근해야 하는 이유가 도대체 뭡니까?

물에 빠진 사람 지푸라기 잡는 심정으로 물었습니다. 무역부의 4년제 대졸 남자 사원들 틈에 끼어 안팎곱사등이처럼 기를 못 피고 사는 전문대 졸업자 김수미의 심중을 슬쩍 건드려 볼 참이었습니다. 그녀의 불평불만을 촉발시켜야 문제 해결의 힌트가 손에 잡힐 것만 같았기 때문이죠.

- 단 한마디로 말씀드리죠. 모두 바보 멍청이들이라서 그래요.

예상대로 지방 전문대 졸업자 김수미의 반응은 지극히 도발적이었습니다.

- 바보 멍청이들이라니?

인사부장이 고개를 갸웃거렸습니다.

- 글쎄요……, 솔직히 말씀드려도 괜찮을까요?

김수미가 인사부장의 눈치를 살폈습니다.

- 말해 봐요. 불이익은 절대 없을 테니.

- 무역부 그 사람들…… 외국어 좀 구사한다고 으스대지만 알고 보면 하나같이 미련한 벽창호들예요. 엇비슷한 문서를 수십 장, 수백 장, 수천 장 작성하기 위해 경쟁하듯 키보드를 두드려대는 꼴을 보면 구역질이 납니다. 아주 비생산적인 일에 몰두하면서도 연장근로 수당과 야근 식대를 즐겁게 챙겨 가며 융숭한 대접을 받고 있기 때문이죠.

김수미의 준비된 말은 청산유수였고 매우 냉소적이었습니다.

- K부장이 그걸 여태껏 모르나?

- 알긴 알아도 모르는 척하는 거 같아요.

- 왜?

- 자기 겨드랑이 밑에 부하 직원이 많을수록 무역부의 영향력이 막강해진다고 믿기 때문이죠. 심지어 무역 담당 임원들 역시 비슷한 생각을 갖고 있는 거 같아요.

- 솔직히 말해 봐요. 김수미 씨가 판단할 때 무역부의 적정 인원이 과연 몇 명이어야 하는가…….

- 부장님, 아주 솔직히 고백하죠. 무역2과장님 밑에 저 혼자면 충분합니다.

- 김수미 씨, 내 앞에서 농담 따먹기 좀 하지 말아요!
인사부장이 노골적인 반감을 드러냈습니다.

- 농담이라뇨? 제가 파악하건대 그들이 끌어안고 뒹구는 일거리들은 하나같이 대단한 업무가 아닙니다. 단지 외국어 문서를 깨작거린다는 이유로 특별대우를 받고 있을 따름이죠. 아주 특수한 경우가 아닌 한 표준화된 10여 가지 외국어 문서 양식을 만들어 놓고 빈칸만 채우면 족한 일인데도 말예요.

- 빈칸……? 빈칸만…… 채운다?
반감의 눈초리를 거두며 인사부장이 관심을 내비쳤습니다.

두 삽

- 부장님, 놀라지 마세요. 빈칸을 채우는 업무만큼은 저 혼자 해도 어영부영 놀면서 즐겁게 일할 수 있어요.

- 김수미 씨, 더 쉽게 설명해 주겠어요?
머리 나쁜 인사부장이 무역부 말단 여사원 김수미에게 애걸복걸하듯 매달렸다. 인력 감축이 가능한 반짝 아이디어가 그녀의 입에서 금방이라도 튀어나올 것만 같았으므로 가슴이 뛰었습니다.

- 행정 표준화 작업을 미루면 미룰수록 인력난은 날로 심화될 거예요.

김수미는 행정 표준화를 하루 빨리 정착시킬 경우 무역부 고급 인력 10여 명을 모두 감축시켜도 문제가 없다는 게 아닌가? 인사부장은 보다 상세한 설명을 귀담아 들으면서 그녀와 동업자 관계를 유지할 필요가 있다고 생각했습니다.

- 좋아요! 우리 둘이서 당장 행정 표준화를 진행해 보자. 김수미 씨는 이 순간부터 내 동업자가 되는 거야. 인사 담당 부서장과 동업자 관계를 유지한다는 건 무얼 의미하겠나? 인력 감축 작전에 작은 힘

을 보태는 그 날부터 김수미 씨는 감원 대상이 아니라 특별 승진 대상이 될 수도 있어!

인사부장이 마른침을 꿀꺽 삼켰습니다.

- 존경하는 인사부장님.

- 말해 보세요.

- 그 대신 조건이 있어요. 제게 하루만 휴가를 내 주시면 표준화된 문서를 만들어 오겠습니다.

김수미는 그 다짐으로 그치지 않았습니다.

- 강한 학벌과 빛나는 외국어 실력을 자랑하는 10여 명의 엘리트 사원들을 다른 부서로 인사 발령 내도 좋습니다. 그들이 생색을 내며 처리하던 일 모두 저 혼자 감당할 테니까요.

- 김수미 씨, 당신 혼자 해 낼 수 있다면 그렇게 못 할 이유가 없어요.

마침내 인사부장은 서둘러 장담했고 그 약속을 지키기 위해 노력했습니다. 무역부 말단 여직원 김수미가 제안한 아이디어에 무역부 C과장의 의견을 접목시켰고, 표준화된 행정 절차와 양식을 만든 뒤 무역부장의 합의를 거쳤습니다.

- 나, 나쁜 아이디어는 아니군. 약간 비, 비현실적인 부분도 있긴 하지만……

K부장이 모래 씹는 표정으로 더듬거렸습니다.

- K형, 이해해 줘. 회장님의 엄명이요, 사장님의 특별 지시야.

무역부장 K가 떨떠름하게 얼굴을 붉히자 인사부장이 은근슬쩍 사기를 쳤습니다. K부장은 어쩔 수 없이 사직서에 날인하듯 도장을 눌렀고, 인사부장은 사장의 결재를 얻은 뒤 무역부의 행정 표준화를 기습 공격하듯 실시했습니다.

그리고 며칠 뒤였습니다. 비생산적인 일에 몰두하던 엘리트 사원 11명은 구미공단 제1공장으로 자리를 옮겨야 했습니다. 본사 무역부 무역2과에 혼자 남게 된 말단 사원 김수미는 5백만 원의 특별 상여금을 받던 그 날 대리로 특진한 것은 물론이었습니다.

그 해 연말이 되자 공장으로 내려갔던 무역부 말단 사원 11명은 소리 소문 없이 사직서를 제출하고 사라졌습니다. 회사로서는 커다란 인력 손실이었지만 그 젊은이들은 귀중한 교훈도 얻을 수 있었습니다. 부서장을 잘못 만난 죄로 잠시 밀려났으나 비로소 문서 작성이 일으킨 혁신의 소중함을 깨닫게 되었던 것입니다.

두 삽

원고지 쓰는 요령

약 40년 전 필자의 선배가 유명 일간지 신춘문예 현상 모집 단편소설 부문에 응모했습니다. 워낙 출중한 실력을 자랑하고 있던 그 분의 작품은 최종 심사 단계에까지 이르렀습니다. 하지만 심사위원들은 당선시켜도 무난한 그 작품을 [원고지에 쓰지 않고 타이핑을 했다는 이유로 낙선시켰습니다. 대부분 원고지로 글을 쓰던 시절에 건방지게 타이프로 글을 정리한 것이 화근이었습니다.

그러나 요즘의 신춘문예나 작품 현상 공모는 정반대입니다. 원고지 묶음을 접수하는 일이 번거로워서 워드프로세서로 작성된 원고를 원합니다. 아예 우편 접수 대신 인터넷으로 응모해야 하는 경우도 적지 않습니다.

컴퓨터에 의한 인터넷 시대가 문을 연 이후 워드프로세서 의존도가 높아지는 요즘이어서 원고지에 글을 쓸 기회가 많지 않습니다. 하지만 그래도 원고지 쓰는 법을 알아 둬야 합니다. 원고지에 글을 쓰면 정확하게 글을 쓰는 방법, 문법 활용 기법을 익힐 수 있습니다. 원고지는 한 칸 한 칸 신경을 쓰도록 만들어진 칸막이 양식이어서 띄어쓰기와 맞춤법, 문장부호 등을 정확히 기억할 수 있게 됩니다.

일반적으로 사용되는 원고지 종류로 200자, 400자, 600자, 1,000자 짜리가 있습니다. 200자 형은 원고지 형식 중 가장 일반적으로 쓰이는 것으로 1행 20자 10행으로 되어 있습니다. 그 밖에 400자짜리는 1행 20자 20행, 또는 1행 25자 16행으로 되어 있습니다. 600자 원고지는 1행 25자 24행, 또는 1행 20자 30행으로 되어 있고 주로 대학생과 학자들의 연구 논문에 많이 사용됩니다.그 밖에 특수용으로는 신문과 사진 편집을 위한 것, 4×6 배판이나 국판 한 페이지를 그대로 옮긴 1,000자 이상의 것 등 여러 가지가 있지만, 전자 출판이 발달하면서 많이 사용되지 않습니다. 그러면 구체적인 원고지 사용법을 살펴봅시다.

＊ ＊ ＊

- 원고지는 한 칸에 한 글자씩 쓰는 것이 원칙입니다. 따옴표나 마침표 등 문장 부호도 한 글자로 간주합니다. 하지만 아라비아숫자나 알파벳은 한 칸에 두 자씩 써도 괜찮습니다. 18,508 등 숫자를 한 칸에 한 개씩 쓰면 보기에 좋지 않으니 두 자씩 쓰고, 알파벳은 칸에 구애받지 말고 자유롭게 써도 됩니다.

- 제목은 첫 행을 비우고 두 번째 행에 한 칸에 한 자씩 쓰되, 원고지의 가운데 위치하는 것이 원칙입니다. 글을 시작할 때 첫 칸은 반드시 비웁니다. 새로운 문단이 시작될 때와 대화체, 긴 인용문일 때

는 제시된 내용을 선명히 드러내기 위해 첫 칸을 띄어 씁니다.

두 삽

- 인용문이 길 때는 행[줄]을 따로 잡아 씁니다. 인용문이 두 줄 이상 이어질 경우 인용부호를 쓰지 않고 시작 부분은 두 칸, 다음 행부터는 첫 칸을 비웁니다. 하지만 인용부호 다음에 조사(걸림씨, 토씨) [와] [과] [라고] [고] 등이 올 때는 칸을 비우지 않지만 [하고]가 올 경우 한 칸을 비웁니다.

- 구두점도 한 칸을 차지합니다. 마침표나 쉼표 다음에는 칸을 비우지 않고 느낌표와 물음표 다음에는 한 칸을 비웁니다. 이때 따옴표 이외의 구두점은 행의 첫 칸에 쓰지 않는 것이 원칙입니다.

- 행의 맨 끝에서 띄어 써야 하는데 비울 칸이 없을 경우에는 ∨표를 치고, 다음 행의 첫 칸은 비우지 않습니다.

- 본문에 서술할 항목이 여러 개일 경우 각 항목이 시작되는 곳은 1행을 비우고 씁니다. 원고를 수정할 때는 띄어라(∨), 붙여라(⌒), 삭제(=), 삽입(∨) 등의 부호를 사용해야 합니다.

다시 한 번 정리해 봅시다.

1. 칸 쓰기

- 한 칸에 한 자 쓰기를 원칙으로 한다.

- 문장부호도 한 칸에 한 자 쓰기를 원칙으로 한다. 다만 행 끝에 치는 부호는 예외로 하고, 줄표(-), 줄임표(……)는 두 칸으로 한다.

- 로마자의 경우 대문자는 한 칸에 한 자를 쓰고, 소문자는 한 칸에 두 자를 쓴다. 아라비아 숫자는 한 칸에 두 자를 쓴다.

- m, cm, mm, g, kg 따위의 단위 표시는 한 칸에 쓴다.

- 새 단락으로 접어들 때는 언제나 첫 칸을 비운다.(줄갈이)

- 긴 인용단락을 쓸 때는 드러내기 위해서 그 단락 전체의 왼쪽 두 칸을 모두 비운다. 인용단락의 첫 글자는 넷째 칸부터 쓴다.

- 대화문은 독립된 단락은 아니나 준독립 단락으로 취급하여, 첫 칸을 비워 쓴다.

- 큰따옴표(" ")로 묶을 때도 그렇고, 줄표를 써서 대화문을 나타낼 때도 그리 하다.

- 가닥치기(조목 벌임)의 번호 앞은 적당히 비운다.

- 인용할 경우엔 보통 두 칸 정도 비워 쓴다.

2. 줄 쓰기

- 제목의 앞뒤 줄은 비운다.

- 본문의 앞은 한 줄이나 그 이상 비운다.

- 다음과 같이 독립 단락임을 보일 경우에는 앞뒤 한 줄씩을 비운다.

* 앞의 내용과 사뭇 달라서, 그냥 붙여 쓰면 문맥의 혼란을 일으킬 우려가 있을 경우. 시간의 변화, 공간의 변화, 화제의 변화 등.

* 액자소설 등 이야기 속의 이야기임을 나타낼 경우.

* 긴 인용 단락일 경우 두 칸씩 비울 필요 없음.

* 시 따위를 인용할 경우

- 원고지 끝줄로 독립 단락이 마쳐질 경우 다음 장 첫 줄을 비우지 않고 앞 장 원고지 밑에 표로써 띄어쓰기를 나타낸다.

자기소개서의 문제점

　모 대기업에 임원으로 근무하던 당시 수많은 자기소개서를 만났습니다. 국군 장병 아저씨들에게 숙제처럼 쓴 위문편지 이상의 자기소개서는 결코 많지 않더군요.

　- 저는 충북 청주에서 태어났고 원만한 가정에서 무난한 삶을 살아왔습니다.

　- 저는 엄하고 보수적인 부모 밑에서 갈등을 겪긴 했으나 그 덕분에 탈선하는 일 없이 정도의 길을 겪었습니다.

　- 저는 나주 김 씨 일가의 1남 4녀 중 장남으로 태어났습니다.

　- 저는 이 한 몸 바쳐 회사 발전을 위해 분골쇄신하겠습니다.

　그 소감을 한마디로 말하죠. 주어(세움말, 임자말)를 남발하는 문장인 데다 99% 이상이 천편일률적이었습니다. 하지만 이런 글도 있었습니다. 2년제 대학을 졸업한 여성의 자기소개서입니다.

* * *

　아버지는 출판사 경영자입니다. 취미 오락 관련 서적을 전문으로 발행하는 출판사입니다. 하지만 사업 규모가 너무 작아서 구멍가게 수준입니다. 사장인 아버지는 여직원 한 명을 두고 기획, 원고 섭외, 편집, 제작, 유통, 영업 등을 혼자 도맡아 하십니다. 그렇게 출판사를 소꿉장난하듯 꾸리면서 우리 남매를 키웠고 학교를 보내셨습니다. 그럼에도 저는 아버지가 어떻게 출판사를 운영하고 어떻게 가족의 생계와 자녀들의 학비를 조달하시는지 전혀 몰랐습니다.

　그러던 어느 날입니다. 날씨가 몹시 춥던 그 겨울날, 책 한 권을 사기 위해 서점에 들렀습니다. 때마침 아버지의 뒷모습을 발견하고 재빨리 몸을 숨겼습니다. 아버지는 가방 안에서 새하얀 면장갑을 꺼내더니 먼지가 쌓인 책들을 조심스럽게 닦기 시작했습니다. 물론 그 책들은 아버지의 회사에서 발행한 것입니다.

몇 걸음 뒤에서 아버지의 뒷모습을 바라보다가 차마 다가가지 못하고 눈물을 참으며 그냥 돌아서야 했습니다. 그 날 밤 저는 몸을 뒤척이며 잠을 이루지 못했습니다. 언젠가 아버지는 말씀하셨습니다.

– 베스트셀러는 아니지만 필요한 독자들에게 소중한 기회를 제공하는 책을 만든다. 단 한 권도 상업적인 효과를 노린 나머지 대충대충 만들어 뿌리는 책은 내 소관이 아니다.

아버지의 그런 고집과 원칙이 저를 키웠다는 생각은 지금도 변함이 없습니다.

* * *

이런 자기소개서를 읽고 그녀를 채용하지 않은 경영진은 별로 없을 것입니다. 비록 뽑지 않았더라도 다음 기회에 반드시 그녀에게 연락할 겁니다.

그렇습니다. 형식적인 논조와 도식적인 매뉴얼에 매달려 자기소개를 그르치지 말아야 합니다. 진정성 넘치는 에피소드 소개, 정직한 글쓰기, 한글맞춤법 준수 등이 심사위원들의 마음을 움직이기 때문입니다.

자기소개서의 작성 방향이 어떠해야 하는지 모른 채, 약간의 문단 구성도 없이 모든 문장을 따로 따로 분리시키며 엔터키를 마구 두드린 문서는 발견되는 즉시 휴지통에 버려집니다. 문단 구성을 무시한 신춘문예 응모 작품(?)들이 가장 먼저 휴지통에 버려지듯이.

자기소개서의 작성 방향

1. 가장 먼저 초안(草案)과 초고(草稿)를 만들어 본다.

초고를 작성하고 여러 차례 수정과 보완을 거친 뒤 본격적인 작업에 들어가야 합니다. 충분한 연습을 거치라는 뜻입니다. 특히 오자(誤字)가 없어야 응시자의 성실하고 꼼꼼한 성격을 보여 주는 기회가 됩니다.

2. 지나친 수사법(修辭法)을 삼가라.

화려한 수사와 지나치게 추상적인 표현 반복하기, 부정적인 인생관이나 사고방식 드러내기, 제삼자를 비난하는 글 등은 피해야 합니다. 멋진 추상명사들을 동원하기보다 풍경화를 그리듯 선명하게 기억시킬 수 있는 단어, 표현, 에피소드 등을 적절히 활용해야 합니다.

어쩔 수 없이 한자나 외래어를 써야 할 경우에도 객관성을 잃지 않도록 주의를 기울여야 합니다. 한자나 외래어를 적절히 구사하면 글쓴이의 주장이 빠르게 전달되고 문장이 고급스러워집니다. 하지만 잘못 삽입했을 경우 역효과가 될 수도 있으니 오자와 탈자가 없도록 각별히 유의하고 자신감이 없다면 사전과 옥편 등을 읽고 확인해야 합니다.

3. 통일성과 소신을 지켜라.

문장의 첫머리에서 [~이다]라고 했다가 어느 부분에 이르러서는 [~습니다]라고 혼용하는 사례들이 너무 많습니다. 반말을 하건 존댓말을 쓰건 초지일관해야 합니다.

자화자찬(自畵自讚)은 역효과를 낼 수도 있습니다. 자신을 적절히 내세우며 소개하는 요령은 필요하지만, 한두 가지 단점도 시인하면서 개선하려는 노력과 사례를 실감 나게 소개해야 합니다.

4. 일인칭 주어(主語)를 과감히 생략하라.

문장 도입부에서 [나는] [저는] 등으로 출발하면 문장력이 없다는 사실을 증명하는 것에 지나지 않습니다. [저는 캐나다에서 3년 동안 다채롭고 유익한 체험을 했습니다]로 쓰지 않고 [3년 동안 캐나다에 머무르는 동안 다채롭고 유익한 체험을 했습니다. 이를테면 그 나라 사람들의 문화와 경제, 언어생활에 깊숙이 들어가……]로 쓰면 읽는 사람에게 좋은 인상을 남길 수 있습니다.

5. 구체적인 사례와 사유, 느낌 등을 소개하라.

지극히 일반적인 사례나 느낌을 소개하지 말아야 합니다. 자신의 독특한 경험과 감정, 심기일전(心機一轉)의 기회, 인생의 반전(反轉)과 역전(逆轉), 깨우치게 된 동기, 교훈을 준 서적이나 스승 등을 간단명료하게 개성적으로 표현해야 합니다.

예컨대 [음악에 소질이 있어 부모님의 만류에도 불구하고] [공부를 계속하고 싶었지만 집안형편이 어려워 집안을 돕기 위해 직업전선에] 등으로 표현하는 것은 지극히 상투적인 수법에 지나지 않습니다.

예컨대 [스스로 발견한 소질과 경제적 형편을 감안하여 나름대로 역전의 기회를 만들고 싶었습니다. 드디어 난관의 벽을 부술 기회가 왔습니다]로 써야 자신을 각인(刻印)시킬 수 있습니다. 물론 그 뒤에 이어지는 에피소드도 지리멸렬하다는 인상을 주지 않도록 개성적인 표현으로 명쾌하게 소개해야 합니다.

6. 문단 구성과 접속사 남발에 유의하라.

요즘 사이버 공간에서 글을 쓸 때 가독성을 높인다는 이유로 모든 문장을 따로따로 씁니다. 엔터키를 함부로 두드려 가며 문장과 문단 구성을 과감히 무시합니다. 이처럼 나쁜 버릇을 들인 사람일수록 문단을 구성하지 않고 마구잡이로 두드려댑니다. 이런 스타일의 자기소개서들은 가장 먼저 제외된다는 사실을 알아야 합니다.

특히 [그러나] [또] [또한] [및] [것이다] [것이었다] 등을 남발하는 사람일수록 문장력을 인정받지 못합니다. 과감히 생략하는 것은 물론이고 쉼표 등을 남발하지 않고 적절히 삽입해야 합니다. 한글의 장점은 중국어, 일본어와 달리 띄어쓰기에 있습니다. 쉼표 남발이 불필요한 이유이기도 합니다.

예컨대 [본 것이다] [생각했던 것이다] 등을 [보았다] [보았기 때문이다] [생각했다] [생각한 탓이다] 등으로 과감히 바꾸려는 노력이 필요합니다.

7. 개성적인 문장, 정제된 문체로 작성하라.

길게 이어지는 분장보다는 짧은 문장을 반복해야 쉽게 읽힙니다. 판에 박은 것 같은 표현과 상투적인 문장, 반복되는 단어와 수식어 등으로 가볍게 서술하면 높은 점수를 얻기 어렵습니다. 조직생활과 행정적인 측면에서 가장 먼저 요청되는 것이 문장력임을 잊지 말아야 합니다. 정제(精製)된 문체, 정돈(整頓)된 글을 요구하는 것도 그 때문입니다.

특히 [좋다] [나쁘다]라는 표현을 지양해야 합니다. 그보다는 [바람직하다] [유익하다] [매우 부정적인 인상을 남긴다] [효과적이다] [체험적인 사실로 입증했다] 등으로 변화를 주어야 합니다.

8. 첫인상 관리를 위해 미리 준비하라.

외국어 실력은 인정되지만 모국어 실력에 문제가 있다면 성장의 한계에 부딪치게 마련입니다. 평소에 한글맞춤법사전, 띄어쓰기사전 등을 꾸준히 열람하는 습관을 들이세요. 끊임없이 반복하여 자기소개서를 다듬어 본 사람은 스스로 경쟁력을 얻을 수 있습니다.

자기소개서란 바로 그 사람의 얼굴입니다. 자기 얼굴에 신경을 쓴 사람만이 바람직한 첫인상을 남깁니다.

[자기소개서 작성 요령]을 수없이 읽었지만 대부분 문제점들이 적지 않았습니다. 문장과 표현, 정리 정돈 기법 소개에 결함이 수없이 발견되고 있었답니다. 그처럼 엉터리 문장과 엉성한 [자기소개서 작성 요령]을 읽은 젊은이들이 어떤 실수를 저지르게 될지는 명약관화한 일이죠.

9. 경력이나 프로필을 요약하여 객관적이고 냉정하고 개성적인 표로 작성하라.

자기소개를 보고서 형식으로 간단명료하게 작성하여 노하우를 드러낼 수도 있습니다.

구 분	내 용	비 고
출생과 성장 배경		
생활 태도와 소신		
성격의 장단점		
취미와 적성		
학창생활의 활동		
학력과 경력		

이미 소개서에 드러났다면 모든 항목을 생략하고 [학력과 경력]만 요약해도 될 것입니다. 물론 이런 양식은 모범답안이라고 하기 어렵습니다. 각자 취향에 맞게 개성적인 양식을 만드는 것이 괜찮습니다.

조직 이름	기 간	관련 활동과 업무 내용	대응 노력

경력을 요약할 때는 업무 분야를 잘게 쪼개서 소개해 보세요. 특히 세분화된 업무에 대해 내가 얼마나 숙달되어 있고 전 직장에서 어떤 개선 효과를 얻었는지 구체적인 데이터를 보여 주는 것도 바람직합니다. 위기관리 능력과 그동안의 활약상과 업적 등을 확인하려

는 경영자들이 많기 때문입니다.

모범적이고 개성적인 자기소개서

1. 가능한 한 주어 [나는, 저는]를 생략하고 남들이 작성하는 상투적인 소개 내용을 과감히 탈피하여 차별화를 시도합니다.

2. 채용하려는 쪽에서 원하는 분야가 무엇인지 포착하여 집중 소개합니다. 허점이나 미비점이 있을 경우 보완책을 강구하여 신뢰감을 회복합니다.

3. 일과 관련된 경험이나 가족, 친구, 친지, 선후배, 조직, 신앙 등에 얽힌 에피소드 하나를 골라 소개함으로써 콧날이 시큰하게 만들어 또렷이 기억할 수 있도록 합니다.

4. 간단명료하게 서술된 서두 글이 끝나면 그동안의 인생 경험과 노하우 등을 집중 소개합니다. 일련번호를 매기고 서브타이틀을 넣어 명쾌하게 정리합니다. 때로는 표와 칸을 만들어 근무지별 업무 경험을 요약 소개합니다.

5. 지원 분야에 대한 소신과 분석 검토 의견을 집중 수록합니다.

6. 특히 접속사(이음어찌씨) [및]을 남발하면 보기에 안 좋습니다. 가능한 한 문장을 짧게 끊어 씁니다. 불가피할 경우 접속사 [과] [와]나 쉼표[,] 가운뎃점[·] 등을 활용합니다.

다음에 소개하는 글은 제가 잘 아는 40대 여성의 자기소개서입니다. 젊은이들이 참고할 필요가 있어 소개합니다.

자기소개서

1960년 전남 광주에서 태어났으니 올해 만 45세가 됩니다. 남편과 1년 전에 사별하고 중학생 딸을 키우는 중년 여성입니다. 신앙생활로 심리적 안정을 되찾은 지 오래고 여전히 시간을 아껴가며 자기계발에 매달리는 중입니다.

두 삽

초등학교와 중학교를 다닐 때는 별로 드러나지 않던 평범한 아이였습니다. 하지만 고교 평준화 이후 미션스쿨인 광주 수피아여고에 진학하면서 약간 도드라지기 시작했습니다. 수동적이고 수줍어하던 아이가 능동적이고 진취적인 모습을 사랑하면서부터 스스로 개성적인 얼굴을 만들어갔습니다.

고등학교 3년 동안 내리 학급 반장으로 활동하면서 알게 모르게 리더십을 길렀습니다. 교내 문예부장 역할도 충실하게 맡아보면서 각종 문화 행사와 시화전을 주관했습니다. 학교 안에서 시 낭송이나 행사 안내 마이크를 잡아야 할 일이 생기면 당연하다는 듯 제게 기회가 돌아오곤 했습니다.

대학 진학에 대하여 고민할 때는 국어국문학을 간절히 원했습니다. 하지만 부모님과 선배 이웃들의 조언이 저를 조금씩 흔들었습니다. 손재주와 미술적 재능을 인정한 주변 사람들이 강요에 가깝도록 의류학과를 적극 추천했습니다. 결국 전남대학교 문리과대학 의류학과를 졸업했고 곧장 상경하여 직장 생활을 시작했습니다.

1. 졸업 이후 서울 체험 3년

가죽 의류 제조 수출업체인 C실업주식회사, 신세계백화점 입점 회사인 블라우스 전문 D사, S의상실에서 디자이너로 재직했습니다.

단순히 디자이너에 만족하지 않고 생산 현장과 수출 업무에 깊이 간여하면서 조직과 일을 익혔고 복잡다단한 사회와 인생을 배웠습니다. 학창 시절부터 컴퓨터 그래픽에 심취했습니다.

2. 결혼 이후의 광주 생활 5년

결혼하자마자 직장을 그만두고 전업 주부로 만족할 때도 있었습니다. 하지만 컴퓨터 모니터에 붙어 앉아서 살아도 무리가 없을 만큼 안정된 일상에 안주하는 제 모습이 싫어서 일을 찾아 나섰습니다. 1999년부터는 교회 안에서 100쪽 분량의 계간지를 편집 제작하는 편집위원으로 활약했습니다. 힘도 들었지만 즐겁고 유익한 시기였습니다.

광주에서 가장 역사가 깊다는 K교회가 제 무대였습니다. 약 5년동안 편집위원으로 활동했는데 그 중 2년간은 편집위원장이라는 감투를 쓴 채 각종 문서를 만들어냈습니다. 이에 만족하지 않고 교회 학교는 물론이고 광주 시내와 호남 전역을 돌면서 환경 꾸미기 강사로 활동했습니다.

3. 다시 상경한 이후의 인생

남편 사별 이후 신앙생활과 환경 꾸미기 강연, 카페 운영, 쇼핑몰 개설 준비 등에 전념하면서 공부를 계속하는 중입니다. 2005년에 접어들어 3개월 동안 성남인력개발센터의 여성가장훈련 코스인 비즈몰마스터(쇼핑몰 만들기 과정)를 수료했습니다.

요즘은 컴퓨터아트학원에서 웹디자인 공부를 하고 있습니다. 일러스트, 포토샵, 드림위버, 플래시, 퀵 익스프레스(매킨토시용 문서 편집) 과정을 마쳤고 자바스크립트, 액션스크립트 등을 익히고 있습니다. 웹디자인 기능사와 컴퓨터그래픽 운용기능사 시험을 준비 중인데 현재 필기시험은 합격했고 실기 시험을 앞둔 상태입니다.

4. 꿈이 아닌 현실과 사이버 공간

요즘 들어 직접 실용적인 인터넷 카페 하나를 교우들을 중심으로 1년 가까이 운영하고 있지만, 얼마 전까지만 해도 친구들이 만든 친목 정보 카페에서 멤버 관리 역할을 자임하기도 했습니다. 어느 정도 문장력을 갖추었고 순발력, 재치, 디자인 감각, 타이핑 능력 등을 인정받기 때문에 사이버 공간의 활동에 재미를 붙이고 있습니다.

선후배와 교우들의 홈페이지 구축과 카페 개설을 비롯해 블로그 운영에 주도적으로 간여하여 도움을 줄 정도로 사이버 공간에서의 경험이 제법 축적되고 있습니다. 홈페이지 구축에는 독립적인 기능이 부족한 편입니다. 하지만 노하우가 쌓인 웹디자이너 친동생이 자원봉사 차원의 적극적인 지원을 줄 경우 별다른 어려움을 없을 것이라고 생각합니다.

5. 귀사 홈페이지에 대한 접근

여러 가지 관점에서 귀사의 홈페이지를 분석 평가할 때 개선하고 싶은 부분이 적지 않습니다. 약간 도전적이라는 느낌을 받을 수도 있겠으나 나름대로 떠오른 의견 몇 가지를 요약해 드리고자 합니다.

(생략)

6. 세상에 대한 약속

- 눈이 보이지 않는 것보다, 마음이 보이지 않는 쪽이 더 두렵다.

며칠 전 제 인터넷 카페에 들어온 어떤 이웃의 글이랍니다. 저는 그 사람의 포스트 글을 읽고 이렇게 화답했습니다.

- 아름다운 세상에서의 아름다운 약속이 꿈으로만 머물지 않기를 기도합니다.

그렇습니다. 약속을 지키려 노력하고 그 약속을 현실에 접목시키려는 노력이 우리네 세상을 따스하게 만든다는 생각에 변함이 없습니다.

중년 여성의 취업과 학습은 쉽지 않습니다. 하지만 제 나름대로의 사회 인식과 신앙심과 제 내부의 약속을 바탕으로 꾸준히 죽을 때까지 공부할 작정입니다. 꾸준한 공부가 실무에 알차게 연결된다는 확신을 버릴 수 없기 때문이죠. 새롭고 창의적인 일에 언제나 관심을 쏟아 가면서 이웃들의 기대와 신뢰를 저버리지 않는 일상을 꾸리고 싶습니다.

빛바랜 졸업 사진 한 장

필자의 후배 한 사람은 아동 도서 전문 출판사에 이런 자기소개서를 제출했습니다. 사립 고등학교 교감에서 명예 퇴직한 그는 노후용 일자리를 찾는 중이었고 간단한 이력서 뒤에 이런 글을 덧붙였답니다. 이 글을 소개하지 않으려고 했지만 견딜 수가 없었습니다. 참 개성적이고 아름다운 사람이기 때문입니다.

* * *

북이초등학교 27회 졸업장을 받던 날이 엊그제 같은데, 세월은 어느덧 쏜살같이 흘러 37년이 지났습니다. 그래도 마음만은 그때 그 시절의 코흘리개로 돌아가 울고 웃는 순간이 많습니다. 나이가 들수록 북이초등학교 운동장에서 신나게 뛰어 놀던 날들이 문득문득 그리워집니다.

제가 꿈을 키우던 그 울타리 안에서 지금도 사랑스러운 꼬마 후배들이 건강하게 꿈을 가꾸고 있을 것입니다. 모교를 지나칠 때마다 저는 꼬마 후배들의 밝고 명랑한 표정을 지켜보며 깊은 생각에 잠깁니다. 바라볼수록 참 대견스럽습니다.

41년 전의 추억 속에 담긴 작은 이야기를 꺼내 봅니다. 1961년의 그 봄날 저는 가슴팍에 명찰과 손수건을 달고 다른 코흘리개들과 함께 입학식에 참석했습니다. 예쁘게 접어 양중맞게 매달린 작은 손수건은 흐르는 코를 닦기 위한 것이었습니다. 그 당시만 해도 가난한 집안의 아이들이 적지 않았고 유난히 코를 흘리는 친구들이 많았기 때문이지요.

제가 초등학교에 다닐 때만 해도 책가방을 들고 다니는 학생은 불과 한두 명에 불과했고, 대부분의 아이들은 단순한 보자기인 '책보'를 어깨에 메고 다녔습니다. 가방을 살 돈이 없었던 친구들은 그 책보 안에 교과서나 학용품을 담는 것이 보통이었습니다. 그 책보 하나로 많은 아이들이 6학년을 마쳤으니 지금도 돌이켜보면 눈물이 납니다.

중학교에 입학해서야 겨우 책가방을 장만할 수 있었지만, 집안 형편이 좋지 않았던 많은 친구들은 중학교에도 진학하지 못하고 농사를 짓거나 도시로 나가 돈을 벌어야 했습니다. 그뿐이 아닙니다. 중학교 진학은 고사하고 책가방도 없이 도시락 한번 제대로 싸 오지 못했던 친구들은 6년 동안 거의 매일 점심을 굶어야 했습니다.

저의 가까운 친구들 중에도 그처럼 가난한 학생이 없지 않았습니다. 아버지가 일찍 돌아가신 데다 농토도 없고 식량이 부족한 가정의 아이가 바로 박창규였습니다. 그 친구는 중학교 진학은 꿈도 꿀 수 없는 형편임은 물론이고 도시락조차 준비가 안 되어 매일 점심을 굶었습니다.

요즈음은 대부분의 초등학교에서 급식 혜택을 받아 가며 모든 친구들이 어울려 같은 음식으로 식사를 하기 때문에 식사 시간이 매우 즐겁기만 합니다. 하지만 창규는 그렇지 못했습니다. 점심시간만 돌아오면 가장 먼저 교실을 뛰쳐나갔으며 우물로 달려가 맹물을 잔뜩 마시고 들어오는 것이었습니다. 그 광경을 지켜보던 담임선생님도 늘 안타까운 표정을 지었음은 말할 것도 없습니다.

그러나 창규는 남보다 많은 책을 읽었고 열심히 공부하여 6년 동안 3등 이상을 유지했습니다. 학급당 60여 명이 넘던 그 시절에 성적만 우수한 것은 아니었습니다. 성격이 무척이나 명랑하고 얼굴에 그늘이 없어 주변에 많은 아이들이 모여들 정도였습니다. 언제나 예의 바르고, 말씨가 곱고, 청소 시간에 가장 먼저 앞장 서는 어린이였습니다. 남들이 싫어하는 화장실 청소를 독차지하는 등 착한 일을 찾아서 하는 친구였기에 선생님들의 귀여움을 독차지했고 친구들에게도 인기가 만점이었습니다.

가정 형편이 어려워 결국 중학교 진학을 하지 못했던 창규는 어린 나이에도 불구하고 고향 마을에서 농사일을 도우며 지내야만 했습니다. 아는 친구들이 중고등학교에 다니는 모습을 보면 부끄러웠던 나머지 도망치듯이 그 자리를 피하곤 했습니다.

그러나 창규는 나이가 들면서 조금도 기가 죽지 않는 모습을 보였습니다. 북이초등학교가 유일한 모교였던 그 친구는 동문 체육 대회 때마다 한 번도 빠지지 않고 참석했습니다. 저는 그처럼 의연해진 친구를 뜨거운 가슴으로 지켜보며 가난하지만 굳세게 일어나 훌륭한 사람이 된 모습을 다시 한 번 확인할 수 있었습니다.

두 삽

초등학교를 졸업한 후 창규는 농사일과 독서가 변함없는 하루의 일과였다고 합니다. 특히 농업에 필요한 책을 닥치는 대로 읽음으로써 경험이 풍부한 농부들이 부러워할 정도로 엄청난 물량을 수확했습니다.

의지가 강하고 몹시 현명했던 창규는 나날이 발전할 수 있는 길을 찾기 시작했습니다. 어느 날부터 건축에 관한 책을 집중적으로 탐독하더니 마침내 기능사 자격을 취득했고 건축업에 뛰어들었습니다. 요즘 들어 그 친구는 큰 건축 회사는 아니지만 알찬 회사를 꾸려가며 사장으로 일하고 있습니다.

- 우리 초등학교 시절은 무척 어려웠지. 안 그래?

지난해 봄, 제가 교감으로 근무하던 학교로 창규가 전화를 걸어왔습니다.

- 한 가지 부탁 좀 해도 되겠나? 제자 한 명 소개해 주면 좋겠네.

- 어떤 학생을?

- 공부 좀 못 하면 어때. 가정환경이 어려운 학생 중에 심성이 바르고 정직하고 열심히 노력하는 학생이면 돼.

다시 말해서 선행에 앞장 서는 학생, 웃어른께 인사 잘하는 학생, 근검절약할 줄 아는 학생을 골라 주면 학비를 지원하겠다는 뜻이었습니다. 그러면서 그 친구는 자신의 초등학교 6학년 시절을 영원히

잊을 수 없을 것이라고 말했습니다.

1966년 겨울, 북이초등학교 제27회 졸업을 몇 달 앞둔 어느 날이었습니다. 졸업 기념 앨범 제작비를 대기 어려운 학생들이 많아서 졸업생 전부를 한 장의 사진에 담기로 했습니다.

6학년생 전원과 선생님들 모두 졸업 기념사진을 찍기 위해 운동장에 모이던 순간이었습니다. 누군가 작은 목소리로 '결석한 창규는 어떻게 하지?'라고 말했습니다. 몹시 가난했던 창규는 기성회비, 동창회비, 졸업 사진 값 등을 미납한 채 학교에 나오지 않고 있었던 것입니다.

대여섯 명의 아이들과 의논한 결과, 창규를 데리러 가기로 하고 모두 함께 북이면 송정리 마을로 달려갔습니다. 우리는 창규네 집을 찾아서 산 위로 올라가야 했습니다. 그때 우리 일행은 깜짝 놀라 벌어진 입을 다물지 못했습니다. 친구네 집은 토굴처럼 보잘것없이 비좁은 움막이었기 때문입니다.

창규는 우리와 눈이 마주치던 순간 너무도 부끄러웠던 나머지 도망쳐 버렸고 우리 일행은 그 친구의 뒷모습만을 씁쓸하게 바라보면서 학교로 돌아올 수밖에 없었습니다. 기다리던 선생님들께서는 대단히 화가 나 계셨고 결국 우리 일행은 호된 기합을 받아야 했습니다.

우여곡절 끝에 정말 어렵게 만들어진 북이 초등학교 제27회 졸업 기념사진 한 장……. 저는 그 빛바랜 사진을 종종 쳐다보며 눈시울을 붉히곤 합니다. 내가 존경하고 사랑하는 친구 박창규가 그 사진 속에 없다는 이유만은 아닙니다. 기합을 받고 난 후 사진을 찍기 위해 땀을 뻘뻘 흘리며 쪼그려 앉아 있는 우리의 바보 같은 모습이 너무도 그립기 때문입니다.

　오직 한 장뿐인 북이초등학교 제27회 졸업 기념사진, 그 아름답고 훌륭한 친구 하나가 보이지 않는 그 사진 한 장을 매우 소중하게 보관하고 있는 이유를 여러분은 어떻게 설명할 수 있겠습니까? 우리의 꿈을 가꾸어 주던 초등학교의 교실과 운동장, 선생님과 친구들이 그만큼 정겹고 소중하다는 의미가 될 것입니다.

두 삽

단답형 면접은 안 돼!

　- 아버지가 출판사 사장이네요?
　- 알고 보니 가톨릭이군요.
　면접관이 이렇게 물으면 대부분의 면접 대상자는 이렇게 말합니다.
　- 예.
　- 예, 맞습니다.
　그렇게 대답하면 정말 곤란합니다. 어떻게 반응하는지, 어떤 식으로 솔직하게 논리적으로 답변하는지 알고 싶은 것이 면접관의 입장이기 때문입니다.
　- 가톨릭이긴 해도 좀 부끄럽습니다. 배태 신앙, 모태 신앙이라고 말씀드리는 게 올바른 표현일 겁니다. 모태 신앙으로 태어났지만 고교 시절부터 방황하며 교회를 찬양하기보다는 비판하는 데 몰입했습니다. 종교인들의 어두운 그림자들을 적잖게 목격했기 때문입니다. 하지만 지금은 아닙니다. 신부님과 수녀님들의 이웃사랑 희생정신이 저를 바로세우고 있습니다. 그런 측면에서 신부님, 수녀님, 부

모님을 모두 존경합니다.

- 아버지는 아주 작은 출판사를 경영하십니다. 말이 좋아 출판사이지 여직원을 두 명을 둔 구멍가게에 불과합니다. 하지만 아버지는 철저히 우량도서만 출간하셨고 저를 포함해 3남 1녀를 대학에까지 보내셨습니다. 자식의 도리를 제대로 하지 못한 게 죄송할 따름입니다. 이제는 이처럼 번듯한 회사에 취직해서 효도 좀 하고 제 인생도 살찌우고 싶습니다.

* * *

이처럼 글을 정리하듯 나를 솔직하게 드러내는 노력이 필수적입니다. 물론 유창하고 장황하게 자기를 과시하려는 것보다 간단명료하게 답변해야 합니다. 그러나 내용 없는 단답형은 자기낭비에 불과합니다.

지원자의 전문지식을 평가하는 방식도 단편적인 질문보다는 수능처럼 종합적인 지식을 묻는 방식으로 바뀌고 있습니다. 정답을 요구하기에 앞서 논리적인 설득 방법이나 발표하는 태도를 평가하기 때문에 너무 긴장할 필요는 없습니다.

따라서 정보를 수집하고, 암기하고, 연습하는 수준의 준비로는 기업의 면접 패턴에 대응하기 어렵습니다. 종합적인 지식과 이를 응용해 답변할 수 있는 능력을 길러야 할 것입니다. 특히 나를 자랑하기에 앞서 나에 대한 확실한 정보를 제공해야 합니다.

틈나는 대로 읽고 써라

두 삽

　짬이 날 때마다 책을 펼치는 습관을 기르세요. 버스나 지하철 안에서 멍하니 앉아 있거나 휴대폰을 두드리며 게임에 몰두하지 마세요. 항상 책을 갖고 다니십시오. 화장실에도 책 몇 권은 갖다 놓고 뒤적거리기라도 하세요. 문법이 제대로 준수되고 있는지 확인도 해 보십시오. 그래야 글쓰기 실력이 날로 향상됩니다. 그러기 위해서는 한글맞춤법 교정에 충실한 출판사의 책을 골라야 합니다.

　자주 책방에 들러 보십시오. 읽고 싶은 책이 나타나면 읽을 시간이 당장은 없어도 우선 구입하세요. 전공 서적, 읽고 싶은 책만 고집하지 마세요. 시집도 읽고 소설도 읽으십시오. 그래야 삶에 대한 통찰력이 깊어집니다.

　40년 동안 우정을 유지하는 제 친구가 있습니다. 아주 잘 나가는 전문직 종사자 중의 한 명이지요. 바로 국제특허 전문 변리사 남호현입니다. 요즘 들어 한 해 200명 내외의 변리사가 탄생되지만 그 친구가 합격하던 해에는 고작 7명을 배출했답니다.

　그처럼 경쟁이 치열하고 희소가치가 인정되던 시절에 제 친구가 무난히 합격한 이유가 뭔지 아세요? 틈나는 대로 책을 읽었고 꾸준히 문장 수련을 했기 때문입니다.

　그뿐인 줄 아세요? 그는 시험 과목을 중심으로 암기하는 일에 매달리지 않았습니다. 그보다는 법조문을 충분히 이해한 뒤 논리적이고 명쾌한 해설을 쓰기 위해 무던히 노력했습니다. 책을 읽고 나서 압축한 독후감 쓰는 일도 게을리 하지 않았습니다. 불필요하게 늘어지는 만연체 문장을 버리고 아주 간결하게 정리된 단문을 고집했습니다.

그뿐인 줄 아십니까? 그 친구는 정직한 모국어 구사를 위해 짬이 나는 대로 글을 썼습니다. 그 배경에는 한글맞춤법 익히기가 자리 잡고 있었습니다. 비록 지방대학 법학과를 나왔지만 별 어려움 없이 높은 시험 성적을 올린 결과는 바로 문법 준수에서 출발했기 때문입니다. 변리사에 합격하고 나서 서울대학교 행정학 석사를 취득한 것은 물론입니다.

남호현 변리사의 글 일부를 소개합니다. 긴 문장이 별로 없고 쉽게 읽히는 글입니다. 법조계 종사자라기보다 어떤 예술가나 소설가처럼 느껴집니다. 그만큼 글을 다듬는 능력이 출중합니다.

* * *

대박의 길은 멀리 있지 않다

코앞에 있는 돈 몇 푼 만지려고 발버둥치는 사람, 남의 돈을 손쉽게 가로채려는 사람, 가진 자에 대한 질투와 증오를 삭이지 못해 안달하는 사람은 진정한 부자가 될 수 없다. 작은 이익에 매달려 자신의 체면과 이웃의 어려운 형편을 의식하지 않는 사람일수록 큰돈을 벌지 못한다. 앞뒤 가리지 않고 억척스럽게 일만 하여 부자가 될 수 있다면 그건 착각이거나 흘러간 이야기에 불과하다.

아무 생각 없이 시키는 일만 다부지게 처리하면 쳇바퀴 인생이고, 주변을 돌아봐 가며 크고 작은 아이디어를 짜내야 돈이 생긴다. 아주 쉽고 가까운 것에서부터 머리를 굴려가며 발상을 전환해야 '9회 말 역전 만루 홈런' 같은 인생이 펼쳐진다.

일확천금을 노려 시작한 사업은 대부분 실패하기 십상이다. 당초 돈을 벌려고 시작하지 않은 연구, 필요에 따라 실용적인 발명과 발견을 모색하려는 자세가 사업의 성공으로 이어진다. 이웃을 사랑하고 이웃에게 베풀려는 노력의 일환으로 창조적인 삶을 영위하다 보면 부의 축적은 저절로 이루어진다.

인류를 불편으로부터 해방시키려는 실천적인 자세, 우리 이웃 사람들의 삶의 질을 향상시키려는 노력, 이익을 사회에 환원시키겠다는 정신 등이 결국 수많은 사람을 명예로운 부자로 만들었다. 이웃을 사랑하겠다는 선의(善意)의 의지로 하늘나라를 먼저 구하는 사람에게 돈과 명예가 따랐다는 사실을 명심하자.

화려한 학력의 소유자보다는 창의력을 가진 사람, 사소한 것에 관심을 기울일 수 있는 평범한 발상이 세상을 바꾼다. 벼락부자와 횡재의 길이 따로 있다고 착각해선 곤란하다. 이웃의 눈물과 한숨을 딛고 무리하게 부의 축적을 추구하지 말라. 하늘나라를 먼저 구하고 이웃을 사랑하라. 그와 같이 선구적이고 희생적이고 창조적인 삶을 사는 사람에게 돈과 명예가 쥐어진다.

하늘나라를 구하는 길, 이웃 사랑을 실천하는 길, 부자가 되는 지름길은 이제 멀리 있지 않다. 하루 벌어 하루 사는 가난뱅이도 창의력을 잃지 않는다면 얼마든지 '대박'을 터뜨릴 수 있다.

* * *

SK그룹에서 임원의 자리까지 올랐던 제 선배는 간곡히 주장합니다.

외국에 어학연수를 떠나려면 그 이전에 가장 먼저 거쳐야 할 과정이 있다. 무엇보다 모국어부터 완성해야 한다. 한글로 글을 쓰는 일에 서툰 사람은 외국어를 아무리 능숙하게 구사해도 행복하지 못하다. 그 어떤 조직에서나 결코 인정받지 못한다. 국어 실력과 외국어 실력이 접목되지 않으면 아무 소용이 없다.

그렇습니다. 제 경험에 비추어도 결코 틀린 말이 아닙니다. 모 재벌 그룹 계열사에서 임원으로 근무하던 당시 만난 박 과장은 명문대 정치외교학과 출신 수재였습니다. 3개 외국어를 특별한 불편 없이 구사하는 실력도 갖추고 있었습니다.

하지만 저보다 5년 연상인 그 박 과장은 만년 과장이었습니다. 왜 그랬을까요? 한글 문서 작성 실력은 낙제점이었기 때문입니다. 그래서 그랬던지 그는 총무과장에 만족하면서 외국인 손님이 올 때마다 통역 가이드나 자청하고 있었답니다. 얼마나 안타까운 일인가요.

거시기와 저시기

남자 성기(性器)는 [거시기]이고 여자 성기(性器)는 [저시기]라고 합니다. 순수한 우리말입니다. 그런 줄 모르고 아주 박식한 출판사 편집부 여직원이 실수를 한 적이 있답니다. 제 원고를 주무르다 말고 갑자기 오자(誤字) 하나를 발견한 겁니다. 그리곤 [저시기]를 [거시기]로 재빨리 고쳐 버렸지요. 그 바람에 완벽한 반대말이 제 책에 실려야 했습니다.

엉터리 모국어를 꼬집던 어린이

경영을 잘못하는 바람에 많은 은행들이 남의 도움 없이는 홀로 서기 어려운 시절이 있었습니다. 그 당시 우리나라 정부와 국민들은 쓰러져 가는 몇몇 은행을 일으켜 세우기 위해 엄청난 돈을 지원하거나 갖가지 노력을 기울여야 했습니다.

그러나 이와 다르게 남의 지원 없이 혼자서도 굳게 자리를 지킬 수 있는 은행들이 적지 않았는데, 그 튼튼한 은행들 중의 하나가 바로 ㅎ은행이었다. 그토록 건강하다고 널리 알려진 ㅎ은행을 상대로 모국어 사용이 잘못되었다며 시비를 건 초등학생이 있었습니다.

- 아빠, 도대체 어떤 말이 맞는 거예요?

서울시 지하철의 전동차 안에서 어떤 초등학생 한 명이 자기 아버지에게 물었다. 하나은행의 광고 몇 가지를 찬찬히 뜯어보고 의문을 나타낸 것입니다.

- 띄어쓰기가 통일되지 않아 무척 혼란스러워요.
- 아빠도 너와 같은 생각이다.
- 올바른 모국어를 사용하라고 가르치면서도 어른들의 실제 언어생활은 그렇지 못해요.

나는 그 어린이의 말에 귀를 기울였고 하나은행이 어떤 실수를 저질렀는지 확인할 수 있었습니다. 그 하나은행은 지하철 전동차 안과 각종 신문 잡지 등에 광고를 하면서 띄어쓰기의 잘못을 되풀이하고 있었기 때문이지요.

- 돈을 버는 방법이 [한∨두∨가지]가 아닙니다.
- 돈을 버는 방법이 [한∨두가지]가 아닙니다.

저도 두 가지로 쓰인 표어를 여러 번 봤답니다. 하지만 모두 바른 표기가 아닙니다. [한두∨가지]가 바른말입니다.

- 은행 홍보 책임자나 광고업자가 국어사전을 한 번만 찾아봤어도 저런 혼란은 아마 없었을 거다.

아버지가 한참 고민하다가 꺼낸 말이었습니다.

- 어른들이 갈팡질팡하는 이유를 모르겠어요. 저 광고를 매일 읽으며 자란 아이들이 저마다 그 광고의 띄어쓰기가 올바르다고 착각하여 대학 입학시험을 볼 때도 그걸 정답이라고 쓴다면 누가 책임을 져야지요?

나는 그 어린이의 항변을 들으며 할 말을 잃었고, 그 아이의 아버지 또한 난감한 표정을 감추지 못했습니다. 광고용 문구를 짤 때 어느 말이 맞는 표현인지, 어떻게 띄어 써야 올바른 것인지 자신이 없다면 국어사전이나 한글맞춤법 사전 등을 딱 한 번만 들추어 보았더라면 충분히 판단할 수 있는 일이 아닐까요?

- 넌 참으로 현명한 아이구나. 네 말이 맞다.

옆자리에서 아버지와 아들의 대화를 지켜보던 제가 판정을 내렸습니다.

- 똑똑한 사람이라면 아름답고 정확한 모국어를 사용해야 하듯, 건강한 은행이라면 건강하고 올바른 모국어를 사용해야 할 것이다.

저는 자세한 설명 끝에 그 아이에게 말했습니다. 그렇습니다. 우리 어른들은 자라나는 아이들에게 아름답고 정확한 모국어를 가르칠 줄 알아야 합니다. 정 모른다면 국어사전이나 한글맞춤법 사전을 찾아서라도 어른 노릇을 해야 합니다.

국어사전에서 [한두]란 낱말의 뜻을 찾아봅시다. [하나나 둘 가량]

은 물론이고 [일이(一二)]라고 되어 있습니다. 대부분의 사전들도 친절하게 예를 들어 가며 [한두∨번으로 끝내다.] [한두∨가지가 아니다.] 등을 소개하고 있습니다.

두 삽

그 어린이의 말대로 ㅎ은행의 광고에 나타난 띄어쓰기는 단 한 번도 올바르게 쓰이지['쓰여지지'가 아님] 않았습니다. 두 차례에 걸쳐 수정했건만 하나같이 [한두∨가지가 아니다]라고 쓰지 못했습니다. 두 차례 모두 틀렸답니다.

[한∨두∨개, 한∨두∨달∨동안, 한∨두∨번]이 아닙니다. [한두∨번쯤, 한두∨잔, 한두∨차례, 한두∨해] 등으로 써야 옳은 것입니다. 한글맞춤법을 읽으면 알 수 있지요.

모국어를 모르는 한국 문인

어느 날 여류 문인의 글을 읽다가 실망합니다. 그 분은 문학 모임을 주도하기 전에 아무래도 모국어 훈련부터 해야 할 것입니다.

* * *

수정 전

어제는 수필 모임에 갔다 왔습니다. 15명 회원들이 모여 수필을 공부하는데 [회원중에는] 신춘문에 등단 작가도 있고 문예지 등단 작가, 공모전에 입상한 회원들도 많지요. 이 모임에 제가 회장을 맡고 있습니다. [리더쉽]이 있는 것도 아니고…….

수정 후

어제는 수필 모임에 갔다 왔습니다. 15명 회원들이 모여 수필을 공부하는데 [회원 중에는] 신춘문에 등단 작가도 있고 문예지 등단 작가, 공모전에 입상한 회원들도 많지요. 이 모임에 제가 회장을 맡고 있습니다. [리더십]이 있는 것도 아니고…….

* * *

그 여성 문인은 [있다라는] 표현을 자주 쓰더군요. [있다는]이 바른 말입니다. 더구나 [공부를 하다, 학교를 가다, 사랑을 하다, 숙제를 하다, 경험을 하다라고 쓰고 있습니다. 가능하면 [공부하다, 학교∨가다, 사랑하다, 숙제하다, 경험하다라고 써야 올바릅니다.

이처럼 어설픈 모국어 실력으로 문단에 등단하여 모국어를 훼손하고 있습니다. 그러니 문단 원로들이 나서야 합니다. 앞으로 문인이 되려면 한글맞춤법 시험이란 관문을 먼저 통과해야 한다는 조건이 새로 만들어지기를 기대합니다.

하기야 국어 선생이 된 우리 친구들 중에 모국어를 잘 모르는 사람이 많더군요. 적당히 놀고먹다가 대학에 가려니 마땅한 학과를 발견하지 못한 채 국문학과를 지원한 결과입니다. 그들은 여전히 글쓰기 능력, 한글맞춤법 실력이 부족합니다. 하지만 국어 선생이 됐지요. 그들에게 배우는 학생들은 결국 진정한 모국어 훈련을 거치지 않고 졸업하게 됩니다.

천고마비의 계절, 좋은 뜻 아니다

우리 청소년 시절만 해도 가을이 찾아올 때마다 [아, 천고마비(天高馬肥)의 계절이 왔구나!] 하고 버릇처럼 말하곤 했답니다. 아주 혼해빠지고 진부한 표현임에도 우리는 그렇게 유식한 척 우쭐거렸습니다. 가을날의 교내 백일장에서도 [천고마비의 계절]이란 낱말이 빠지면 괜히 허전했습니다.

하지만 천고마비라니? 이 낱말의 의미를 곱씹어 보면 우리가 미처 알지 못한 역사적 사실, 놀라운 착각 하나를 발견하게 됩니다. 천고마비. 중국 고사에서 흘러나온 고사성어의 하나로 아주 달갑지 않은 경우나 고통스러운 계절을 말할 때 쓰던 부정적 표현이었습니다.

천고마비(天高馬肥). 하늘 천(天), 높을 고(高), 말 마(馬), 살찔 비(肥)……. [하늘이 높고 말이 살찐다.]는 뜻으로 [하늘이 맑고 오곡백과(五穀百果)가 무르익는 가을]을 비유하는 말임이 분명합니다.

그러나 고대 중국에서는 [흉노(匈奴)에게 활동하기 좋은 계절]이라는 의미로 쓰였습니다. 중국 고전 〈한서(漢書)〉에서 비롯된 고사 성어로, 원말은 추고마비(秋高馬肥)이고 같은 의미의 추고새마비(秋高塞馬肥), 비슷한 의미의 천고기청(天高氣淸)이 있습니다.

흉노(匈奴)란 기원전 3~1세기경 몽골 지방에서 활약하던 유목 민족을 말합니다. 은(殷) 나라 초기 중국 북방에서 일어난 흉노는 약 2,000년 동안 북방 변경의 농경 지대를 끊임없이 침범하여 약탈을 일삼았습니다. 고대 중국의 군주들은 흉노의 침입을 막기 위해 늘 고심했습니다. 전국 시대에 이르러서는 여러 나라들이 앞 다투어 북쪽 지방 변경에 성벽을 쌓았습니다. 흉노가 침략하는 천고마비의 계절에 대비하기 위한 고육지책이었습니다. 천하를 통일한 진시황제마저 기존의 성벽을 고치는 한편, 추가로 세우고 연결하여 만리장성을 완성하기도 했습니다.

하지만 흉노의 침략은 도무지 그칠 줄 몰랐습니다. 북쪽 지방의

두삽

초원에서 방목(放牧)과 수렵(狩獵)으로 살아가던 흉노에게는 초원이 얼어붙는 긴 겨울을 견뎌야 할 양식이 필요했기 때문입니다. 따라서 북쪽 지방 변경에 살던 중국인들은 하늘이 높고 말이 살찌는 천고마비(天高馬肥)의 계절, 가을이 오면 언제 흉노가 쳐들어올지 몰라 전전긍긍(戰戰兢兢)했다고 합니다.

이처럼 기막힌 역사적 사실 앞에서도 가을을 천고마비의 계절이라고 말할 작정입니까? 가을은 [천고마비의 계절]이 아닐 수도 있습니다.

영화 제목, 노래 제목 제대로 쓰자

노랫말이나 제품 이름이 자라나는 우리 청년들에게 나쁜 영향을 미치기도 합니다. 영화 [바람피기 좋은 날]이 대표적인 사례입니다.

[피다]는 꽃이 핀다고 할 때 쓰는 말입니다. [피우다]는 불을 피우거나 바람을 피우거나 할 때 쓰는 말입니다. 따라서 [바람피우기 좋은 날]이 맞습니다.

조성모의 신곡 [웃을께]는 [웃을게]로, 아이드 소울의 신곡 [비켜줄께]는 [비켜줄게]로 고쳐야 합니다.

MBC 드라마 [신이라 불리운 사나이]는 [신이라 불린 사나이]가 정확한 표현입니다. 엄정화 주연의 [Mr. 로빈 꼬시기]도 [Mr. 로빈 꾀기]로 표현하는 것이 맞습니다.

노랫말을 [안절부절했었지]로 잘못 쓰다 보니 [안절부절못했었지, 안절부절못하다]가 바른말인지 모릅니다. [그대는 나의 바테리!]가 아니라 [그대는 나의 배터리!]로 써야 합니다.

빙과(얼음과자) 이름을 [설레임]으로 잘못 쓰다 보니 [설렘, 설레다]가 바른말인지 모릅니다. [설레다]가 활용하면 [설레어, 설레니, 설렘, 설레었다]가 되고, [설레이다]가 활용하면 [설레여, 설레이니, 설레임, 설레였다]가 됩니다.

두 삽

따라서 [설레여, 설레임, 설레였다]는 모두 [설레어, 설렘, 설레었다]의 잘못된 표현입니다. [설렘]이 맞습니다. 고칠 때까지 불매 운동을 벌여야 하지 않을까요?

앞으로 언론사, 방송사, 출판사, 문화계, 홍보업계 등의 분야에 진출하려면 [한글맞춤법] 자격증을 따야 합니다. 물론 제 바람[바램이 아님]에 불과하지만.

나는 안절부절못하며 그녀를 기다렸다

[안절부절못하다]와 [안절부절하다] 중에 어느 것이 바른 표현일까요? [안절부절못하다]가 맞는 말입니다. [그렇게 안절부절하는 모습은 처음이야]라는 말은 잘못된 표현입니다.

[안절부절]의 사전적 의미를 말할까요? 마음이 초조하고 불안하여 어찌 할 바를 모르는 모양입니다.

[안절부절못하다]의 사전적 의미는 뭘까요? [자동사] 몹시 초조하고 불안하여 어쩔 줄 몰라 한다는 뜻입니다.

(예) 나는 안절부절못하며 그녀의 쾌유를 기다렸다.

(예) 홍선은 마음이 내려앉지 않는 듯이 안절부절 윗목 아랫목으

로 거닐고 있었다. - 김동인의 소설 [운현궁의 봄]

(예) 전차에 올라타자 조바심은 더욱 심해지고 안전부절 견딜 수가 없었다.- 이호철의 [소시민]

[안절부절]은 원래 [이러지도 저러지도]라는 뜻을 나타내는 말입니다. 따라서 [이러지도 저러지도 못하다]라는 의미를 나타내려면 [안절부절못하다]로 써야 맞습니다. [안절부절]은 한자말이 아니고 순수 우리말입니다.

자녀와 학생들에게 분명히 가르쳐 주세요. 입학시험, 논술시험, 취직시험, 문학작품 현상공모 등에 결정적인 도움을 줍니다.

좋은 글을 쓰는 기법

KBS 스포츠 채널의 [복싱 퍼레이드]를 즐겨 봅니다. 하지만 불쾌할 경우도 많습니다. 캐스터 두 명, 해설자 한 명 등 세 명이 농담을 하며 킥킥대기 때문이지요. 세 명이 동시에 떠들어 산만하고 귀에 거슬립니다. 경기 감상에 방해가 됩니다.

글을 쓸 때에도 이처럼 핵심을 잡지 않고 이것저것 건드리며 중구난방, 횡설수설하면 읽는 이가 부담을 느낍니다. 그렇다면 어떻게 글을 정리해야 할까요?

머릿속에서 명확한 심상(이미지)을 그려 보세요. 그것이 가능해지면 명확한 문장으로 옮길 수 있게 됩니다. 결국 독자는 읽은 내용을 이미지(심상) 형태로 뇌리에 기억할 것입니다. 글을 잘 쓴다는 사실은 커다란 능력으로 연결됩니다. 고객, 동료, 상사와의 커뮤니케이

선을 위해 비즈니스 글쓰기를 해야 하는 직장인들에게는 글쓰기가 핵심 포인트입니다. 논술 시험과 모국어 구사 훈련이 필요한 학생들에게도 마찬가지입니다. 좋은 글이란 쉽고 짧게 쓴 글입니다. 유치원생, 초등학생, 중학생 등 어느 누가 읽어도 어렵지 않게 전달되어야 좋은 글입니다. 책장을 술술 넘길 수 없고 자꾸만 멈칫거리게 만드는 글은 좋은 글이 아닙니다. 중언부언하는 것은 물론이고 만연체처럼 늘어진 글은 읽는 이에게 큰 부담을 줍니다. [하였으며, 하였고, 했는데, 했지만] 등으로 연결해야 글이 되는 사람도 각별히 주의해야 합니다.

두 삽

- 세상은 넓고 할 일은 많다.
- 뉴질랜드, 땅은 넓고 인구는 적다.

이런 문장이 가장 좋은 겁니다. 괜히 기교를 부리다가 일을 그르치지 마세요. 작가 김승옥은 이렇게 말합니다.

- 글은 손이 쓰는 것이다.

좋은 글을 쓰려면 [일단 글을 써야 한다]는 뜻입니다. 펜을 쥐고 글을 써 나가다 보면 쓰는 행위 자체가 쓰는 이의 두뇌와 감성을 자극해 새로운 사고와 상상력의 세계를 열어 준다는 것입니다. 일본 작가 사이토 다카시는 글쓰기를 달리기에 비유한 적이 있습니다.

- 거리를 조금씩 늘려가며 훈련하면 누구나 1km는 거뜬히 달릴 수 있듯 글쓰기도 마찬가지이다.

시종일관 술술 읽히도록 쉬운 말과 글로 쓰인 글이 많은 독자들의 사랑을 받는다. 그렇게 될 때까지 매일 쓰는 일기와 메모로 글쓰기의 기본을 닦아 보자.

사람들은 멋지게 쓰려는 노력은 하지 않습니다. 글을 잘 쓰려면

미사여구, 유식한 단어를 써야 한다는 강박에서 벗어나야 합니다. 글을 노래이자 이야기이자 호흡이라고 생각합시다. 특히 쓴 글을 계속 고치는 버릇도 길러야 합니다.

진심이 담긴 글을 씁시다. 감동을 느낀 사례, 호기심을 느낀 순간이 있다면 그 순간을 글로 옮기십시오. 글쓰기 전에 밑그림을 잘 그리는 것도 중요합니다. 문제의식을 다듬어 주제를 구상하고 자료를 분석하며 생각을 숙성시키세요. 요점만 간단히 정리한 글 솜씨를 자랑하십시오.

로마의 시저는 말했습니다.

- 주사위는 던져졌다.- 왔노라, 보았노라, 이겼노라.

문장력을 기르는 방법은 간단합니다. 많이 보고 많이 써 보는 것입니다. 좋은 글을 쓰려면 독서가 필수입니다. 남의 글을 충분히 읽지 않고 글 쓰는 연습을 많이 하지 않기 때문에 글이 잘 안 써지는 겁니다.

참으로 유익한 글

제가 운영하는 인터넷 네이버 카페 [엉터리 경제 뒤집어보기] 멤버 한 분이 출석부에 늘 이렇게 씁니다.

- [출석∨합니다]. 즐거운 일요일 [되십시요].

잘못 쓰고 있어 몇 차례 쪽지를 주었지만 변함없이 그렇게 씁니다. 너무 까다롭게 나오지 말라며 역정을 내더군요. 이렇게 써야 하는데 말입니다.- 출석합니다. 즐거운 일요일 되십시오.

더 엄밀하게 고치면 이렇게 됩니다.

- 출석합니다. 즐거운 일요일 되시기 바랍니다.

우리말을 바로 써야 합니다. 자라나는 청소년들을 위해 우리 어른들이 모국어를 제대로 사용하는 등 모범을 보여야 하기 때문입니다.

두 삽

한글맞춤법에 신경을 쓰지 말라는 이야기는 모국어로 글을 쓰지 말라는 뜻과 통합니다. 맞춤법을 익혀야 모범적이고 아름다운 글이 빚어집니다. 글을 쓸 적마다 열 번 정도 고쳐 보면 글이 보이기 시작합니다.

오늘 참으로 유익한 글을 발견했습니다. 하지만 교정을 보지 않을 수 없었습니다. 괄호( ) 안이 교정을 본 뒤입니다.

* * *

롯데 '일품 찰떡와플'이라는 녀석이 부식으로 나왔다. 요새 군대는 바깥 음식이 건빵보다 간식으로 많이 나온다. 이 찰떡와플 겉봉지에 '참살이 주전부리'라는 말이 쓰여 있었다. 주전부리는 '상상플러스'에서 간식거리라는 뜻으로 나왔었는(나왔는)데 참살인 뭔소리?(뭔∨소리?)

봉지 뒷편(뒤편) '참살이'는 well-being의 순∨우리말(순우리말)이란 뜻이 나와있고(나와∨있고), 주전부리는 간식을 뜻하는 순∨우리말(순우리말)이라는 뜻으로 아예 주석이 적혀있었다.(적혀∨있었다.)

우리나라 사람들은 이제 우리의 말도 외래어나 한자어로 해석하지 않으면 이해하지 못하는 걸까?

외래어와 한자어를 받아들이고 그들의 문화, 역사, 사회를 받아들임으로써 우리의 다양성이 증가하고, 더욱더(더욱∨더) 사고에 있어서 자유를 가지게 되는것은(되는∨것은) 나도 즐기는 바이다. 그런 의미에서 나는(삭제) 외래어나 한자어의 사용, 영어 공용화조차 나는 부정하지 않는다.

하지만 순∨우리말(순우리말)조차 외래어나 한자어로 '해석'되어 나와야 할 정도로 우리가 우리를 잃어버리게 되고 '다른 것'에 덮이고 덮여 살아간다는 것은 슬픈 일이 아닐까 싶다.

언어가 죽는 것. 그것은 보통 '많이씀'(많이∨씀)에 달려있다(달려∨있다). 언어는 그 언어가 경제적일수록, 또 많이 쓸수록 살아남기(살아남게) 마련이다.

일례로 음운학에는 음운경제라는 분야도 있을정도(있을∨정도)다. 그것이 아니더라도 일반적인 사어(죽은말)이라든가를(이라든지) 생각해 봐도 될 듯하다.

순우리말은 비∨경제적인(비경제적인) 말들일지도 모른다. 발음하기도 어렵고, 생소하고 어색할지도 모른다. 하지만 가끔씩 지나가다 보고 듣게 되는 한마디 한마디의(한∨마디 한∨마디의) 순우리말이라도 외워보는것은(외워∨보는∨것은) 어떨까 싶다.

자문자답과 글쓰기 과정

논술 공부를 하기 전에 한글맞춤법과 띄어쓰기를 마스터하고 문장력과 논리력을 연마하는 것이 가장 바람직합니다. 인터넷에서 논술 사이트 운영하는 교사들 중에 한글맞춤법 준수를 제대로 못 하는 분도 적지 않으니 걱정입니다.

▲ 가장 먼저 본인의 입장을 확인하며 자문자답하세요.

- 한글맞춤법(문법) 공부를 제대로 했는가?

- 이해력과 분석력은 괜찮은 편인가?

- 다양한 논증 구조에 대한 학습은 되어 있는가?

- 다방면의 심도 있는 지식 배경은 얼마나 확보하고 있는가?

- 글쓰기와 표현에 관련된 배경 지식은 모두 습득하고 있는가?

- 글쓰기 능력을 향상시키기 위한 학습 방법을 아는가?

- 신문과 책을 많이 읽었어도 글이 잘 안 써지는 이유를 아는가?-
도움을 받을 수 있는 전문가가 주변에 있는가?

두 삽

▲ 글쓰기 과정을 기억하세요.

- 관점이 뚜렷하게 드러나는 내 주장을 확립하자.

- 내 주장을 뒷받침하는 근거를 몇 가지로 정리한다.

- 반대하는 사람의 입장에서 근거를 정리하자.

- 반대의 근거가 되는 것들을 비판하고, 내 주장이 타당한 이유를
열거한다.

- 이상의 조건을 몇 단계로 나누어 글을 써 본다.

- 논점에 대하여 설명하고 어떤 방식으로 전개할 것인지 약속하자.

- 논점에 대한 내 입장을 피력하자.

- 내 주장을 뒷받침하는 근거를 정리한다.

- 상대방이 반박할 내용을 미리 예상하고 차단하자.

- 내 주장이 갖는 한계와 범위를 명확히 구분한다.

- 내 주장이 갖는 의의를 정리한다.

세 삽 - 우리말 산책

세 삽 - 우리말 산책

문법(文法) 쉽게 익히기

　품사(品詞)는 단어를 문법적 기능, 형태, 의미에 따라 나눈 갈래입니다. 학교 문법에서는 이를 아홉 가지로 나눕니다. 어떻게 분류하는지 되짚어 봅시다. 이해를 돕기 위해 괄호 안에 순 우리말 이름을 적겠습니다.

　명사(이름씨), 대명사(대이름씨), 수사(셈씨), 조사(토씨), 동사(움직씨), 형용사(그림씨), 관형사(매김씨), 부사(어찌씨), 감탄사(느낌씨).

명사(名詞)

　사물의 이름을 나타내는 품사(品詞). 특정한 사람이나 물건에 쓰이는 이름이냐 일반적인 사물에 두루 쓰이는 이름이냐에 따라 고유 명사와 보통 명사로, 자립적으로 쓰이느냐 그 앞에 반드시 꾸미는 말이 있어야 하느냐에 따라 자립 명사와 의존 명사로 나뉩니다. 늘

이름씨, 임씨.

동사(動詞)

사물의 동작이나 작용을 나타내는 품사. 형용사, 서술격 조사와 함께 활용을 하며, 그 뜻과 쓰임에 따라 본동사와 보조 동사, 성질에 따라 자동사와 타동사, 어미의 변화 여부에 따라 규칙 동사와 불규칙 동사로 나뉩니다. ≒움직씨.

조동사(助動詞) = 보조동사(補助動詞)

본동사와 연결되어 그 풀이를 보조하는 동사. '감상을 적어 두다'의 '두다', '그는 학교에 가 보았다'의 '보다' 따위입니다. ≒도움움직씨, 조동사.

부사(副詞)

용언 또는 다른 말 앞에 놓여 그 뜻을 분명하게 하는 품사입니다. 활용하지 못하며 성분 부사와 문장 부사로 나뉩니다. '매우', '가장', '과연', '그리고' 따위가 있습니다. ≒어찌씨, 억씨.

형용사(形容詞)

사물의 성질이나 상태를 나타내는 품사. 활용할 수 있어 동사와 함께 용언에 속합니다. ≒그림씨, 어떻씨, 언씨.

접속사(接續詞)

1) 접속부사(接續副詞)

앞의 체언이나 문장의 뜻을 뒤의 체언이나 문장에 이어 주면서 뒤의 말을 꾸며 주는 부사입니다. '그러나', '즉', '또는', '및' 따위가 있습니다. ≒이음부사, 이음어찌씨, 접속사.

2) 접속어(接續語)

단어와 단어, 구절과 구절, 문장과 문장을 이어 주는 구실을 하는 문장 성분입니다. 국어에서는 주로 접속부사가 이 역할을 합니다. ≒이음말, 이음씨, 잇씨, 접속사.

형용사와 부사의 구분

형용사 : 아름답다, 예쁘다, 멋있다. 귀엽다, 향긋하다 등 느낌을 형상화한 것이죠. 꽃을 보면 아름답고, 어린아이들을 보면 귀엽다는 느낌이 들죠, 이런 것들이 형용사입니다.

동사 : 달리다, 걷다, 졸다, 먹다, 입다, 세수하다, 뛰다, 오르다, 내리다 등이 동사의 예입니다. 여기서 보면 모두 움직이는 것을 표현하고 있지요. 움직이고 있는 것을 표현하는 것들이 동사입니다.

형용사와 동사를 용언이라고 합니다. 활용할 수 있는 언어라는 뜻이죠. 먹고 달려서 뛰었더니 졸리더라. 이렇게 활용이 됩니다.

품사에서 체언과 용언은 중요한 부분이니 확실하게 해 두세요.

부사 : 매우, 꽤, 많이, 정말로, 스스로 등이 부사입니다. 부사는 형용사나 동사 앞에서 수식을 해줍니다. 매우 예쁘다(형용사를 수식하는 경우), 많이 먹다(동사를 수식하는 경우).

관형사 : 관형사는 특별히 구분하는 법은 없고 문맥에서 찾아내야 합니다. 예를 들면 : 한 그루, 한 자루, 한 개(여기서 한이 관형사의 예입니다).

감탄사 : 말 그대로 감탄하는 내용입니다. 어머나!(놀란 것이죠), 감탄사입니다. 오! 멋지다(오!) 감탄사입니다. 아하! 이제야 이해가 되네.(아하!) 감탄사입니다. 주로 감정을 표현하는 경우가 많으므로 느낌표가 잘 따라 붙습니다.

세 삽

국어의 어순은 [주어 + 서술어]가 기본입니다.

품사(단어)란 성질이 비슷한 단어끼리 모아 놓은 단어의 갈래랍니다. 품사를 나누는 기준은 그 단어의 기능, 형태, 의미에 따라 분류합니다.

＊다시 한 번 정리해 봅시다.

명사(名詞)

사물의 이름을 나타내는 단어예요. 형태가 고정되어 변하지 않습니다. 조사와 결합하여 주어, 서술어, 목적어, 보어 등 여러 가지 문장 성분이 될 수 있죠.

주 어 : 이 연필은 진하다

서술어 : 이것은 새 연필이다.

목적어 : 아빠가 새 연필을 사오셨다.

보 어 : 이것은 빨간 연필이 아니다.

명사의 특징

관형어의 수식을 받아요. (예) 새 책, 아름다운 꽃.

셀 수 있는 명사는 복수 접미사와 결합하여 복수형을 만들 수도 있어요. (예) 사람들, 나무들, 새들……

쓰이는 범위에 따라 보통명사와 고유명사로 나누어집니다.

보통명사 : 지하철, 선생님, 사람, 책.

고유명사 : 동대문, 김철수, 영국, 삼국사기.

자립성의 유무에 따라 자립명사와 의존명사로 나누어집니다.

자립명사 : 동대문, 선생님, 사람, 꽃.

의존명사 : 분, 뿐, 것, 수, 데, 줄.

대명사(代名詞)

사람, 사물, 장소의 이름을 대신하는 단어예요. 형태가 고정되어 변하지 않습니다. 명사와 마찬가지로 조사와 결합하여 주어, 서술어, 목적어, 보어 등 여러 가지 문장 성분으로 쓰입니다.

관형사(매김씨)의 수식을 받을 수 없어요. 다만 용언의 관형사형의 수식은 가능해요.

- 아름다운 당신, 내가 보던 그것(○).

- 아무 이것(×).

대명사에는 인칭대명사와 지시대명사가 있죠.

cf) 대명사와 관형사의 판별

'이, 그, 저' 다음에 조사나 의존명사가 있으면 대명사, 없으면 관형사예요.

- 그리운 이는, 그가 온다(대명사), -- 이 책, 저 사람 (관형사)

이리, 그리, 저리는 대명사가 아니라 부사예요. 왜냐 하면 조사가 자유롭게 붙을 수 없기 때문입니다.

- 이리가(×), 그리를(×)

수사(數詞)

사물의 수량이나 순서를 가리키는 단어예요. 형태가 고정되어 변하지 않습니다.

명사와 마찬가지로 조사와 결합하여 주어, 서술어, 목적어, 보어 등 여러 가지 문장 성분으로 쓰입니다.

복수 접미사(-들, -네, -희)와 결합하지 않아요.

관형사나 용언의 관형사형의 수식을 받을 수 없죠.

- 새 하나(×), 큰 둘(×)

수사에는 양수사와 서수사가 있어요.

- 양수사 : 하나, 둘, 셋, 넷, 일, 이, 삼, 사, 오

- 서수사 : 첫째, 둘째, 셋째, 넷째, 제일, 제이, 제삼, 제사.

세 삽

조사(助詞)

체언 뒤에서 문장의 구실을 나타내거나 특정한 뜻을 더해 주는 단어입니다.

자립성이 없어서 앞말에 붙여 써요.(자립성 ⇒ 자기 혼자 쓰여도 완벽하게 뜻을 드러낼 수 있는 것)

주로 체언에 붙습니다.

활용하지 않으나, 서술격 조사 '이다'만은 활용한다는 점 잊지 마세요. 조사 중에서 아주 특이한 성격을 지닌 것이 바로 이거예요.

- 이다, 이고, 이니, 이어서, 이어라.

부사나 용언의 연결어미, 다른 조사와 결합할 수 있어요.

조사에는 격조사와 보조사, 접속조사가 있습니다.

격조사 : 체언에 붙어서 그 체언의 성분이 무엇인가를 결정하는

조사.

- 주격 조사 : 이 / 가, 께서, 에서(단체), 서(사람),

- 목적격조사 :을 /를 / ㄹ (여길 보아라)

- 보격 조사 : 이 / 가(고래는 물고기가 아니다)

- 서술격조사 : 이다.

- 관형격조사 : 의(순이의 옷)

- 부사격조사 : 에, 에서, 에게, 께, 한테, (으)로, (으)로써

- 호격 조사 : 아 / 야, (이)여, (이)시여,

보조사 : 체언의 어느 격으로 한정하지 않고 여러 문장 성분에 두루 쓰여 그 단어에 특별한 뜻을 더해 주는 조사입니다.

- 은/는 (주제, 대조) : 그는 영수다.

- 도 (역시) : 너도 반대냐?

- 만 (단독) : 너만 반대냐?

- 조차 (역시, 최종) : 너조차 떠나니?

- 부터 (시작, 먼저) : 너부터 떠나라.

- 까지 (도착) : 10시까지 오너라.

- (이)나 (선택) : 이걸 사면 휴대폰이나 떡을 사은품으로 준다.

- 마저 (종결) : 너마저 떠나는구나.

- 밖에 (더 없음) : 나를 위해주는 사람은 너밖에 없어.

접속조사 : 두 단어를 같은 자격으로 이어 주는 구실을 하는 조사입니다.

와/과, (이)며, (이)고, 랑, 에다 : (어머니가 떡과 과일이며 과자랑 주셨다)

cf) 조사 결합의 제약 : 대부분이 명사는 거의 모든 조사와 결합될

수 있으나, 의존 명사와 일부의 자립 명사는 격조사와 결합될 때 제한을 받는 일이 있다.

다음의 밑줄 친 보기들은 명사가 한정된 조사만을 취하는 예이다.

- 거기 간∨지가 벌써 5년이 되었다.

- 떠드는 바람에 정신을 차릴 수가 없었다.

- 그들은 불굴의 투지로 적군과 싸웠다.

동사(動詞)

사물의 움직임이나 자연적인 작용을 나타내는 단어예요.

오다, 뛰다, 가다, 먹다, 사랑하다, 생각하다, 피다, 닮다, 뜨다 등

자동사 : 동사의 움직임이나 작용이 그 주어에만 그쳐서 목적어가 필요 없는 동사

- 나는 오늘도 아침 일찍 일어났다.

타동사 : 동사의 움직임이나 작용이 다른 대상에 미쳐서 목적어가 필요한 동사

- 우리는 어머니께서 빨리 오시기를 기다렸다.

보조용언

용언 중에서 단독으로는 쓰일 수 없고 반드시 다른 용언에 기대어 그 말에 뜻을 더해 주는 용언이 있는데, 이를 보조 용언이라 합니다. 보조 용언에는 보조 동사, 보조 형용사가 있습니다.

- 아침을 든든히 먹어 두었다.

서술어의 자릿수

한 자리 서술어 : 대부분의 자동사와 형용사처럼 주어 하나만을 필수적으로 가지는 서술어.

- 아기가 운다.

두 자리 서술어 : 주어 외에 또 다른 한 성분을 필수적으로 요구하는 서술어

- 그는 나쁜 사람이 아니다.

세 자리 서술어 : 주어를 포함하여 세 성분을 필수적으로 요구하는 서술어

- 할아버지께서 우리들에게 세뱃돈을 주셨다.

형용사(形容詞)

사람이나 사물의 속성이나 상태를 나타냅니다.

예쁘다, 노랗다 ,빠르다, 좋다, 높다, 밝다, 이러하다, 저러하다, 그러하다 등

성상 형용사 : 성질이나 상태를 나타내는 형용사

- 과일은 대부분 맛이 달다.

지시 형용사 : 지시(指示)성을 지닌 형용사

- 내 생각에도 역시 그러하다.

동사와 형용사의 판별법

동사는 명령형이 가능하지만 형용사는 불가능해요.

- 먹어라(동사), 높아라(형용사)

현재형어미 '-는다', 'ㄴ다'가 붙으면 동사, 붙을 수 없으면 형용사예요.

- 먹는다(○ : 동사), 빠른다(× : 형용사)

보조용언

용언 중에서 단독으로는 쓰일 수 없고 반드시 다른 용언에 기대어

그 말에 뜻을 더해 주는 용언이 있는데, 이를 보조 용언이라 합니다. 보조 용언에는 보조 동사, 보조 형용사가 있습니다.

- 아침을 든든히 먹어 두었다.

관형사(冠形詞)

주로 체언 앞에 놓여서 그 체언을 어떠하다고 자세히 꾸며 줍니다. 형태가 고정되어 형태가 변하지 않아요. 조사가 붙지 못합니다. 대명사(대이름씨)와 잘 어울리지 못해요.

관형사에는 성상 관형사, 지시 관형사, 수관형사로 나눌 수 있어요.

- 성상관형사 : 사물이나 상태를 꾸며 주는 말

▶ 새, 헌, 첫, 옛, 헛, 윗, 뒷, 온, 한, 온갖……

- 지시관형사 : 지시성을 띠고 있는 관형사

▶ 이런, 저런, 그런, 무슨, 이, 그, 저, 요, 고, 딴, 아무 ……

- 수관형사 : 수량을 나타내는 관형사

▶ 한, 두, 세(석), 네(넉), 다섯, 여섯, 일, 이, 삼

부사(副詞)

주로 뒤에 오는 용언을 꾸며줌으로써 그 의미를 더욱 분명하게 해 주는 단어. 문장과 문장을 이어 주는 부사도 있어요. 이럴 경우에는 독립어 구실을 하죠. 문장에서는 부사어로만 쓰입니다. 조사와 함께 쓰이는 경우도 있어요.

형태가 고정되어 있어 활용하지 않습니다.(형태 변화가 없다)

부사는 성분부사와 문장부사, 파생부사로 나눌 수 있어요.

성분부사 : 주로 문장의 한 성분만을 꾸며 주는 부사.

성상(性狀) 부사 : '어떻게'의 방식으로 꾸며주는 부사. 상징부사 (의태부사, 의성 부사)를 포함한다.

▶ 너무, 자주, 매우, 몹시, 아주, 철썩철썩, 데굴데굴

지시 부사 : 방향, 거리, 시간, 처소 등을 지시하는 부사.

▶ 이리 오너라, 내일 만나자, 그리 말고

부정 부사 : 용언의 의미를 부정하는 부사.

▶ 못 간다, 안 보았다, 잘못 잡았다.

문장부사 : 문장 전체를 꾸며 주는 부사.

양태 부사 : 말하는 이의 마음이나 태도를 표시하는 부사로 문장 전체에 대한 판단을 내린다. 일반적으로 문장 첫머리에 옴.

▶ 설마 그럴 리가 있겠느냐? 과연, 다행히, 제발

접속 부사 : 앞뒤 문장을 이어 주면서 뒷말을 꾸며 주는 부사. '이 나 / 나, 과 / 와' 같은 접속 조사와 기능상 구별이 어렵다.

▶ 그리고, 즉, 및, 또는, 내지

파생 부사 : 부사가 아닌 것에 부사 파생 접미사를 붙여 만든 부사.

▶ 깨끗 + 이, 넉넉 + 히

감탄사(感歎詞)

말하는 이의 놀람, 느낌, 부름이나 대답 등을 나타냅니다. 조사가 붙지 않고, 활용할 수 없습니다. 형태가 고정되어 활용할 수 없어요. 형태 변화가 없다.

주로 문장 앞에 오지만, 어떤 때는 문장 중간이나 끝에도 올 수 있죠.

- 아이고, 네, 아이쿠 등

문장의 성분

[주성분]

1. 주어 : 문장의 주체가 되는 성분으로, 문장에서 '누가', '무엇이'에 해당하는 말.

- 꽃이 핀다.

철수가 노래를 부른다.

2. 서술어 : 주어의 동작, 작용, 상태 등을 설명하는 성분으로 문장에서 '어찌하다', '어떠하다', '무엇이다'에 해당하는 말

- 꽃이 핀다.

- 날씨가 따뜻하다.

- 이것이 꽃이다.

3. 목적어 : 서술어의 동작이나 대상이 되는 성분으로 문장에서 '무엇을'에 해당하는 말

철수가 노래를 부른다.

- 동생이 책을 읽는다.

4. 보어 : 불완전한 서술어를 보충해 주는 성분으로 문장에서 '되다', '아니다' 앞에 오는 '누가', '무엇이'에 해당하는 말

- 경수가 반장이 되었다. (되었다 앞에 오는 말)

- 그는 과학자가 아니다. (아니다 앞에 오는 말)

[부속 성분]

5. 관형어 : 체언을 꾸며서 그 의미를 한정해 주는 성분으로 문장에서 '어떠한', '무엇의'에 해당하는 말

- 새 구두가 예쁘다.

- 누나의 책을 빌렸다.

6. 부사어 : 주로 용언이나 다른 부사어를 꾸미는 성분으로 문장에서 '어떻게', '어찌'에 해당하는 말

- 꽃이 매우 예쁘다.

- 아기가 잘 논다.

학생들의 경우 관형어와 부사어를 많이 혼동하더군요. 이것을 구별하는 요령은 의심되는 낱말 다음의 말을 가지고 [어떤 ○○인가? 어떻게 ○○인가?]라고 질문해 보세요. 대답이 자연스럽게 나오는 쪽이 답이 됩니다. 즉, 어떤 ○○인가가 자연스러우면 관형어, 어떻게 ○○인가가 자연스러우면 부사어가 되지요.

관형어의 예 : 새 구두가 예쁘다.

- 어떤 구두인가? 새 구두이다. -> 자연스럽지요. 새는 관형어입니다.

- 어떻게 구두인가? 새 구두이다. -> 말이 안 됩니다. 새는 관형어가 아니지요.

부사어의 예 : 꽃이 매우 예쁘다.

- 어떤 예쁜가? 매우 예쁘다. -> 어색합니다. 매우가 관형어가 아니지요.

- 어떻게 예쁜가? 매우 예쁘다. -> 자연스럽지요? 매우가 부사어입니다.

[독립 성분]

7. 독립어 : 다른 성분과 관계없이 독립적으로 쓰이는 성분으로 문장에서 부르는 말, 대답하는 말, 느낌의 말에 해당하는 말

- 영희야, 창문을 닫아라. (부르는 말)
- 네, 알았어요. (대답하는 말)
- 어머나, 꽃이 예쁘네. (느낌의 말)

좀 어렵지요. 같은 문장이라도 문제에 따라 품사를 묻기도 하고, 문장 성분을 물을 수 있습니다. 그때마다 답이 달라지고요.

예를 들어서 [나는 아름다운 경희를 몹시 사랑하였다.]를 분석해 보겠습니다.

품사 : 나 / 는(대명사/조사) 아름다운(형용사) 경희 / 를(명사/조사) 몹시(부사) 사랑하였다(동사).

문장 성분 : 나는(주어) 아름다운(관형어) 경희를(목적어) 몹시(부사어) 사랑하였다(서술어).

한글맞춤법

1988년 1월 19일 문교부가 새로 개정 고시하여 1989년 3월 1일부터 시행하도록 한 우리 나라 현행 어문 규정이다. 주요 개정 내용으로 한자어에서는 사이시옷을 붙이지 않음을 원칙으로 하였고(다만 두 음절로 된 6개 한자어만 예외로 사이시옷을 붙이기로 함), '가정란 / 가정난' 등으로 혼용되어 쓰이던 것을 두음법칙 규정을 구체화하면서 '가정란'으로 적도록 하였다.

띄어쓰기 규정에서 보조 용언은 띄어 씀을 원칙으로 하되 붙여 씀도 허용하였고, 성과 이름은 붙여 쓰도록 하였다. 수의 표기에 있어서도 십진법에 따라 띄어 쓰던 것을 만 단위로 띄어 쓰도록 한 것 등이다.

제1장 총칙

제1항 한글맞춤법은 표준어를 소리대로 적되, 어법에 맞도록 함을 원칙으로 한다.

제2항 문장의 각 단어는 띄어 씀을 원칙으로 한다.

제3항 외래어는 '외래어 표기법'에 따라 적는다.

제2장 자모

제4항 한글 자모의 수는 스물넉 자로 하고, 그 순서와 이름은 다음과 같이 정한다.

ㄱ(기역) ㄴ(니은) ㄷ(디귿) ㄹ(리을) ㅁ(미음) ㅂ(비읍) ㅅ(시옷) ㅇ(이응) ㅈ(지읒) ㅊ(치읓) ㅋ(키읔) ㅌ(티읕) ㅍ(피읖) ㅎ(히읗) ㅏ(아) ㅑ(야) ㅓ(어) ㅕ(여) ㅗ(오) ㅛ(요) ㅜ(우) ㅠ(유) -(으) ㅣ(이)

[붙임 1] 위의 자모로써 적을 수 없는 소리는 두 개 이상의 자모를 어울러서 적되, 그 순서와 이름은 다음과 같이 정한다.

ㄲ(쌍기역) ㄸ(쌍디귿) ㅃ(쌍비읍) ㅆ(쌍시옷) ㅉ(쌍지읒) ㅐ(애) ㅒ(얘) ㅔ(에) ㅖ((예) ㅘ(와) ㅙ(왜) ㅚ(외) ㅝ(워) ㅞ(웨) ㅟ(위) ㅢ(의)

[붙임 2] 사전에 올릴 적의 자모 순서는 다음과 같이 정한다.

자음(닿소리) : ㄱ ㄲ ㄴ ㄷ ㄸ ㄹ ㅁ ㅂ ㅃ ㅅ ㅆ ㅇ ㅈ ㅉ ㅊ ㅋ ㅌ

ㅍ ㅎ

모음(홀소리) : ㅏ ㅐ ㅑ ㅒ ㅓ ㅔ ㅕ ㅖ ㅗ ㅘ ㅙ ㅚ ㅛ ㅜ ㅝ ㅞ ㅟ
ㅠ - ㅢ ㅣ

제3장 소리에 관한 것

제1절 된소리

제5항 한 단어 안에서 뚜렷한 까닭 없이 나는 된소리는 다음 음절
의 첫소리를 된소리로 적는다.

1. 두 모음 사이에서 나는 된소리
소쩍새 어깨 오빠 으뜸 아끼다 기쁘다 깨끗하다
어떠하다 해쓱하다 거꾸로 부썩 어찌 이따금

2. 'ㄴ, ㄹ, ㅁ, ㅇ' 받침 뒤에서 나는 된소리
산뜻하다 잔뜩 살짝 훨씬 담뿍 움찔 몽땅 엉뚱하다
다만 'ㄱ, ㅂ' 받침 뒤에서 나는 된소리는, 같은 음절이나 비슷한 음
절이 겹쳐 나는 경우가 아니면 된소리로 적지 아니한다.
국수 깍두기 딱지 색시 싹둑(~싹둑) 법석 갑자기 몹시

제2절 구개음화

제6항 'ㄷ, ㅌ' 받침 뒤에 종속적 관계를 가진 '-이(-)'나 '-히-'가 올

적에는 그 'ㄷ, ㅌ'이 'ㅈ, ㅊ'으로 소리 나더라도 'ㄷ, ㅌ'으로 적는다.
(ㄱ을 취하고, ㄴ을 버림.)

ㄱ	ㄴ	ㄱ	ㄴ
맏이	마지	핥이다	할치다
해돋이	해도지	걷히다	거치다
굳이	구지	닫히다	다치다
같이	가치	묻히다	무치다
끝이	끄치		

제3절 'ㄷ' 소리 받침

제7항 'ㄷ' 소리로 나는 받침 중에서 'ㄷ'으로 적을 근거가 없는 것은 'ㅅ'으로 적는다.

덧저고리 돗자리 엇셈 웃어른 핫옷 무릇 사뭇 얼핏 자칫하면 뭇
[衆] 옛 첫 헛

제4절 모음

제8항 '계, 례, 몌, 폐, 혜'의 'ㅖ'는 'ㅔ'로 소리 나는 경우가 있더라도 'ㅖ'로 적는다. (ㄱ을 취하고, ㄴ을 버림.)

ㄱ	ㄴ	ㄱ	ㄴ
계수(桂樹)	게수	혜택(惠澤)	헤택

사례(謝禮)	사례	계집	게집
연몌(連袂)	연메	핑계	핑게
폐품(廢品)	페품	계시다	게시다

세 삽

다만 다음 말은 본음대로 적는다.
　게송(偈頌)　게시판(揭示板)　휴게실(休憩室)

　제9항 '의'나 자음(닿소리)을 첫소리로 가지고 있는 음절의 'ㅢ'는 'ㅣ'로 소리 나는 경우가 있더라도 'ㅢ'로 적는다. (ㄱ을 취하고 ㄴ을 버림.)

ㄱ	ㄴ	ㄱ	ㄴ
의의(意義)	의이	큼	닝큼
본의(本義)	본이	띄어쓰기	띠어쓰기
무늬[紋]	무니	씌어	씨어
보늬	보니	틔어	티어
오늬	오니	희망(希望)	히망
하늬바람	하니바람	희다	히다
닁리리	닝리리	유희(遊戱)	유히

제5절 두음법칙

　제10항 한자음 '녀, 뇨, 뉴, 니'가 단어 첫머리에 올 적에는 두음 법칙에 따라 '여, 요, 유, 이'로 적는다. (ㄱ을 취하고 ㄴ을 버림.)

ㄱ	ㄴ	ㄱ	ㄴ
여자(女子)	여자	유대(紐帶)	뉴대
연세(年歲)	년세	이토(泥土)	니토
요소(尿素)	뇨소	익명(匿名)	닉명

다만 다음과 같은 의존 명사에서는 '냐, 녀' 음을 인정한다.
냥(兩) 냥쭝(兩-) 년(年)(몇 년)

[붙임 1] 단어의 첫머리 이외의 경우에는 본음대로 적는다.
남녀(男女) 당뇨(糖尿) 결뉴(結紐) 은닉(隱匿)

[붙임 2] 접두사처럼 쓰이는 한자가 붙어서 된 말이나 합성어에서,
뒷말의 첫소리가 'ㄴ' 소리로 나더라도 두음 법칙에 따라 적는다.
신여성(新女性) 공염불(空念佛) 남존여비(男尊女卑)

[붙임 3] 둘 이상의 단어로 이루어진 고유명사를 붙여 쓰는 경우에
도 붙임2에 준하여 적는다.
한국여자대학 대한요소비료회사

제11항 한자음 '랴, 려, 례, 료, 류, 리'가 단어의 첫머리에 올 적에
는 두음법칙에 따라 '야, 여, 예, 요, 유, 이'로 적는다. (ㄱ을 취하고
ㄴ을 버림.)

ㄱ	ㄴ	ㄱ	ㄴ
양심(良心)	량심	용궁(龍宮)	룡궁
역사(歷史)	력사	유행(流行)	류행
예의(禮儀)	례의	이발(理髮)	리발

세 삽

다만 다음과 같은 의존 명사는 본음대로 적는다.

리(里) : 몇 리냐?

리(理) : 그럴 리가 없다.

[붙임 1] 단어의 첫머리 이외의 경우에는 본음대로 적는다.

개량(改良) 선량(善良) 수력(水力) 협력(協力) 사례(謝禮) 혼례(婚禮)

와룡(臥龍) 쌍룡(雙龍) 하류(下流) 급류(急流) 도리(道理) 진리(眞理)

다만 모음이나 'ㄴ' 받침 뒤에 이어지는 '렬', '률'은 '열', '율'로 적는다. (ㄱ을 취하고 ㄴ을 버림.)

ㄱ	ㄴ	ㄱ	ㄴ
나열(羅列)	나렬	분열(分裂)	분렬
치열(齒列)	치렬	선열(先烈)	선렬
비열(卑劣)	비렬	진열(陳列)	진렬
규율(規律)	규률	선율(旋律)	선률
비율(比率)	비률	전율(戰慄)	전률
실패율(失敗率)	실패률	백분율(百分率)	백분률

[붙임 2] 외자로 된 이름을 성에 붙여 쓸 경우에도 본음대로 적을 수 있다.

  신립(申砬) 최린(崔麟) 채륜(蔡倫) 하륜(河崙)

[붙임 3] 준말에서 본음으로 소리 나는 것은 본음대로 적는다.

  국련(국제연합) 대한교련(대한교육연합회)

[붙임 4] 접두사처럼 쓰인 한자가 붙어서 된 말이나 합성어에서 뒷말의 첫소리가 'ㄴ' 또는 'ㄹ' 소리가 나더라도 두음 법칙에 따라 적는다.

  역이용(逆利用) 연이율(年利率) 열역학(熱力學) 해외여행(海外旅行)

[붙임 5] 둘 이상의 단어로 이루어진 고유명사를 붙여 쓰는 경우나 십진법에 따라 쓰는 수(數)도 붙임 4에 준하여 적는다.

  서울여관 신흥이발관 육천육백육십육(六千六百六十六)

제12항 한자음 '라, 래, 로, 뢰, 루, 르'가 단어의 첫머리에 올 적에는 두음법칙에 따라 '나, 내, 노, 뇌, 누, 느'로 적는다. (ㄱ을 취하고 ㄴ을 버림.)

ㄱ	ㄴ	ㄱ	ㄴ
낙원(樂園)	락원	내일(來日)	래일
노인(老人)	로인	뇌성(雷聲)	뢰성
누각(樓閣)	루각	능묘(陵墓)	릉묘

[붙임 1] 단어의 첫머리 이외의 경우는 본음대로 적는다.

쾌락(快樂) 극락(極樂) 거래(去來) 왕래(往來) 부로(父老) 연로
(年老)

지뢰(地雷) 낙뢰(落雷) 고루(高樓) 광한루(廣寒樓) 동구릉(東九
陵) 가정란(家庭欄)

세 삽

[붙임 2] 접두사처럼 쓰이는 한자가 붙어서 된 단어는 뒷말을 두음
법칙에 따라 적는다.

내내월(來來月) 상노인(上老人) 중노동(重勞動) 비논리적(非論
理的)

제6절 겹쳐 나는 소리

제13항 한 단어 안에서 같은 음절이나 비슷한 음절이 겹쳐 나는 부
분은 같은 글자로 적는다. (ㄱ을 취하고 ㄴ을 버림.)

ㄱ	ㄴ	ㄱ	ㄴ
딱딱	딱닥	꼿꼿하다	꼿곳하다
쌕쌕	쌕색	놀놀하다	놀롤하다
씩씩	씩식	눅눅하다	눅눅하다
똑딱똑딱	똑딱똑딱	밋밋하다	밋밋하다
쓱싹쓱싹	쓱싹쓱싹	싹싹하다	싹싹하다
연연불망(戀戀不忘)	연련불망	쌉쌀하다	쌉쌀하다
유유상종(類類相從)	유류상종	씁쓸하다	씁쓸하다

누누이(屢屢-)　　　누루이　　　짭짤하다　　　짭잘하다

제4장 형태에 관한 것

제1절 체언과 조사

제14항 체언은 조사와 구별하여 적는다.

떡이 떡을 떡에 떡도 떡만
손이 손을 손에 손도 손만
팔이 팔을 팔에 팔도 팔만
밤이 밤을 밤에 밤도 밤만
집이 집을 집에 집도 집만
옷이 옷을 옷에 옷도 옷만
콩이 콩을 콩에 콩도 콩만
낮이 낮을 낮에 낮도 낮만
꽃이 꽃을 꽃에 꽃도 꽃만
밭이 밭을 밭에 밭도 밭만
앞이 앞을 앞에 앞도 앞만
밖이 밖을 밖에 밖도 밖만
넋이 넋을 넋에 넋도 넋만
흙이 흙을 흙에 흙도 흙만
삶이 삶을 삶에 삶도 삶만
여덟이 여덟을 여덟에 여덟도 여덟만

곬이 곬을 곬에 곬도 곬만
값이 값을 값에 값도 값만

세 삽

제2절 어간과 어미

제15항 용언의 어간과 어미는 구별하여 적는다.

먹다 먹고 먹어 먹으니
신다 신고 신어 신으니
믿다 믿고 믿어 믿으니
울다 울고 울어 (우니)
넘다 넘고 넘어 넘으니
입다 입고 입어 입으니
웃다 웃고 웃어 웃으니
찾다 찾고 찾아 찾으니
좇다 좇고 좇아 좇으니
같다 같고 같아 같으니
높다 높고 높아 높으니
좋다 좋고 좋아 좋으니
깎다 깎고 깎아 깎으니
앉다 앉고 앉아 앉으니
많다 많고 많아 많으니
늙다 늙고 늙어 늙으니
젊다 젊고 젊어 젊으니

넓다 넓고 넓어 넓으니
훑다 훑고 훑어 훑으니
읊다 읊고 읊어 읊으니
옳다 옳고 옳아 옳으니
없다 없고 없어 없으니
있다 있고 있어 있으니

[붙임 1] 두 개의 용언이 어울려 한 개의 용언이 될 적에, 앞말의 본뜻이 유지되고 있는 것은 그 원형을 밝히어 적고, 그 본뜻에서 멀어진 것은 밝히어 적지 아니한다.

(1) 앞말의 본뜻이 유지되고 있는 것
넘어지다 늘어나다 늘어지다 돌아가다 되짚어가다 들어가다 떨어지다 벌어지다 엎어지다 접어들다 틀어지다 흩어지다

(2) 본뜻에서 멀어진 것
드러나다 사라지다 쓰러지다

[붙임 2] 종결형에서 사용되는 어미 '-오'는 '요'로 소리 나는 경우가 있더라도 그 원형을 밝혀 '오'로 적는다. (ㄱ을 취하고 ㄴ을 버림.)

ㄱ	ㄴ
이것은 책이오.	이것은 책이요.
이리로 오시오.	이리로 오시요.
이것은 책이 아니오.	이것은 책이 아니요.

[붙임 3] 연결형에서 사용되는 '이요'는 '이오'로 적는다. (ㄱ을 취하고 ㄴ을 버림.)

ㄱ	ㄴ
이것은 책이요, 저것은 붓이요, 또 저것은 먹이다.	이것은 책이오, 저것은 붓이오, 또 저것은 먹이다.

세 삽

제16항 어간의 끝음절 모음이 'ㅏ, ㅗ'일 때에는 어미를 '-아'로 적고, 그 밖의 모음일 때에는 '-어'로 적는다.

1. '-아'로 적는 경우
나아 나아도 나아서
막아 막아도 막아서
얇아 얇아도 얇아서
돌아 돌아도 돌아서
보아 보아도 보아서

2. '-어'로 적는 경우
개어 개어도 개어서
겪어 겪어도 겪어서
되어 되어도 되어서
베어 베어도 베어서
쉬어 쉬어도 쉬어서
저어 저어도 저어서
주어 주어도 주어서

피어 피어도 피어서
희어 희어도 희어서

제17항 어미 뒤에 덧붙는 조사 '-요'는 '-요'로 적는다.
읽어 읽어요
참으리 참으리요
좋지 좋지요

제18항 다음과 같은 용언들은 어미가 바뀔 경우, 그 어간이나 어미가 원칙에 벗어나면 벗어나는 대로 적는다.

1. 어간의 ㄱ 'ㄹ'이 줄어질 적
갈다 : 가니 간 갑니다 가시다 가오
놀다 : 노니 논 놉니다 노시다 노오
불다 : 부니 분 붑니다 부시다 부오
둥글다 : 둥그니 둥근 둥급니다 둥그시다 둥그오
어질다 : 어지니 어진 어집니다 어지시다 어지오

[붙임] 다음과 같은 말에서도 'ㄹ'이 준 대로 적는다.
마지못하다 마지않다 (하)다마다 (하)자마자

2. 어간의 끝 'ㅅ'이 줄어질 적
긋다 : 그어 그으니 그었다
낫다 : 나아 나으니 나았다

잇다 : 이어 이으니 이었다

짓다 : 지어 지으니 지었다.

(하)지 마라 (하)지 마(아)

3. 어간의 끝 'ㅎ'이 줄어질 적

그렇다 : 그러니 그럴 그러면 그럽니다 그러오

까맣다 : 까맣다 까말 까마면 까맙니다 까마오

동그랗다 : 동그랄 동그라면 동그랍니다 동그랍니다 동그라오

퍼렇다 : 퍼러니 퍼럴 퍼러면 퍼럽니다 퍼러오

하얗다 : 하야니 하얄 하야면 하얍니다 하야오

4. 어간의 끝 'ㅜ, -'가 줄어질 적

푸다 : 퍼 펐다

끄다 : 꺼 껐다

담그다 : 담가 담갔다

따르다 : 따라 따랐다

뜨다 : 떠 떴다

크다 : 커 컸다

고프다 : 고파 고팠다

바쁘다 : 바빠 바빴다

5. 어간의 끝 'ㄷ'이 'ㄹ'로 바뀔 적

걷다[步] : 걸어 걸으니 걸었다

듣다[聽] : 들어 들으니 들었다

묻다[問] : 물어 물으니 물었다

싣다[載] : 실어 실으니 실었다

6. 어간의 끝 'ㅂ'이 'ㅜ'로 바뀔 적

깁다 : 기워 기우니 기웠다

굽다[炙] : 구워 구우니 구웠다

괴롭다 : 괴로워 괴로우니 괴로웠다

맵다 : 매워 매우니 매웠다

무겁다 : 무거워 무거우니 무거웠다

밉다 : 미워 미우니 미웠다

쉽다 : 쉬워 쉬우니 쉬웠다

다만 '돕-, 곱-'과 같은 단음절 어간에 어미 '-아'가 결합되어 '와'로 소리 나는 것은 '-와'로 적는다.

돕다[助] : 도와 도와서 도와도 도왔다

곱다[麗] : 고와 고와서 고와도 고왔다

7. '하다'의 어미 활용에서 어미 '-아'가 '-여'로 바뀔 적

하다 : 하여 하여서 하여도 하여라 하였다

8. 어간의 끝음절 '르' 뒤에 오는 어미 '-어'가 '-러'로 바뀔 적

이르다[至] : 이르러 이르렀다

노르다 : 노르러 노르렀다

누르다 : 누르러 누르렀다

푸르다 : 푸르러 푸르렀다

9. 어간의 끝음절 '르'의 'ㅡ'가 줄고, 그 위에 오는 어미 '-아 / -어'가
'-라 / -러'로 바뀔 적

세 삽

  가르다 : 갈라 갈랐다
  거르다 : 걸러 걸렀다
  구르다 : 굴러 굴렀다
  벼르다 : 별러 별렀다
  부르다 : 불러 불렀다
  오르다 : 올라 올랐다
  이르다 : 일러 일렀다
  지르다 : 질러 질렀다

제3절 접미사(끝가지)가 붙어서 된 말

제19항 어간에 '-이'나 '-음 / -ㅁ'이 붙어서 명사로 된 것과 '-이'나 '-히'가 붙어서 부사로 된 것은 그 어간의 원형을 밝히어 적는다.

  1. '-이'가 붙어서 명사로 된 것
  길이 깊이 높이 다듬이 땀받이 달맞이 먹이 미닫이 벌이 벼훑이 살림살이 쇠붙이

  2. '-음 / -ㅁ'이 붙어서 명사로 된 것
  걸음 묶음 믿음 얼음 엮음 울음 웃음 졸음 죽음 앎 만듦

  3. '-이'가 붙어서 부사로 된 것

갈이 굳이 길이 높이 많이 실없이 좋이 짓궂이

4. '-히'가 붙어서 부사로 된 것
밝히 익히 작히
다만 어간에 '-이'나 '-음'이 붙어서 명사로 바뀐 것이라도 그 어간의 뜻과 멀어진 것은 그 원형을 밝히어 적지 아니한다.
굽도리 다리[髢] 목거리(목병) 무녀리 코끼리 거름[비료] 고름[膿] 노름(도박)

[붙임] 어간에 '-이'나 '음' 이외의 모음으로 시작된 접미사(끝가지)가 붙어서 다른 품사로 바뀐 것은 그 어간의 원형을 밝히어 적지 아니한다.
(1) 명사로 바뀐 것
귀머거리 까마귀 너머 뜨더귀 마감 마개 마중 무덤 비렁뱅이 쓰레기 올가미 주검
(2) 부사로 바뀐 것
거뭇거뭇 너무 도로 뜨덤뜨덤 바투 불긋불긋 비로소 오긋오긋 자주 차마
(3) 조사로 바뀌어 뜻이 달라진 것
나마 부터 조차

제20항 명사 뒤에 '-이'가 붙어서 된 말은 그 명사의 원형을 밝히어 적는다.
1. 부사로 된 것

곳곳이 낱낱이 몫몫이 샅샅이 앞앞이 집집이

2. 명사로 된 것

곰배팔이 바둑이 삼발이 애꾸눈이 육손이 절뚝발이 / 절름발이

세 삽

[붙임] '-이' 이외의 모음으로 시작된 접미사가 붙어서 된 말은 그 명사의 원형을 밝히어 적지 아니한다.

꼬락서니 끄트머리 모가치 바가지 바깥 사타구니 싸라기 이파리 지붕 지푸라기 짜개

제21항 명사나 혹은 용언의 어간 뒤에 자음(닿소리)으로 시작된 접미사가 붙어서 된 말은 그 명사나 어간의 원형을 밝히어 적는다.

1. 명사 뒤에 자음으로 시작된 접미사(끝가지)가 붙어서 된 것

값지다 홑어지다 넋두리 빛깔 옆댕이 잎사귀

2. 어간 뒤에 자음으로 시작된 접미사가 붙어서 된 것

낚시 늙정이 덮개 뜨개질 갉작갉작하다 갉작거리다 뜯적거리다 뜯적뜯적하다 굵다랗다 굵직하다 깊숙하다 넓적하다 높다랗다 늙수 그레하다 얽죽얽죽하다

다만 다음과 같은 말은 소리대로 적는다.

(1) 겹받침의 끝소리가 드러나지 아니하는 것

할짝거리다 널따랗다 널찍하다 말끔하다 말쑥하다 말짱하다 실쭉 하다 실큼하다 얄따랗다 얄팍하다 짤따랗다 짤막하다 실컷

(2) 어원이 분명하지 아니하거나 본뜻에서 멀어진 것

넙치 올무 골막하다 납작하다

제22항 용언의 어간에 다음과 같은 접미사(끝가지)들이 붙어서

이루어진 말들은 그 어간을 밝히 어 적는다.

1. '-기-, -리-, -이-, -히-, -구-, -우-, -추-, -으키-, -이키-, -애-'가 붙는 것 맡기다 옮기다 웃기다 쫓기다 뚫리다 울리다 낚이다 쌓이다 핥이다 굳히다 굽히다 넓히다 앉히다 얽히다 잡히다 돋구다 솟구다 돋우다 갖추다 곧추다 맞추다 일으키다 돌이키다 없애다 다만, '-이-, -히-, -우-'가 붙어서 된 말이라도 본뜻에서 멀어진 것은 소리대로 적는다. 도리다(칼로 ~) 드리다(용돈을 ~) 고치다 바치다(세금을 ~) 부치다(편지를 ~) 거두다 미루닿 이루다

2. '-치-, -뜨리-, -트리-'가 붙는 것

놓치다 덮치다 떠받치다 받치다 밭치다 부딪치다 뻗치다 엎치다 부딪뜨리다/부딪트리다 쏟뜨리다/쏟트리다 젖뜨리다/젖트리다 찢뜨리다/찢트리다 흩뜨리다/흩트리다

[붙임] '-업-, -읍-, -브-'가 붙어서 된 말은 소리대로 적는다.
미덥다 우습다 미쁘다

제23항 '-하다'나 '-거리다'가 붙는 어근에 '-이'가 붙어서 명사가 된 것은 그 원형을 밝 히어 적는다. (ㄱ을 취하고 ㄴ을 버림.)

ㄱ	ㄴ	ㄱ	ㄴ
깔쭉이	깔쭈기	꿀꿀이	꿀구리
눈깜짝이	눈깜짜기	더펄이	더퍼리
배불뚝이	배불뚜기	삐죽이	삐주기
살살이	살사리	쌕쌕이	쌕쌔기

오뚝이	오뚜기	코납작이	코납자기
푸석이	푸서기	홀쭉이	홀쭉이

세 삽

[붙임] '-하다'나 '-거리다'가 붙을 수 없는 어근에 '-이'나 또는 다른 모음으로 시작 되는 접미사(끝가지)가 붙어서 명사가 된 것은 그 원형을 밝히어 적지 아니한다.

개구리 귀뚜라미 기러기 깍두기 꽹과리 날라리 누더기 동그라미 두드러기 딱따구리 매미 부스러기 뻐꾸기 얼루기 칼싹두기

제24항 '-거리다'가 붙을 수 있는 시늉말 어근에 '-이다'가 붙어서 된 용언은 그 어근을 밝히어 적는다. (ㄱ을 취하고 ㄴ을 버림.)

ㄱ	ㄴ	ㄱ	ㄴ
깜짝이다	깜짜기다	꾸벅이다	꾸버기다
끄덕이다	끄더기다	뒤척이다	뒤처기다
들먹이다	들머기다	망설이다	망서리다
번득이다	번드기다	번쩍이다	번쩌기다
속삭이다	속사기다	숙덕이다	숙더기다
울먹이다	울머기다	움직이다	움지기다
지껄이다	지꺼리다	퍼덕이다	퍼더기다
허덕이다	허더기다	헐떡이다	헐떠기다

제25항 '-하다'가 붙는 어근에 '-히'나 '-이'가 붙어서 부사가 되거나, 부사에 '-이'가 붙어서 뜻을 더하는 경우에는 그 어근이나 부사의 원형을 밝히어 적는다.

1. '-하다'가 붙는 어근에 '-히'나 '-이'가 붙는 경우
급히 꾸준히 도저히 딱히 어렴풋이 깨끗이

[붙임] '-하다'가 붙지 않는 경우에는 반드시 소리대로 적는다.
갑자기 반드시(꼭) 슬며시

2 부사에 '-이'가 붙어서 역시 부사가 되는 경우
곰곰이 더욱 생긋이 오뚝이 일찍이 해죽이

제26항 '-하다'나 '-없다'가 붙어서 된 용언은 그 '-하다'나 '없다'를
밝히어 적는다.
1. '-하다'가 붙어서 용언이 된 것
딱하다 숱하다 착하다 텁텁하다 푹하다
2. '-없다'가 붙어서 용언이 된 것
부질없다 상없다 시름없다 열없다 하염없다

제4절 합성어 및 접두사가 붙는 말

제27항 둘 이상의 단어가 어울리거나 접두사가 붙어서 이루어진
말은 각각 그 원형을 밝히어 적는다.
국말이 꺾꽂이 꽃잎 끝장 물난리 밑천 부엌일 싫증 옷안 웃옷 젖몸
살 첫아들 칼날 팥알 헛웃음 홀아비 홀맘 흙내 값없다 겉늙다 굶주
리다 낮잡다 맞먹다 받내다 벋놓다 빗나가다 빛나다 새파랗다 샛노
랗다 시꺼멓다 싯누렇다 엇나가다 엎누르다 엿듣다 옻오르다 짓이

기다 헛되다

[붙임 1] 어원은 분명하나 소리만 특이하게 변한 것은 변한 대로 적
는다.

할아버지 할아범

세 삽

[붙임 2] 어원이 분명하지 아니한 것은 원형을 밝히어 적지 아니한다.
골병 골탕 끌탕 며칠 아재비 오라비 업신여기다 부리나케

[붙임 3] '이[齒, 虱]'가 합성어나 이에 준하는 말에서 '니' 또는 '리'로
소리 날 때 에는 '니'로 적는다.

간니 덧니 사랑니 송곳니 앞니 어금니 윗니 젖니 톱니 틀니 가랑니
머릿니

제28항 끝소리가 'ㄹ'인 말과 딴 말이 어울릴 적에 'ㄹ' 소리가 나지
아니하는 것은 아니 나는 대로 적는다.

다달이(달-달-이) 따님(딸-님) 마되(말-되) 마소(말-소) 무자위(물-
자위) 바느질(바늘-질) 부나비(불-나비) 부삽(불-삽) 부손(불-손) 소
나무(솔-나무) 싸전(쌀-전) 여닫이(열-닫이) 우짖다(울-짖다) 화살
(활-살)

제29항 끝소리가 'ㄹ'인 말과 딴 말이 어울릴 적에 'ㄹ' 소리가 'ㄷ'
소리로 나는 것 은 'ㄷ'으로 적는다.

반짇고리(바느질~) 사흗날(사흘~) 삼짇날(삼질~) 섣달(설~)
숟가락(술~) 이튿날(이틀~) 잔주름(잘~) 푿소(풀~) 섣부르다(설

~) 잗다듬다(잘~) 잗다랗다(잘~)

제30항 사이시옷은 다음과 같은 경우에 받치어 적는다.

1. 순 우리말로 된 합성어로서 앞말이 모음으로 끝난 경우

(1) 뒷말의 첫소리가 된소리로 나는 것

고랫재 귓밥 나룻배 나뭇가지 냇가 댓가지 뒷갈망 맷돌 머릿기름 모깃불 못자리 바닷가 뱃길 볏가리 부싯돌 선짓국 쇳조각 아랫집 우렁잇속 잇자국 잿더미 조갯살 찻집 쳇바퀴 킷값 핏대 햇볕 헛바늘

(2) 뒷말의 첫소리 'ㄴ, ㅁ' 앞에서 'ㄴ' 소리가 덧나는 것

멧나물 아랫니 텃마당 아랫마을 뒷머리 잇몸 깻묵 냇물 빗물

(3) 뒷말의 첫소리 모음 앞에서 'ㄴㄴ' 소리가 덧나는 것

도래깻열 뒷윷 두렛일 뒷일 뒷입맛 베갯잇 욧잇 깻잎 나뭇잎 댓잎

2. 순우리말과 한자어로 된 합성어로서 앞말이 모음으로 끝난 경우

(1) 뒷말의 첫소리가 된소리로 나는 것

귓병 머릿방 뱃병 봇둑 사잣밥 샛강 아랫방 자릿세 전셋집 찻잔 찻종 촛국 콧병 탯줄 텃세 핏기 햇수 횟가루 횟배

(2) 뒷말의 첫소리 'ㄴ, ㅁ' 앞에서 'ㄴ' 소리가 덧나는 것

곗날 제삿날 훗날 툇마루 양칫물

(3) 뒷말의 첫소리 모음 앞에서 'ㄴㄴ' 소리가 덧나는 것

가욋일 사삿일 예삿일 훗일

3. 두 음절로 된 다음 한자어

곳간(庫間) 셋방(貰房) 숫자(數字) 찻간(車間) 툇간(退間) 횟수(回數)

제31항 두 말이 어울릴 적에 'ㅂ' 소리나 'ㅎ' 소리가 덧나는 것은 소리대로 적는다.

1. 'ㅂ' 소리가 덧나는 것
댑싸리(대ㅂ싸리) 멥쌀(메ㅂ쌀) 볍씨(벼ㅂ씨) 입때(이ㅂ때) 입쌀(이ㅂ쌀) 접때(저ㅂ때) 좁쌀(조ㅂ쌀) 햅쌀(해ㅂ쌀)

2. 'ㅎ' 소리가 덧나는 것
머리카락(머리ㅎ가락) 살코기(살ㅎ고기) 수캐(수ㅎ개) 수컷(수ㅎ것) 수탉(수ㅎ닭) 안팎(안ㅎ밖) 암캐(암ㅎ개) 암컷(암ㅎ것) 암탉(암ㅎ닭)

제5절 준말

제32항 단어의 끝모음이 줄어지고 자음(닿소리)만 남은 것은 그 앞의 음절에 받침으로 적는다.
(본말) / (준말)
기러기야 / 기럭아
어제그저께 / 엊그저께
어제저녁 / 엊저녁
온가지 / 온갖
가지고, 가지지 / 갖고, 갖지
디디고, 디디지 / 딛고, 딛지

제33항 체언과 조사가 어울려 줄어지는 경우에는 준 대로 적는다.

(본말) / (준말)

그것은 / 그건

그것이 / 그게

그것으로 / 그걸로

나는 / 난

나를 / 날

너는 / 넌

너를 / 널

무엇을 무얼 / 뭘

무엇이 뭣이 / 무에

제34항 모음 'ㅏ, ㅓ'로 끝난 어간에 '-아/-어, -았-/-었-'이 어울릴 적에는 준 대로 적는다.

(본말) / (준말) (본말) / (준말)

가아 가   가았다 갔다

나아 나   나았다 났다

타아 타   타았다 탔다

서어 서   서었다 섰다

켜어 켜   켜었다 켰다

펴어 펴   펴었다 폈다

[붙임 1] 'ㅐ, ㅔ' 뒤에 '-어, -었-'이 어울려 줄 적에는 준 대로 적는다.

(본말) / (준말) (본말) / (준말)

개어   개   개었다 갰다

내어　내　내었다 냈다
베어　베　베었다 벴다
세어　세　세었다 셌다

[붙임 2] '하여'가 한 음절로 줄어서 '해'로 될 적에는 준 대로 적는다.

(본말) / (준말) (본말) / (준말)

하여　해　하였다　했다

더하여 더해　더하였다 더했다

흔하여 흔해　흔하였다 흔했다

제35항 모음 'ㅗ, ㅜ'로 끝난 어간에 '-아/-어, -았-/-었-'이 어울려 'ㅘ/ㅝ, ㅘ/ㅝ'으로 될 때에는 준 대로 적는다.

(본말) / (준말) (본말) / (준말)

꼬아　꽈　꼬았다 꽜다

보아　봐　보았다 봤다

쏘아　쏴　쏘았다 쐈다

두어　둬　두었다 뒀다

쑤어　쒀　쑤었다 쒔다

주어　줘　주었다 줬다

[붙임 1] '놓아'가 '놔'로 줄 적에는 준 대로 적는다.

[붙임 2] 'ㅚ' 뒤에 '-어, -었-'이 어울려 'ㅙ, ㅙ'으로 될 적에도 준 대로 적는다.

(본말) / (준말) (본말) / (준말)

괴어   괘   괴었다 괬다
되어   돼   되었다 됐다
뵈어   봬   뵈었다 뵀다
쇠어   쇄   쇠었다 쇘다
쐬어   쐐   쐬었다 쐤다

제36항 'ㅣ' 뒤에 '-어'가 와서 'ㅕ'로 줄 적에는 준 대로 적는다.
(본말) / (준말) (본말) / (준말)
가지어 가져 가지었다 가졌다
견디어 견뎌 견디었다 견뎠다
다니어 다녀 다니었다 다녔다
막히어 막혀 막히었다 막혔다
버티어 버텨 버티었다 버텼다
치이어 치여 치이었다 치였다

제37항 'ㅏ, ㅕ, ㅗ, ㅜ, ㅡ'로 끝난 어간에 '-이-'가 와서 각각 'ㅐ, ㅖ, ㅚ, ㅟ, ㅢ'로 줄 적에는 준 대로 적는다.
(본말) / (준말)
싸이다 쌔다
펴이다 폐다
보이다 뵈다
누이다 뉘다
뜨이다 띄다
쓰이다 씌다

제38항 'ㅏ, ㅗ, ㅜ, ㅡ' 뒤에 '-이어'가 어울려 줄어질 적에는 준 대로 적는다.

(본말) / (준말)

싸이어　쌔여 싸여

보이어　뵈어 보여

쏘이어　쐬어 쏘여

누이어　뉘어 누여

뜨이어　띄어

쓰이어　씌어 쓰여

트이어　틔어 트여

세 삽

제39항 어미 '-지' 뒤에 '않-'이 어울려 '-잖-'이 될 적과 '-하지' 뒤에 '않-'이 어울려 '찮-'이 될 적에는 준 대로 적는다.

(본말) / (준말)

그렇지 않은　　　그렇잖은

적지 않은　　　　적잖은

만만하지 않다　　만만찮다

변변하지 않다　　변변찮다

제40항 어간의 끝음절 '하'의 'ㅏ'가 줄고 'ㅎ'이 다음 음절의 첫소리와 어울려 거센소리로 될 적에는 거센소리로 적는다.

(본말) / (준말)

간편하게　　간편케

연구하도록　연구토록

가하다   가타
다정하다   다정타
정결하다   정결타
흔하다   흔타

[붙임 1] 'ㅎ'이 어간의 끝소리로 굳어진 것은 받침으로 적는다.
    않다 않고 않지 않든지 그렇다 그렇고 그렇지 그렇든지 아무렇다
아무렇고 아무렇지 아무렇든지 어떻다 어떻고 어떻지 어떻든지 이
렇다 이렇고 이렇지 저렇다 저렇고 저렇지 저렇든지

[붙임 2] 어간의 끝음절 '하'가 아주 줄 적에는 준 대로 적는다.
(본말) / (준말)

(본말)	(준말)
거북하지	거북지
생각하건대	생각건대
생각하다 못해	생각다 못해
깨끗하지 않다	깨끗지 않다
넉넉하지 않다	넉넉지 않다
못하지 않다	못지않다
섭섭하지 않다	섭섭지 않다
익숙하지 않다	익숙지 않다

[붙임 3] 다음과 같은 부사는 소리대로 적는다.
    결단코 결코 기필코 무심코 하여튼 요컨대 정녕코 필연코 하마터
면 하여튼 한사코

제5장 띄어쓰기

제1절 조사

제41항 조사는 그 앞말에 붙여 쓴다.

꽃이 꽃마저 꽃밖에 꽃에서부터 꽃으로만 꽃이나마 꽃이다 꽃입니다 꽃처럼 어디까지나 거기도 멀리는 웃고만

제2절 의존명사, 단위를 나타내는 명사 및 열거하는 말 등

제42항 의존명사는 띄어 쓴다.

아는 것이 힘이다. 나도 할 수 있다. 먹을 만큼 먹어라.

아는 이를 만났다. 네가 뜻한 바를 알겠다. 그가 떠난 지가 오래다.

제43항 단위를 나타내는 명사는 띄어 쓴다.

한 개, 차 한 대, 금 석 돈, 소 한 마리, 옷 한 벌, 열 살, 조기 한 손, 연필 한 자루, 버선 한 죽, 집 한 채, 신 두 켤레, 북어 한 쾌

다만 순서를 나타내는 경우나 숫자와 어울리어 쓰이는 경우에는 붙여 쓸 수 있다.

두시, 삼십분, 오초, 제일과, 삼학년, 육층, 1446년 10월 9일, 2대대, 16동 502호, 제1실습실, 80원, 10개

제44항 수를 적을 적에는 '만(萬)' 단위로 띄어 쓴다.

십이억 삼천사백오십육만 칠천팔백구십팔

12억 3456만 7898

제45항 두 말을 이어 주거나 열거할 적에 쓰이는 다음의 말들은 띄어 쓴다.

국장 겸 과장

열 내지 스물

청군 대 백군

책상, 걸상 등이 있다.

이사장 및 이사들

사과, 배, 귤 등등

사과, 배 등속

부산, 광주 등지

제46항 단음절로 된 단어가 연이어 나타날 적에는 붙여 쓸 수 있다.

그때 그곳 좀더 큰 것 이말 저말 한잎 두잎

제3절 보조 용언

제47항 보조 용언은 띄어 씀을 원칙으로 하되, 경우에 따라 붙여 씀도 허용한다. (ㄱ을 원칙으로 하고, ㄴ을 허용함.)

ㄱ	ㄴ
불이 꺼져 간다.	불이 꺼져간다.
내 힘으로 막아 낸다.	내 힘으로 막아낸다.
어머니를 도와 드린다.	어머니를 도와드린다.

그릇을 깨뜨려 버렸다.	그릇을 깨뜨려버렸다.
비가 올 듯하다.	비가 올듯하다.
그 일은 할 만하다.	그 일은 할만하다.
일이 될 법하다.	일이 될법하다.
비가 올 성싶다.	비가 올성싶다.
잘 아는 척한다.	잘 아는척한다.

다만 앞말에 조사가 붙거나 앞말이 합성 동사인 경우, 그리고 중간에 조사가 들어갈 적에는 그 뒤에 오는 보조 용언은 띄어 쓴다.

잘도 놀아만 나는구나! 책을 읽어도 보고…… 네가 덤벼들어 보아라. 강물에 떠내려가 버렸다. 그가 올 듯도 하다. 잘난 체를 한다.

제4절 고유명사 및 전문 용어

제48항 성과 이름, 성과 호 등은 붙여 쓰고, 이에 덧붙는 호칭어, 관직명 등은 띄어 쓴다.

김양수(金良洙), 서화담(徐花潭), 채영신 씨, 최치원 선생, 박동식 박사, 충무공 이순신 장군

다만 성과 이름, 성과 호를 분명히 구분할 필요가 있을 경우에는 띄어 쓸 수 있다.

남궁억 / 남궁 억, 독고준 / 독고 준, 황보지봉(皇甫芝峰) / 황보 지봉

제49항 성명 이외의 고유명사는 단어별로 띄어 씀을 원칙으로 하

되, 단위별로 띄어 쓸 수 있다.

대한 중학교, 대한중학교, 한국 대학교 사범 대학, 한국대학교 사범대학

제50항 전문 용어는 단어별로 띄어 씀을 원칙으로 하되 붙여 쓸 수 있다.

만성 골수성 백혈병, 만성골수성백혈병, 중거리 탄도 유도탄, 중거리탄도유도탄

제6장 그 밖의 것

제51항 부사의 끝음절이 분명히 '이'로만 나는 것은 '-이'로 적고, '히'로 만나거나 '이'나 '히'로 나는 것은 '히-'로 적는다.

1. '이'로만 나는 것

가붓이	깨끗이	나붓이	느긋이	둥긋이
따뜻이	반듯이	버젓이	산뜻이	의젓이
가까이	고이	날카로이	대수로이	번거로이
많이	적이	헛되이		
겹겹이	번번이	일일이	집집이	틈틈이

2. '히'로만 나는 것

극히	급히	딱히	속히	작히	족히
특히	엄격히	정확히			

3. '이, 히'로 나는 것

솔직히　가만히　간편히　나른히　무단히
각별히　소홀히　슬슬히　정결히
과감히　꼼꼼히　심히　열심히
급급히　답답히　섭섭히
공평히　능히　당당히　분명히　상당히　조용히
간소히　고요히　도저히

세 삽

제52항 한자어에서 본음으로도 나고 속음으로도 나는 것은 각각 그 소리에 따라 적는다.

(본음으로 나는 것)	(속음으로 나는 것)
승낙(承諾)	수락(受諾), 쾌락(快諾), 허락(許諾)
만난(萬難)	곤란(困難), 논란(論難)
안녕(安寧)	의령(宜寧), 회령(會寧)
분노(忿怒)	대로(大怒), 희로애락(喜怒哀樂)
토론(討論)	의논(議論)
오륙십(五六十)	오뉴월, 유월(六月)
목재(木材)	모과(木瓜)
십일(十日)	시방정토(十方淨土), 시왕(十王), 시월(十月)
팔일(八日)	초파일(初八日)

제53항 다음과 같은 어미는 예사소리로 적는다. (ㄱ을 취하고, ㄴ을 버림)

　　ㄱ　　　　　　ㄴ

-(으)ㄹ거나　　　-(으)ㄹ꺼나

-(으)ㄹ걸	-(으)ㄹ껄
-(으)ㄹ게	-(으)ㄹ께
-(으)ㄹ세	-(으)ㄹ쎄
-(으)ㄹ세라	-(으)ㄹ쎄라
-(으)ㄹ수록	-(으)ㄹ쑤록
-(으)ㄹ시	-(으)ㄹ씨
-(으)ㄹ지	-(으)ㄹ찌
-(으)ㄹ지니라	-(으)ㄹ찌니라
-(으)ㄹ지라도	-(으)ㄹ찌라도
-(으)ㄹ지어다	-(으)ㄹ찌어다
-(으)ㄹ지언정	-(으)ㄹ찌언정
-(으)ㄹ진대	-(으)ㄹ찐대
-(으)ㄹ진저	-(으)ㄹ찐저
-올시다	올씨다

다만 의문을 나타내는 다음 어미들은 된소리로 적는다.
-(으)ㄹ까? -(으)ㄹ꼬? -(스)ㅂ니까? -(으)리까? -(으)ㄹ쏘냐?

제54항 다음과 같은 접미사(끝가지)는 된소리로 적는다. (ㄱ을 취하고 ㄴ을 버림.)

ㄱ	ㄴ
심부름꾼	심부름군
익살꾼	익살군
일꾼	일군

장난꾼	장난군
지게꾼	지겟군
때깔	땟갈
빛깔	빛갈
성깔	성갈
귀때기	귓대기
볼때기	볼대기
판자때기	판잣대기
뒤꿈치	뒷굼치
팔꿈치	팔굼치
이마빼기	이맛배기
코빼기	콧배기
객쩍닷	객적다
겸연쩍다	겸연쩍다.

세 삽

제55항 두 가지로 구별하여 적던 다음 말들은 한 가지로 적는다. (ㄱ을 취하고 ㄴ을 버림.)

ㄱ / ㄴ

맞추다(입을 맞춘다. 양복을 맞춘다)　　마추다
뻗치다(다리를 뻗친다. 멀리 뻗친다)　　뻐치다

제56항 '-더라, -던'과 '-든지'는 다음과 같이 적는다.

1. 지난 일을 나타내는 어미는 '-더라, -던'으로 적는다. (ㄱ을 취하고 ㄴ을 버림.)

ㄱ / ㄴ

지난 겨울은 몹시 춥더라.　　　지난 겨울은 몹시 춥드라.

깊던 물이 얕아졌다.　　　　　깊든 물이 얕아졌다.

그렇게 좋던가?　　　　　　　그렇게 좋든가?

그 사람 말 잘하던데!　　　　　그 사람 말 잘하든데!

얼마나 놀랐던지 몰라.　　　　얼마나 놀랐든지 몰라.

2. 물건이나 일의 내용을 가리지 아니하는 뜻을 나타내는 조사와
어미는 '(-)든지'로 적는다. (ㄱ을 취하고 ㄴ을 버림.)

　　　　ㄱ　　　　　　　　　　　　　ㄴ

배든지 사과든지 마음대로 먹어라.　　배던지 사과던지 마음대로 먹
어라.

가든지 오든지 마음대로 해라.　　　　가던지 오던지 마음대로 해라.

제57항 다음 말들은 각각 구별하여 적는다.

가름 : 둘로 가름

갈음 : 새 책상으로 갈음하였다.

거름 : 풀을 썩힌 거름

걸음 : 빠른 걸음

거치다 : 영월을 거쳐 왔다.

걷히다 : 외상값이 잘 걷힌다.

걷잡다 : 걷잡을 수 없는 상태

그러므로(그러니까) : 그는 부지런하다. 그러므로 잘 산다.

그럼으로(써) : 그는 열심히 공부한다. 그럼으로(써) 은혜에 (그렇게 하는 것으로) 보답한다.

노름 : 노름판이 벌어졌다.

놀음(놀이) : 즐거운 놀음

느리다 : 진도가 너무 느리다.

늘이다 : 고무줄을 늘인다.

늘리다 : 수출량을 더 늘린다.

다리다 : 옷을 다린다.

달이다 : 약을 달인다.

다치다 : 부주의로 손을 다쳤다.

닫히다 : 문이 저절로 닫혔다.

닫치다 : 문을 힘껏 닫쳤다.

마치다 : 벌써 일을 마쳤다.

맞히다 : 여러 문제를 더 맞혔다.

목거리 : 목거리가 덧났다.

목걸이 : 금 목걸이, 은 목걸이

바치다 : 나라를 위해 목숨을 바쳤다.

받치다 : 우산을 받치고 간다.

받히다 : 쇠뿔에 받혔다.

밭치다 : 술을 체에 밭친다.

반드시 : 약속은 반드시 지켜라.

반듯이 : 고개를 반듯이 들어라.

부딪치다 : 차와 차가 마주 부딪쳤다.

부딪히다 : 마차가 화물차에 부딪혔다.

부치다 : 힘이 부치는 일이다. 편지를 부치다. 논밭을 부친다. 빈대떡을 부친다. 식목일에 부치는 글 회의에 부치는 안건 인쇄에 부치는 원고 삼촌 집에 숙식을 부친다.

붙이다 : 우표를 붙이다. 책상을 벽에 붙였다. 흥정을 붙인다. 불을 붙인다. 감시원을 붙인다. 조건을 붙인다. 취미를 붙인다. 별명을 붙인다.

시키다 : 일을 시킨다.

식히다 : 끓인 물을 식히다.

아름 : 세 아름 되는 둘레

알음 : 전부터 알음이 있는 사이

앎 : 앎이 힘이다.

안치다 : 밥을 안친다.

앉히다 : 윗자리에 앉힌다.

어름 : 두 물건의 어름에서 일어난 현상
얼음 : 얼음이 얼었다.

세 삽

이따가 : 이따가 오너라.
있다가 : 돈은 있다가도 없다.

저리다 : 다친 다리가 저린다.
절이다 : 김장 배추를 절인다.

조리다 : 생선을 조린다. 통조림, 병조림
졸이다 : 마음을 졸인다.

주리다 : 여러 날을 주렸다.
줄이다 : 비용을 줄인다.

하노라고 : 하노라고 한 것이 이 모양이다.
하느라고 : 공부하느라고 밤을 새웠다.

-느니보다(어미) : 나를 찾아오느니보다 집에 있거라.
-는 이보다(의존 명사) : 오는 이가 가는 이보다 많다.

-(으)리만큼(어미) : 나를 미워하리만큼 그에게 잘못한 일이 없다.
-(으)ㄹ 이만큼(의존 명사) : 찬성할 이도 반대할 이만큼이나 많을
것이다.

-(으)러(목적) : 공부하러 간다.
-(으)려(의도) : 서울 가려 한다.

-(으)로서(자격) : 사람으로서 그럴 수는 없다.
-(으)로써(수단) : 닭으로써 꿩을 대신했다.
-(으)므로(어미) : 그가 나를 믿으므로 나도 그를 믿는다.
(-ㅁ, -음)으로(써)(조사) : 그는 믿음으로(써) 산 보람을 느꼈다.

문장 부호

Ⅰ**. 마침표[終止符]**

1. **온점(.), 고리점(°)**

가로쓰기에는 온점, 세로쓰기에는 고리점을 쓴다.
(1) 서술, 명령, 청유 등을 나타내는 문장의 끝에 쓴다.
젊은이는 나라의 기둥이다.
황금 보기를 돌같이 하라.
집으로 돌아가자.
다만 표제어나 표어에는 쓰지 않는다.
압록강은 흐른다(표제어)
꺼진 불도 다시 보자(표어)
(2) 아라비아 숫자만으로 연월일을 표시할 적에 쓴다.

1919. 3. 1.(1919년 3월 1일)

(3) 표시 문자 다음에 쓴다.

1. 마침표　　　ㄱ. 물음표　　　가. 인명

세 삽

(4) 준말을 나타내는 데 쓴다.

서. 1987. 3. 5.(서기)

2. 물음표(?)

의심이나 물음을 나타낸다.

(1) 직접 질문할 때에 쓴다.

이제 가면 언제 돌아오니?

이름이 뭐지?

(2) 반어나 수사 의문(修辭疑問)을 나타낼 때 쓴다.

제가 감히 거역할 리가 있습니까?

이게 은혜에 대한 보답이냐?

남북통일이 되면 얼마나 좋을까?

(3) 특정한 어구 또는 그 내용에 대하여 의심이나 빈정거림, 비웃음 등을 표시할 때, 또는 적절한 말을 쓰기 어려운 경우에 소괄호 안에 쓴다.

그것 참 훌륭한(?) 태도야.

우리 집 고양이가 가출(?)을 했어요.

[붙임 1] 한 문자에서 몇 개의 선택적인 물음이 겹쳤을 때에는 맨끝의 물음에만 쓰지만, 각각 독립된 물음인 경우에는 물음마다 쓴다.

너는 한국인이냐, 중국인이냐?

너는 언제 왔니?

어디서 왔니?

무엇하러?

[붙임 2] 의문형 어미로 끝나는 문장이라도 의문의 정도가 약할 때에는 물음표 대신 온점(또는 고리점)을 쓸 수도 있다.

이 일을 도대체 어쩐단 말이냐. 아무도 그 일에 찬성하지 않을 거야. 혹 미친 사람이면 모를까.

3. 느낌표(!)

감탄이나 놀람, 부르짖음, 명령 등 강한 느낌을 나타낸다.

(1) 느낌을 힘차게 나타내기 위해 감탄사나 감탄형 종결어미 다음에 쓴다.

앗!

아, 달이 밝구나!

(2) 강한 명령문 또는 청유문에 쓴다.

지금 즉시 대답해!

부디 몸조심하도록!

(3) 감정을 넣어 다른 사람을 부르거나 대답할 적에 쓴다.

춘향아!

예, 도련님!

(4) 물음의 말로써 놀람이나 항의의 뜻을 나타내는 경우에 쓴다.

이게 누구야!

내가 왜 나빠!

[붙임] 감탄형 어미로 끝나는 문장이라도 감탄의 정도가 약할 때에
는 느낌표 대신 온점(또는 고리점)을 쓸 수도 있다.

개구리가 나온 것을 보니, 봄이 오긴 왔구나.

II. 쉼표[休止符]

1. 반점('), 모점(,)

가로쓰기에는 반점, 세로쓰기에는 모점을 쓴다.

문장 안에서 짧은 휴지를 나타낸다.

(1) 같은 자격의 어구가 열거될 때에 쓴다.

근면, 검소, 협동은 우리 겨레의 미덕이다.

충청도의 계룡산, 전라도의 내장산, 강원도의 설악산은 모두 국립
공원이다.

다만 조사로 연결될 적에는 쓰지 않는다.

매화와 난초와 국화와 대나무를 사군자라고 한다.

(2) 짝을 지어 구별할 필요가 있을 때에 쓴다.

닭과 지네, 개와 고양이는 상극이다.

(3) 바로 다음의 말을 꾸미지 않을 때에 쓴다.

슬픈 사연을 간직한, 경주 불국사의 무영탑

성질 급한, 철수의 누이동생이 화를 내었다.

(4) 대등하거나 종속적인 절이 이어질 때에 절 사이에 쓴다.

콩 심으면 콩 나고, 팥 심으면 팥 난다.

흰 눈이 내리니, 경치가 더욱 아름답다.

(5) 부르는 말이나 대답하는 말 뒤에 쓴다.

애야, 이리 오너라.

예, 지금 가겠습니다.

(6) 제시어 다음에 쓴다.

빵, 이것이 인생의 전부이더냐?

용기, 이것이야말로 무엇과도 바꿀 수 없는 젊은이의 자산이다.

(7) 도치된 문장에 쓴다.

이리 오세요, 어머님.

다시 보자, 한강수야.

(8) 가벼운 감탄을 나타내는 말 뒤에 쓴다.

아, 깜빡 잊었구나.

(9) 문장 첫머리의 접속이나 연결을 나타내는 말 다음에 쓴다.

첫째, 몸이 튼튼해야 된다.

아무튼, 나는 집에 돌아가겠다.

다만, 일반적으로 쓰이는 접속어(그러나, 그러므로, 그리고, 그런데 등) 뒤에는 쓰지 않음을 원칙으로 한다. 그러나 너는 실망할 필요가 없다.

(10) 문장 중간에 끼어든 구절 앞뒤에 쓴다.

나는 솔직히 말하면, 그 말이 별로 탐탐하지 않소.

철수는 미소를 띠고, 속으로는 화가 치밀었지만, 그들을 맞았다.

(11) 되풀이를 피하기 위하여 한 부분을 줄일 때에 쓴다.

여름에는 바다에서, 겨울에는 산에서 휴가를 즐겼다.

(12) 문맥상 끊어 읽어야 할 곳에 쓴다.

갑돌이가 울면서, 떠나는 갑순이를 배웅했다.

철수가, 내가 제일 좋아하는 친구이다.

남을 괴롭히는 사람들은, 만약 그들이 다른 사람에게 괴롭힘을 당해 본다면, 남을 괴롭히는 일이 얼마나 나쁜 일인지 깨달을 것이다.

(13) 숫자를 나열할 때에 쓴다.

1, 2, 3, 4

(14) 수의 폭이나 개략의 수를 나타낼 때에 쓴다.

5, 6세기   6, 7개

(15) 수의 자릿점을 나타낼 때에 쓴다.

2. 가운뎃점(·)

열거된 여러 단위가 대등하거나 밀접한 관계임을 나타낸다.

(1) 쉼표로 열거된 어구가 다시 여러 단위로 나누어질 때에 쓴다.

철수 · 영이, 영수 · 순이가 서로 짝이 되어 윷놀이를 하였다.

공주 · 논산, 천안 · 아산 · 천원 등 각 지역구에서 2명씩 국회의원을 뽑는다.

시장에 가서 사과 · 배 · 복숭아, 고추 · 마늘 · 파, 조기 · 명태 · 고등어를 샀다.

(2) 특정한 의미를 가지는 날을 나타내는 숫자에 쓴다.

3 · 1 운동   8 · 15 광복

(3) 같은 계열의 단어 사이에 쓴다.

경북 방언의 조사 · 연구

충북 · 충남 두 도를 합하여 충청도라고 한다.

동사 · 형용사를 합하여 용언이라고 한다.

3. 쌍점(:)

(1) 내포되는 종류를 들 적에 쓴다.

문장 부호 : 마침표, 쉼표, 따옴표, 묶음표 등

문방사우 : 붓, 먹, 벼루, 종이

(2) 소표제 뒤에 간단한 설명이 붙을 때에 쓴다.

일시 : 1984년 10월 15일 10시

마침표 : 문장이 끝남을 나타낸다.

(3) 저자명 다음에 저서명을 적을 때에 쓴다.

정약용 : 목민심서, 경세유표

주시경 : 국어 문법, 서울 박문서관, 1910.

(4) 시(時)와 분(分), 장(章)과 절(節) 따위를 구별할 때나, 둘 이상
을 대비할 때에 쓴다.

오전 10 : 20 (오전 10시 20분)

요한 3 : 16 (요한복음 3장 16절)

대비 65 : 60 (65대 60)

4. 빗금(/)

(1) 대응, 대립되거나 대등한 것을 함께 보이는 단어와 구, 절 사이에 쓴다.

남궁만/남궁 만   백이십오 원/125원

착한 사람/악한 사람   맞닥뜨리다/맞닥트리다

(2) 분수를 나타낼 때에 쓰기도 한다.

3/4 분기   3/20

Ⅲ. 따옴표[引用符]

1. 큰따옴표(" "), 겹낫표(『 』)

가로쓰기에는 큰따옴표, 세로쓰기에는 겹낫표를 쓴다. 대화, 인용, 특별 어구 따위를 나타낸다.

(1) 글 가운데서 직접 대화를 표시할 때에 쓴다.

"전기가 없었을 때는 어떻게 책을 보았을까?"

"그야 등잔불을 켜고 보았겠지."

(2) 남의 말을 인용할 경우에 쓴다.

예로부터 "민심은 천심이다."라고 하였다.

"사람은 사회적 동물이다."라고 말한 학자가 있다.

2. 작은따옴표(' '), 낫표 (「」)

가로쓰기에는 작은따옴표, 세로쓰기에는 낫표를 쓴다.
　(1) 따온 말 가운데 다시 따온 말이 들어 있을 때에 쓴다.
　"여러분! 침착해야 합니다. '하늘이 무너져도 솟아날 구멍이 있다.'
고 합니다."
　(2) 마음속으로 한 말을 적을 때에 쓴다.
　'만약 내가 이런 모습으로 돌아간다면 모두들 깜짝 놀라겠지.'

　[붙임] 문장에서 중요한 부분을 두드러지게 하기 위해 드러냄표 대
신에 쓰기도 한다.
　지금 필요한 것은 '지식'이 아니라 '실천'입니다.
　'배부른 돼지'보다는 '배고픈 소크라테스'가 되겠다.

IV. 묶음표[括弧符]

1. 소괄호(( ))

　(1) 언어, 연대, 주석, 설명 등을 넣을 적에 쓴다.
　커피(coffee)는 기호 식품이다.
　3 · 1 운동(1919) 당시 나는 중학생이었다.
　'무정(無情)'은 춘원(6 · 25때 납북)의 작품이다.
　니체(독일의 철학자)는 이렇게 말했다.

(2) 특히 기호 또는 기호적인 구실을 하는 문자, 단어, 구에 쓴다.

(1) 주어 (ㄱ) 명사   (라) 소리에 관한 것

(3) 빈자리임을 나타낼 적에 쓴다.

우리나라의 수도는 ( )이다.

세 삽

2. 중괄호({ })

여러 단위를 동등하게 묶어서 보일 때에 쓴다.

주격 조사 ╎ 이

　　　　　　 가

국가의 3요소 ╎ 국민

　　　　　　 국토

　　　　　　 주권

3. 대괄호([ ])

(1) 묶음표 안의 말이 바깥 말과 음이 다를 때에 쓴다.

나이[年歲] 낱말[單語] 手足[손발]

(2) 묶음표 안에 또 묶음표가 있을 때에 쓴다.

명령에 있어서의 불확실[단호(斷乎)하지 못함]은 복종에 있어서의
불확실[모호(模糊)함]을 낳는다.

V. 이음표[連結符]

1. 줄표(―)

이미 말한 내용을 다른 말로 부연하거나 보충함을 나타낸다.
(1) 문장 중간에 앞의 내용에 대해 부연하는 말이 끼어들 때 쓴다.
그 신동은 네 살에―보통 아이 같으면 천자문도 모를 나이에―벌써
시를 지었다.
(2) 앞의 말을 정정 또는 변명하는 말이 이어질 때 쓴다.
어머님께 말했다가―아니 말씀드렸다가―꾸중만 들었다.
이건 내 것이니까―아니, 내가 처음 발견한 것이니까―절대로 양
보할 수가 없다.

2. 붙임표(-)

(1) 사전, 논문 등에서 합성어를 나타낼 적에, 또는 접사나 어미임
을 나타낼 적에 쓴다.
겨울-나그네   불-구경   손-발
휘-날리다   슬기-롭다   -(으)ㄹ걸
(2) 외래어와 고유어 또는 한자어가 결합되는 경우에 쓴다.
나일론-실   디-장조   빛-에너지
염화-칼륨

3. 물결표(～)

(1) '내지'라는 뜻에 쓴다.

9월 15일 ～ 9월 25일

(2) 어떤 말의 앞이나 뒤에 들어갈 말 대신 쓴다.

새마을 : ～ 운동 ～ 노래

-가(家) : 음악～ 미술～

세 삽

VI. 드러냄표[顯在符]

1. 드러냄표(˚, ˙)

˙이나 ˚을 가로쓰기에는 글자 위에, 세로쓰기에는 글자 오른쪽에 쓴다. 문장 내용 중에서 주의가 미쳐야 할 곳이나 중요한 부분을 특별히 드러내 보일 때 쓴다.

한글의 본 이름은 훈민정음이다.

중요한 것은 왜 사느냐가 아니라 어떻게 사느냐 하는 문제이다.

[붙임] 가로쓰기에서는 밑줄(~~~~)을 치기도 한다.

다음 보기에서 명사가 아닌 것은?

VII. 안드러냄표[潛在符]

1. 숨김표(××, ㅇㅇ)

알면서도 고의로 드러내지 않음을 나타낸다.

(1) 금기어나 공공연히 쓰기 어려운 비속어의 경우, 그 글자의 수효만큼 쓴다.

배운 사람 입에서 어찌 ㅇㅇㅇ란 말이 나올 수 있느냐?

그 말을 듣는 순간 ××란 말이 목구멍까지 치밀었다.

(2) 비밀을 유지할 사항일 경우, 그 글자의 수효만큼 쓴다.

육군 ㅇㅇ부대 ㅇㅇㅇㅇ이 작전에 참가하였다.

그 모임의 참석자는 김×× 씨, 정×× 씨 등 5명이었다.

2. 빠짐표(□)

글자의 자리를 비워 둠을 나타낸다.

(1) 옛 비문이나 서적 등에서 글자가 분명하지 않을 때에 그 글자의 수효만큼 쓴다.

大師爲法主□□賴之大□薦(옛 비문)

(2) 글자가 들어가야 할 자리를 나타낼 때 쓴다.

훈민정음의 초성 중에서 아음(牙音)은 □□□의 석 자다.

3. 줄임표(……)

(1) 할 말을 줄였을 때에 쓴다.
"어디 나하고 한 번……." 하고 철수가 나섰다.
(2) 말이 없음을 나타낼 때에 쓴다.
"빨리 말해!"
"……."

세 삽

새 한글맞춤법 표준어 일람표

* 개정 전 → 개정 후
〈ㄱ〉

가까와 → 가까워	가정난 → 가정란
간 → 칸	강남콩 → 강낭콩
개수물 → 개숫물	객적다 → 객쩍다
거시키 → 거시기	갯펄 → 개펄
겸연쩍다 →겸연쩍다	경귀 → 경구
고마와 → 고마워	곰곰히 → 곰곰이
괴로와 → 괴로워	구렛나루 →구레나루
괴퍅하다 →괴팍하다	-구료 → -구려
광우리 → 광주리	고기국 → 고깃국
귀엣고리 → 귀고리	귀절 → 구절
귓대기 → 귀때기	귓머리 → 귀밑머리

깍정이 → 깍쟁이   깡총깡총 →깡충깡충
꼭둑각시 →꼭두각시   끄나불 → 끄나풀

〈ㄴ〉
나뭇군 → 나무꾼   나부랑이 →나부랭이
낚싯군 → 낚시꾼   나무가지 →나뭇가지
년월일 → 연월일   네째 → 넷째
넉넉치않다 →넉넉지않다
농삿군 → 농사꾼   넓다랗다 →널따랗다

〈ㄷ〉
담쟁이덩굴→담쟁이덩굴 대싸리 → 댑사리
더우기 → 더욱이   돐 → 돌(첫돌)
딱다구리 →딱따구리   발발이 → 발바리
둥근파 → 양파   뒷굼치 → 뒤꿈치
땟갈 → 때깔   떨어먹다 → 털어먹다

〈ㅁ〉
마추다 → 맞추다   멋장이 → 멋쟁이
무우 → 무   문귀 → 문구
미류나무 → 미루나무   미싯가루 → 미숫가루
미쟁이 → 미장이

〈ㅂ〉

뼉다귀 →뼈다귀   반가와 → 반가워
발가송이 → 발가숭이   변변챦다 →변변찮다.
보퉁이 → 보퉁이   볼대기 → 볼때기
빈자떡 → 빈대떡   발자욱 → 발자국
빛갈 → 빛깔   뼈치다 → 뻗치다
뻗장다리 → 뻗정다리   봉숭화 → 봉숭아

〈ㅅ〉

사깃군 → 사기꾼   삭월세 → 사글세
살별 → 꼬리별   숨박꼭질 → 숨바꼭질
상판때기 → 상판대기   새앙쥐 → 생쥐
생안손 → 생인손   설겆이하다 →설거지하다
성귀 → 성구   세째 → 셋째
소금장이 → 소금쟁이   소리개 → 솔개
숫병아리 → 수평아리   숫닭 → 수탉
숫강아지 → 수캉아지   숫개 → 수캐
숫놈 → 수놈   솔직이 → 솔직히
술부대 → 술고래   숫소 → 수소
심부름군 → 심부름꾼 심   술장이 → 심술쟁이
살어름판 → 살얼음판

〈ㅇ〉

아니꼬와 → 아니꼬워   아니요 → 아니오

아닐껄 → 아닐걸   아름다와 → 아름다워
아뭏든 → 아무튼   아지랭이 → 아지랑이
앗아라 → 아서라   애닯다 → 애달프다
어귀 → 어구   여늬 → 여느
오금탱이 → 오금팽이   오똑이 → 오뚝이
웅큼 → 움큼   -올습니다 → -올시다
얼룩이 → 얼루기   욕심장이 → 욕심쟁이
웃니 → 윗니   웃도리 → 윗도리
웃목 → 윗목   오뚜기 → 오뚝이
웃쪽 → 윗쪽   웃층 → 윗층
옛부터 → 예부터   웃통 → 윗통
윗돈 → 웃돈   윗어른 → 웃어른
으례 → 으레   읍니다 → -습니다
이맛배기 → 이마빼기   익살군 → 익살꾼
오무리다 → 오므리다   일군 → 일꾼
일찌이 → 일찍이   우뢰 → 우레
있구료 → 있구려

⟨ㅈ⟩
지푸래기 → 지푸라기
자그만치 → 자그마치   장군 → 장꾼
장난군 → 장난꾼   장삿군 → 장사꾼
저으기 → 적이 :   적쟎은 → 적잖은
주착없다 → 주책없다   죽더기 → 죽데기

지겟군 → 지게꾼   지리하다 → 지루하다
짓물다 → 짓무르다   짚북세기 → 짚북데기

〈ㅊ〉
천정 → 천장   총각무우 → 총각무
춥구료→ 춥구려

〈ㅋ〉
케케묵다 → 케케묵다   코맹녕이 → 코맹맹이
코보 → 코주부   콧배기 → 코빼기

〈ㅌ〉
탔읍니다 → 탔습니다   트기 → 튀기

〈ㅍ〉
판잣대기 → 판자때기
팔굼치 → 팔꿈치   팔목시계 → 손목시계
펀뜻 → 언뜻   푼전 → 푼돈
풋나기 → 풋내기

〈ㅎ〉
하게시리 → 하게끔   하는구료 → 하는구려
하는구면 → 하는구먼   하옇든 → 하여튼
한길 → 행길   할께 → 할게

할찌 → 할지　　　　　　　　허위대 → 허우대
허위적허위적 → 허우적허우적　호루루기 → 호루라기

새 한글맞춤법의 주요 내용

● [읍니다]와[습니다]로
있읍니다 → 있습니다. 없읍니다 → 없습니다.
● [장이]와 [쟁이]를 구분
미장이, 유기장이 등 기술자를 일컬을 때에는 [장이]로
욕쟁이, 심술쟁이 등 버릇을 일컬을 때에는 [쟁이]로 한다.
● [군]을 [꾼]으로
일군 → 일꾼, 농삿군 → 농사꾼
● [와]를 [워]로
고마와 → 고마워, 가까와 → 가까워
● 수컷을 이르는 말은[수]로 통일
수꿩, 수캉아지, 수컷, 수평아리 (예외 : 숫양, 숫쥐, 숫염소)
● [웃], [윗]은 [윗]으로 통일
윗도리, 윗니, 윗목(된소리나 거센소리 앞에서는 [위]로 쓴다. : 위짝,
위턱)[아래 · 위] 대립이 없는 단어는 [웃]으로 쓴다.(예) 용돈, 웃어른
● 성과 이름은 붙여 쓴다
이 순신 → 이순신, 김 구 → 김구
● 수를 적을 때는 만 · 억 · 조 · 의 단위로 쓴다. 이억팔천오백십
육만칠천팔백구십팔

새 외래어 표기 주요 내용

세 삽

● 인명과 지명의 표기

고호 → 고흐, 베에토벤 → 베토벤, 그리이스 → 그리스, 시저 → 카이사르, 뉴우요오크 → 뉴욕, 아인시타인 → 아인슈타인, 뉴우지일랜드 → 뉴질랜드, 에스파니아 →에스파냐, 뉴우튼 → 뉴튼, 처어칠 → 처칠, 디이젤 → 디젤, 콜룸부스 → 콜롬버스, 루우스벨트→루스벨트, 토오쿄오 → 도쿄, 페스탈로찌 → 페스탈로치, 마오쩌뚱 → 마오쩌둥, 모짜르트 → 모차르트, 헷세 → 헤세, 말레이지아 → 말레이시아, 힙포크라테스 → 히포크라테스, 뭇솔리니 → 무솔리니, 바하 → 바흐 등.

● 일반 용어의 표기

뉴우스 → 뉴스, 도우넛 → 도넛, 로보트→ 로봇, 로케트 → 로켓, 보올 → 볼, 보우트 → 보트, 수우프 → 수프, 아마튜어 → 아마추어, 어나운서 → 아나운서, 유우엔 → 유엔, 텔레비젼 → 텔레비전, 포케트 → 포켓 등.

* 이 책에 나오지 않은 내용은 [한글재단]의 한글맞춤법 해설에서도 확인 가능합니다.

모국어 훈련 연습 문제

국문법 실력 측정

문제

1. 다음 문장을 적절히 띄어쓰기를 하세요.
열길물속은알아도한길사람속은모른다.

2. 다음 문장을 적절히 띄어쓰기를 하세요.
그녀가죽은지벌써삼년이지났다.

3. 다음 문장을 적절히 띄어쓰기를 하세요.
너를공들여훈련시켜준사범님께감사드려라.

4. 다음 문장을 적절히 띄어쓰기를 하세요.
주제가결정되면그주제를글로표출하기위해살을붙일필요가있다.

5. 다음 문장을 적절히 띄어쓰기를 하세요.
폭을더늘여야한다고생각합니다.

6. 다음 중 표준어가 아닌 것은?
 1. 살쾡이
 2. 사글세

3. 숫소
  4. 수놈
  5. 휴게실

7. 다음 중 표준어인 것은?
  1. 깡총깡총
  2. 알타리무
  3. 웃도리
  4. 천장
  5. 먹거리

8. 다음 중 표준어인 것은?
  1. 됬다
  2. 수퀑
  3. 수캉아지
  4. 수코양이
  5. 사과∨하다

9. 다음 중 표준어가 아닌 것은?
  1. 않됬다
  2. 봉선화
  3. 봉숭아
  4. 구레나룻
  5. 날짜

10. 다음 중 옳은 것은?

1. 수돼지
2. 숫돼지
3. 수퇘지
4. 숫퇘지
5. 답 없음

11. 다음 중 옳은 것은?

1. 닝굴
2. 닝출
3. 덩굴
4. 덩쿨
5. 답 없음

12. 다음 중 표준어인 것은?

1. 쌍용
2. 백분율
3. 가정난
4. 하마트면
5. 주책이다

13. 다음 중 표준어인 것은?

1. 화제거리
2. 통틀어서

3. 육계장

4. 찌게

5. 곱배기

14. 다음 중 표준어인 것은?

1. 촛점

2. 우레

3. 오뚜기

4. 장농

5. 노랑색

15. 다음 중 표준어인 것은?

1. 희노애락

2. 넉근히

3. 뒷꽁무니

4. 냉랭하다

5. 누래지다

16. "없애다"를 옳게 발음하면?

1. 업쌔다

2. 업새다

3. 업:쌔다

4. 업:새다

17. "읊고"를 옳게 발음하면?

1. 을고

2. 을꼬

3. 읍고

4. 읍꼬

18. "낮 한때"를 옳게 발음하면?

1. 나단때

2. 나탄때

3. 낟한때

4. 낟단때

19. "벼훑이"를 옳게 발음하면?

1. 벼홀치

2. 벼홀이

3. 벼홀티

4. 벼 티

20. "입원료"를 옳게 발음하면?

1. 이번뇨

2. 이번료

3. 이 뇨

4. 이 료

정답

1. 열∨길∨물속은∨알아도∨한∨길∨사람∨속은∨모른다.

유의 사항 : [물속]은 단어의 두 구성 요소가 자주 어울려 사용되는 관계로 합성어로 인정되며 현재 [표준국어대사전]의 표제어로 등록되어 있습니다. 따라서 [표준국어대사전]을 기준으로 하면 [물속]은 붙여 쓰는 것이 맞습니다. 그러나 사실 어떤 말이 합성어인지를 판단하는 데 수치적인 기준은 별도로 없기 때문에 [물 속]으로 띄어 써도 아주 틀린 표현이라고 보기는 어렵습니다. 참고로 이와 같이 애매한 경우에는 국립국어원 묻고 답하기 게시판을 활용하시는 것도 하나의 방법이 될 수 있습니다.

2. 그녀가∨죽은∨지∨벌써∨삼∨년이∨지났다.

유의 사항 : 단위를 나타내는 명사는 띄어 쓰는 것이 원칙입니다 (국립국어원 어문 규정 띄어쓰기 조항 참고). 예를 들어 본 문항에서와 같이 [삼 년]의 [삼과 햇수를 세는 단위인 [년]은 띄어 써야 합니다. 다만 예외 규정으로 순서를 나타내는 경우나 숫자와 어울려 쓰이는 경우에는 붙여 쓸 수 있다고 명시하고 있으나 [삼 년]은 이 예외 규정에 해당되지 않습니다. 순서를 나타내는 경우는 [제-] 등이 (암묵적으로) 붙는 경우라고 생각하면 쉽습니다. 예를 들어 [제일과] [(제)삼학년] [(제)육층] 등은 붙여 쓸 수 있습니다. 한편 숫자와 어울려 쓰이는 경우는 아라비아 숫자와 쓰이는 경우를 의미합니다. 예를

들어 [3년] [2대대] [10개] 등은 붙여 쓸 수 있습니다.

  3. 너를∨공들여∨훈련시켜∨준∨사범님께∨감사드려라.

  4. 주제가∨결정되면∨그∨주제를∨글로∨표출하기∨위해∨살을
∨붙일∨필요가∨있다.

  5. 폭을∨더∨늘려야∨한다고∨생각합니다.

  6. 다음 중 표준어가 아닌 것은?
  1. 살쾡이
  2. 사글세
  3. 숫소(수소) *
  4. 수놈
  5. 휴게실

  7. 다음 중 표준어인 것은?
  1. 깡총깡총[깡충깡충]
  2. 알타리무[총각무]
  3. 웃도리[윗도리]
  4. 천장(○) * 천정(×)

  8. 다음 중 표준어인 것은?
  1. 됬다[됐다]

2. 수퀑[수꿩]

3. 수캉아지(○)

4. 수코양이[수고양이]

5. 사과∨하다[사과하다]

9. 다음 중 표준어가 아닌 것은?

1. 않됐다[안됐다(안쓰럽다), 안∨됐다(되지 않았다)]

2. 봉선화

3. 봉숭아

4. 구레나룻

10. 다음 중 옳은 것은?

1. 수돼지

2. 숫돼지

3. 수퇘지(○)

4. 숫퇘지

5. 답 없음

11. 다음 중 옳은 것은?

1. 넝굴

2. 넝출

3. 덩굴(○)

4. 덩쿨

5. 답 없음

12. 다음 중 표준어인 것은?

1. 쌍용[쌍룡]

2. 백분율(○)

3. 가정난[가정란]

4. 하마트면[하마터면]

5. 주책이다[주착이다]

13. 다음 중 표준어인 것은?

1. 화제거리[화젯거리]

2. 통틀어서(○)

3. 육계장[육개장]

4. 찌게[찌개]

5. 곱배기[곱빼기]

14. 다음 중 표준어인 것은?

1. 촛점[초점]

2. 우레(○)

3. 오뚜기[오뚝이]

4. 장농[장롱]

5. 노랑색[노란색]

15. 다음 중 표준어인 것은?

1. 희노애락[희로애락]

2. 넉근히[너끈히]

3. 뒷꽁무니[뒤꽁무니]

4. 냉랭하다(○)

5. 누래지다[노래지다]

16. "없애다"를 옳게 발음하면?

1. 업쌔다

2. 업새다

3. 업:쌔다(○)

4. 업:새다

17. "읊고"를 옳게 발음하면?

1. 을고

2. 을꼬

3. 읍고

4. 읍꼬(○)

18. "낮 한때"를 옳게 발음하면?

1. 나단때

2. 나탄때(○)

3. 낟한때

4. 낟단때

19. "벼훑이"를 옳게 발음하면?

1. 벼훌치(○)

2. 벼홀이

3. 벼홀티

4. 벼 티

20. "입원료"를 옳게 발음하면?

1. 이번뇨

2. 이번료

3. 이 뇨(○)

4. 이 료

원문 출처 : 국립국어원 http://www.korean.go.kr

형태가 비슷하여 헷갈리는 낱말

문제
아래 낱말들을 올바르게 구분하면?

갯벌	개펄
건넛방	건넌방
날씨	날수
넓이	너비
모둠	모듬
엿 장사	엿 장수
한참	한창
홀몸	홑몸
결재(決裁)	결제(決濟)
철재	철제
목재	목제
계발	개발
식혜	식해
인습(因習)	인습(因襲)
나팔	나발
불문곡절(不問曲折)	불문곡직(不問曲直)
어두일미(魚頭一味)	어두육미(魚頭肉尾)
작다	적다
가르치다	가리키다
여위다	여의다
지향(志向)	지양(止揚)
곤욕(困辱)	곤혹(困惑)
막역	막연
데우다	데치다
써라	쓰라
헌칠하다	훤칠하다
흘긋	흘깃
피난(避難)	피란(避亂)

정답

- 개펄 : 갯가의 개흙 깔린 벌판

- 갯벌 : 바닷물이 드나드는 모래사장. 또는 그 주변의 넓은 땅

건넛방 : 건너편에 있는 방

건넌방 : 안방 건너에 있는 방

- 날씨 : 그 날 그 날의 비, 구름, 바람, 기온 따위가 나타나는 기상 상태

- 날수 : 날의 개수

넓이 : 평면으로 된 물건의 가로와 세로를 곱한 크기

너비 : 물건의 가로 길이 모둠 :

- 모둠 : 한데 모여 합치는 곳

- 모듬 : [모임]의 잘못(모임 : 어떤 목적 아래 여러 사람이 모이는 일)

엿 장사 : 엿을 파는 일

엿 장수 : 엿을 파는 사람

- 한참 : 한동안

- 한창 : 가장 성할 때

홑몸 : (1) 딸린 사람이 없는 몸 (2) 임신하지 않는 몸

홀몸 : 배우자나 형제가 없는 사람

- 결재(決裁) : 업무에 대하여 책임 있는 윗사람이 아랫사람의 안건을 승인하는 것

- 결제(決濟) : 증권 또는 대금을 주고받아 매매 당사자 사이의 거래관계를 종결하는 것

목재 : 나무로 된 재료

목제 : 나무로 만드는 일 또는 그 제품

- 철재 : 철로 된 재료

- 철제 : 철로 만드는 일 또는 그 제품

계발 : 슬기나 재능, 사상 따위를 일깨워 줌.

개발 : 지식이나 재능 따위를 발달하게 함.

- 식혜 : 엿기름을 우린 웃물에 쌀밥을 말아 독에 넣어 더운 방에 삭히면 밥알이 뜬다. 거기에 설탕을 넣고 끓여 차게 식혀 먹는 음료다.

- 식해 : 생선을 토막 친 뒤에 소금 조밥 무 고춧가루 등을 넣고 버무려 삭힌 음식이다.

인습(因習) : 이전부터 전해 내려와 몸에 익은 관습.

인습(因襲) : 옛 관습을 따름, 또는 그 따르는 짓이나 노릇.

- 나팔 : 트럼펫 등의 서양 관악기까지를 포함한 관악기 일체를 일컫는 말.

- 나발 : 우리 고유의 악기를 일컫는 말.

불문곡절(不問曲折) : 어찌 된 사정(事情)인지를 묻지 아니함.

불문곡직(不問曲直) : 굽음과 곧음을 묻지 않는다는 뜻으로 ① 옳고 그름을 가리지 않고 함부로 일을 처리(處理)함. ② 잘잘못을 묻지 않고 함부로 행(行)함.

- 어두일미(魚頭一味) : 물고기는 머리 쪽이 그 중 맛이 있다.

- 어두육미(魚頭肉尾) : 물고기는 머리 쪽이 맛이 있고 짐승 고기는 꼬리 쪽이 맛이 있다.

작다 : 무엇 무엇의 크기가 작다.

적다 : 무엇 무엇이 수가 너무 적다.

- 가르치다 : 상대방에게 지식 등을 전해 주거나 잘못을 뉘우치게

하는 행위.

- 가리키다 : 특정 상소나 사물, 지점 등을 행위로써 알려줄 때에 쓰이는 말.

여위다 : 몸에 살이 빠지고 수척하게 되다.

여의다 : 1. 죽어서 이별하다. 2. 시집보내다. 3. 멀리 떠나보내다.

- 지향(志向) : 어떤 목표로 뜻이 쏠리어 향함, 또는 그 방향으로 쏠리는 의지.

- 지양(止揚) : 더 높은 단계로 오르기 위하여 어떠한 것을 하지 아니함.

곤욕(困辱) : 심한 모욕. 또는 참기 힘든 일.

곤혹(困惑) : 곤란한 일을 당하여 어찌할 바를 모름.

- 막역 : 뜻이 맞아 서로 허물이 없다.

- 막연 : 1. 아득하다. 2. 똑똑하지 못하고 어렴풋하다.

데우다 : 찬 액체나 음식에 열을 가해 뜨겁게 하다.

데치다 : 끓는 물에 잠깐 넣어 슬쩍 삶아내다.

- 써라 : 말을 낮춰도 되는 상대에게 사용한다. 구어체에서 주로 쓴다.

- 쓰라 : 구체적으로 정해지지 않은 독자를 대상으로 책 등에서 쓴다.

헌칠하다 : 키와 몸집이 크고 어울리다.

훤칠하다 : 길고 미끈하거나 막힘없이 깨끗하고도 시원스럽다.

- 흘긋 : ① 눈에 얼씬 보이는 모양. ② 남의 눈을 피하여 한 번 곁눈질하는 모양.

- 흘깃 : 가볍게 한 번 흘겨보는 모양.

피난(避難) : 재난을 피함. 재난을 피해 있는 곳을 옮김.

피란(避亂) : 난리를 피함. 난리를 피해 다른 데로 옮김.

한글맞춤법 등 원문 출처

한글재단 http : //www.hangul.or.kr/menu.htm

국립국어원 http://www.korean.go.kr

글공부 열흘이면 평생이 즐겁다

초 판 1쇄 2015년 6월 18일

지은이 김 건
펴낸이 전호림 **기획 · 제작** 드림콘서트 **펴낸곳** 매경출판(주)
등 록 2003년 4월 24일(No. 2-3759)
주 소 우)100-728 서울특별시 중구 퇴계로 190 (필동1가) 매경미디어센터 9층
홈페이지 www.mkbook.co.kr
전 화 02)2000-2647(사업팀) 02)2000-2868(내용 문의 및 상담)
팩 스 02)2000-2609 **이메일** copy5243@naver.com
인쇄 · 제본 (주)M-print 031)8071-0961

ISBN 979-11-5542-303-5(03800)
값 18,000원